陈国清 / 著

采购员安顺儿

北方文艺出版社
哈尔滨

图书在版编目(CIP)数据

采购员安顺儿 / 陈国清著. -- 哈尔滨：北方文艺出版社，2021.12
ISBN 978-7-5317-4954-7

Ⅰ.①采… Ⅱ.①陈… Ⅲ.①长篇小说-中国-当代 Ⅳ.①I247.5

中国版本图书馆 CIP 数据核字(2021)第 024269 号

采购员安顺儿
CAIGOUYUAN ANSHUNER

作　者 / 陈国清

责任编辑 / 富翔强	封面设计 / 东方朝阳
出版发行 / 北方文艺出版社	邮　编 / 150008
发行电话 / (0451)86825533	经　销 / 新华书店
地　址 / 哈尔滨市南岗区宣庆小区 1 号楼	网　址 / www.bfwy.com
印　刷 / 北京长宁印刷有限公司	开　本 / 710×1000　1/16
字　数 / 204 千	印　张 / 15.75
版　次 / 2021 年 12 月第 1 版	印　次 / 2021 年 12 月第 1 次印刷
书　号 / ISBN 978-7-5317-4954-7	定　价 / 56.00 元

有一年，四川遭受了历史上罕见的旱灾，川北一带又是一个十年九旱的地方，不说这么大的天旱，就是正常年景，稍遇天旱，水稻也是经常歉收。

然而，中国是个大国，同时又是一个人口大国，地球上四个人中，其中就有一个是中国人。人口多，吃饭的人就多，吃饭就需要粮食！粮食的生产，就要靠良种、靠化肥、靠农药，尤其是良种！

云台市三个乡镇的育种基地，因天旱引起的花期不遇，产量只有正常年的百分之四五十，去年剩余的种子也不多，就是把去年的加起来也只有百分之六十，还有百分之四十的缺口。云台市种子公司告急！向地区求援，地区与云台市相比好不到哪里去，与往年相比，只能达到百分之七八十，于是就向省种子公司告急，省种子公司没有回复。

种子公司把情况及时地向市里领导做了汇报。

市里根据今年本市育种基地遭受旱灾种子歉收，严重影响来年春播等情况，召开了常委会议，接着又召开了市级涉农部门、乡镇党委书记和管农业的副乡镇长紧急会议。

市里开了会，乡里接着召开了乡、村、社三级扩大会议。会议由乡党委书记主持。书记姓蒲，叫蒲廷祥，四十六七岁，身材魁梧，为人正派，原则性强，

采购员安顺儿

他是从部队转业回来的。会后蒲书记专门来到了农经农技综合服务站（简称综合服务站）。

站上正式人员只有三人，即站长、会计和采购员，其余是聘请的临时人员。站长叫梁明灿，是一个不满三十岁的年轻人，他思想开放，对人诚实，工作尽职尽责，负责站上的全面工作。会计姓占，名文都，五十多岁，是农业局招聘的农技员，工作二十多年了，因年龄偏大、文化水平偏低被解聘。他担任综合服务站的出纳，经营农药、种子。下面要说的就是采购员安顺儿。

他是二十世纪七十年代的高中毕业生，一米七六的个子，英俊潇洒、风流、谦和、精明，能吃苦耐劳，富有奉献精神，善于与人交往，闲暇时喜欢看书。他曾经给老占当过助手，在他当助手的那几年，一方面搞经营，另一方面也跑外，采购一些货物回来。他是一边采购，一边经营，或者说，采购回来就卖，卖完了又去采购。不过，那时只是小本生意，属于小买卖，现在两站一合并，要做大生意了。

蒲书记把他们仨找到一块儿郑重其事地说："梁站长，今年种子紧缺，会影响明年春播，我不说，你们可能也清楚！"

梁站长说："蒲书记，关于种子这件事，我们早就知道了，安顺儿在一个月前已经向我提出来了。"

蒲书记看了看梁站长，迫不及待地问安顺儿："你们打算怎么办？"

安顺儿说："想办法！在别的乡镇未行动之前先动手，我想最好的办法就是去找种子公司的唐经理！"

"仅靠本市种子公司我看把握不大，必要时可以到梓潼、剑阁那边去，据说那边今年旱情不怎么严重。"蒲书记说到这里停了一下，对安顺儿说，"必要时还可以到成都，至于出去的费用，算我们乡政府的！"

蒲书记的话，引起了梁站长深深地沉思：是啊，农经农技综合服务站刚成

立几个月，成立的宗旨是不言而喻的。第一年就遇到大旱，如果来年农户所需的种子满足不了，成立这个站又有什么意义？他把蒲书记的话想了又想，目光投向了安顺儿，说："安顺儿，我晓得你是有办法的，今天当着蒲书记的面表一个态，种子弄得回来还是弄不回来？"

安顺儿看了看蒲书记，又看了看梁站长，站起来漫不经心地说："种子紧缺是天旱造成的，市委书记都在着急，我有什么办法呢？不过话又说回来，事在人为，古人云：'世上无难事，只怕有心人！'要想弄到种子必须先下手为强。常言说：'远走不如近爬坡。'我也不出去，就在本市想办法。"

蒲书记站起来，紧紧抓住梁站长和安顺儿的手，语重心长地说："你们无论是远寻还是近找都无所谓，目的只有一个，那就是要弄到种子！我代表乡党委，拜托你们了！"

蒲书记见了梁站长和采购员安顺儿后，根据今年的情况开了党委会，会上成立了种子采购领导小组，组长是蒲书记，副组长是管农业的鲁副乡长、梁站长，成员有安顺儿、老占，办公室设在农经农技综合服务站。

梁站长等人倍感身上责任的重大，尤其是安顺儿。

二

十月下旬的一天,他把早已买好的五只土公鸡装在笼子里,等肖师傅给食品站往城里运猪时,搭乘个便车进城。

乡上还没有通客车,一万五千多人,幅员三十五平方公里的大乡,一共才有两辆汽车,一辆东风牌汽车,一辆解放牌汽车,三辆手扶拖拉机。东风牌汽车经常跑长途,很少在家,在家的只有解放牌汽车。三辆手扶拖拉机长期在工地上。如果干部进城办事或进城开会,要走二十多公里崎岖蜿蜒的山路到其他乡镇才能搭上班车,一般是半夜三更就起床,或头天下午到通班车的地方住上一夜。

解放牌汽车驾驶员姓肖,肖师傅是一个刚满四十岁的中年男子,个子不高,相貌平平,平时剪个平头,他是本乡人,当过八年兵,他的驾驶技术就是在当兵时学的。退伍后,他在乡社厂工作,曾在乡社厂开过东方红拖拉机。后来乡社厂买了一辆解放牌汽车,又是找的他,企业改制,乡社厂把汽车转卖给了他。

肖师傅是个好人,对人谦和诚恳。他车开得好,车速不快,自觉遵守交通规则,如在一些转弯、错车或上坡下坡时,礼让行人,从不抢道。他开了几十年的车,曾多次被评为县(市)、地区优秀驾驶员。

安顺儿每次进城办事,总是带些小东西,肖师傅从来没有拒绝过。

安顺儿把五只鸡提来，肖师傅已经在食品站把猪装好了。

肖师傅见安顺儿笼子里的鸡，问："鸡是带到城里去的吗？"

"是的，带到城里去办点儿事！"

肖师傅接过安顺儿手上的鸡笼，从驾驶台上去，把鸡笼放在驾驶台顶上的铁篮里。

安顺儿见肖师傅把鸡放好后，问："肖师傅，驾驶室还有座位吗？"

"对不起，"肖师傅说，"驾驶室已经满了，不过上面还可以站，抓住篷架，只是不能坐，还有点儿臭……"

"没关系，能搭上就不错了！"说着就往车上爬。

类似的事，安顺儿经历过无数次。几年来，他在城里办事，没有赶上班车，来回不知乘搭过多少次货车、农用车，包括拖拉机……他也不止一次地在车上担受过极大的风险，冻过、饿过、委屈过！

他在车上，看到的是猪挤猪，猪拱猪，猪搭猪；猪的尖叫声、呻吟声、喘气声不绝欲耳，猪的呕吐物、猪身上的气味，还有那猪尿味儿、猪屎味儿、猪屁味儿一起向他袭来……他受不了那声音、那味儿，吐了……

经过几次颠簸，猪总算安静下来了，不过，车厢里还是拥挤。车一动，新鲜空气灌进车里，里面也不臭了。车子开了约一公里路，猪才全部安静下来……

八十多公里路程，足足开了四个多小时。

安顺儿下了车，取下驾驶台顶架上的鸡，向肖师傅道了谢，在背静处换下脏衣脏裤，从包里取出随身带来的干净衣服，叫了辆人力三轮车，走进了一家名叫"好莱坞"的旅馆。在旅馆里，他把鸡寄放在那里，一个人订了一个房间，在旅馆公共浴室里洗了澡，出去吃了顿饭，才回旅馆。他回旅馆后，在公共电话亭给唐经理打了个电话。

采购员安顺儿

"是唐经理吗，您好！我是安顺儿，给您带了几只土鸡，我在'好莱坞'旅馆，叫人来拿一下，您下午在不在公司里？"

"哎呀，太麻烦你了，我马上叫堂妹去取，下午我在办公室里，过几天就没时间了，要下乡到育种基地催收种子！"

安顺儿看了看时间，才十一点，离十二点还有近一个小时。

早上几个小时的颠簸，实在太累了，他想躺一会儿。他一躺下就想着许多事，那些事使他安不下心来，尤其是想着种子的事。当他想起种子的事时，他就想起老占弄种子的情景。

老占干了二十多年的农技工作，在农业局里认识了不少人，那时不管好种孬种都兴搭配，价格一个样。哪个品种优，哪个品种劣，外面人是不知道的，只有内行人才清楚。每年要想弄点好种，老占要把种子公司上上下下都打点打点、通融通融，从经理到保管员。

后来，老占就把购种这件差事交给了安顺儿。他想安顺儿会有办法的，因为他年轻、帅气、文化高、头脑灵活、办事利索。

安顺儿没有辜负老占对他的期望。他第一次见到唐经理是在四年前。她大约三十一岁，一米六几的个子，体态丰腴，长相说不上漂亮，但也不丑。她开朗、活泼、头脑聪明，做任何事都是未雨绸缪、有声有色、有始有终的，她的思想开放多了，能力也比他强多了。

安顺儿是在一次农业现场会认识她的。

唐经理问："你那里好买公鸡不？"

安顺儿顺口说："好买。您要多少只？"

她说："七只、八只都行。"

现场会开了没几天，安顺儿就给她买了十几只公鸡，找班车带去的。来拿货的，不是别人，正是她的堂妹。

堂妹给他钱，他只要了买鸡的本钱，当时鸡价才几角钱一斤。过后，唐经理打电话，又找他帮忙买鸡，她说乡里的鸡比城里的鸡便宜还好吃。从此以后，每次唐经理给他打电话，他都帮着买鸡。

　　安顺儿经常给唐经理买鸡，唐经理很看重他，因为有这点关系，每年他都能拿到最好的种子回来。难怪老占逢人便说："小安比我强多了！"

　　今年种子紧缺，唐经理买不买他的账？一小时很快就过去了，安顺儿并没有睡着。他从床上爬起来，在外面等，没等几分钟，唐经理的堂妹骑着三轮车来了。

　　她，二十来岁，高挑的个儿，长相好看，说话声音清脆，像百灵鸟的声音，她叫唐梅。安顺儿每次在乡下给唐经理买的鸡，都是她来拿。她与往天一样，骑着三轮车。

　　唐梅走近亲切地问："安哥，你什么时候来的？"

　　安顺儿一边把鸡往车上放，一边回答说："上午十点多钟来的！"

　　唐梅说了声"谢谢"，向他挥了下手，就骑着三轮车走了。

　　下午三点钟，安顺儿准时到了种子公司办公室。

　　"小安，你好！"

　　其实唐经理大不了安顺儿几岁，她习惯这样称呼他。

　　"唐经理，您好！"安顺儿见办公室里只有唐经理一人，非常高兴。

　　"你买的鸡多少钱！"她边说边从一个黑色精致的小提包里拿钱。

　　安顺儿开门见山地说："这次算我送您的，我还找您办事呢！"

　　"办事？"她问，"什么事？这几年你给我办了许多事，我正愁拿不出什么来酬谢你呢，需要我办什么事，就直说吧！"

　　于是，安顺儿将今年需要种子的事向她说了。

　　唐经理听安顺儿说种子的事，只是笑了笑，没有正面回答。

采购员安顺儿

安顺儿见唐经理这样，心里真是没有底。他与唐经理谈了约一个小时。在交谈中，安顺儿又谈到买鸡的事。

他说："如果唐经理今年把种子给足了，我明年给您买一年的鸡，买鸡的钱全免费！"

唐经理听了安顺儿的话，又笑了笑。此外，唐经理还提示了一下，说："今年种子确实紧张，要想你那个乡多开点种，我建议，光打点我还不行，还有几个副经理和保管员……你要多带点土特产，除了乡里的土鸡，如猪身上的心、舌、肚之类的，给公司里的人也送点，到时好办事！"

安顺儿说："感谢唐经理的提示，我回去一定办到！"

安顺儿告别了唐经理，从唐经理的话里听出，唐经理对他很有好感，看来种子的事是不成问题了。他心里想：要是这事办成功后，我要好好地、重重地酬谢酬谢唐经理！

安顺儿在"好莱坞"旅馆住了一宿，第二天中午搭班车回家。

三

安顺儿一回来，就把采购种子的情况向梁站长和老占说了。听说今年种子有希望，梁站长和老占简直乐坏了！

梁站长迫不及待地想把这一消息告诉给蒲书记。他去找蒲书记，蒲书记没有在家，他就去找乡长。

乡长姓林，名果，博学多才，见识广，资历深，是一个高大魁梧、快六十岁的秃顶老头。听梁站长说今年"两杂"种子没问题，他问是谁说的，梁站长说是安顺儿说的。他傲慢而鄙夷地看了看梁站长，摸了摸他那明亮的头，蔑视地说："他安顺儿凭什么说今年采购种子没问题？"

接着他就把上个月找缪经理要种子的经过向梁站长说了。

"我与缪经理曾在一个乡工作过。早就听说今年种子紧缺，上个月专门去找过他。本来是我请缪经理，结果他买了单。酒过三巡，我开门见山地说：'这次找你没有别的事，请看在多年同僚的情分上，帮我们乡搞点种子！'缪经理早就猜到我是来干什么的，端起杯子，笑了笑说：'嘿嘿，老伙计，不瞒你说，近段时间找我买种子的不下三十人，都是一些本乡本土的，老领导、老同事、老部下，有些甚至还是几十年的老朋友，我是不在其位，不谋其政，现在已经退下来了，不管事了！不过，老伙计，没多有少，我去找唐经理给你解决二三十斤

采购员安顺儿

不成问题。'听了他这一番话,我半天说不出话来,为了面子而又不伤和气地说:'既然都说到这个分上了,那就不劳驾你了。'饭一吃完我就回乡里了。"

当梁站长说安顺儿今年能满足乡上"两杂"种子时,他感到好笑。

梁站长见林乡长这么说,脸红红的,想给他解释,他摆了摆手,意思叫他不要说了。

梁站长无趣地从林乡长的办公室里走出来了。

晚上蒲书记才回来。梁站长把安顺儿弄到种子的事向他汇报了,并说,需要弄些土特产,如猪身上的心、舌、肚等。

蒲书记去了食品站。食品站站长姓何,叫何嘉,一米七八的个子,体重两百多斤,然而,她姣好的身材,并不次于那些长得苗条的女子,同时还生着一双迷人的丹凤眼。她力大无穷,两三百斤重的猪,别人要两三个人才杀得了,她一人就能做到,还包括脱毛、掏内脏和分肉,动作十分利落,十个屠夫,就有九个佩服她。

她找对象曾经有如下几个条件:一、必须是国家工作人员;二、小伙子长得帅;三、大中专毕业;四、个子不能矮于她;五、没有婚史。

她十六岁接她父亲的班,找了九年都没有合适的对象,第十年才找了一个,是一名教师,就是蒲书记的儿子。可是结婚才三个月,丈夫找了新欢。

打那以后,丈夫辞了职,去了广州,一直杳无音讯。

这件事十里八乡的人都知道。

蒲书记说:"何嘉,今年种子紧缺,农经农技综合服务站需要猪身上的一些心、舌、肚,找你帮帮忙!"

何嘉说:"爸,年终了,各单位要猪身上心、舌、肚的人很多。三天一场,一场只能杀两三头猪,并且要心、舌、肚的人都是些关系户,谁也不能得罪,谁也得罪不起!叫安顺儿等着,等有了,我通知梁站长。"

蒲书记把这话转告给了梁站长和安顺儿，安顺儿说："蒲书记，何嘉的话等于没有说。"安顺儿心想，看来别人是靠不住的，只有自己。他对梁站长说："梁站长，依我看，本乡食品站靠不住了，只能到其他乡镇的食品站出高价买。"

安顺儿在本乡买不到，就到外乡出高价去买。他今天赶这个场，明天赶那个场……当时的交通极不方便，全是步行。有些食品站站长他认识，有些食品站站长他不认识，不管认不认识，每套心、舌、肚，他都出双倍的价钱。奇怪的是，认识的人，就是他出再高价格的钱都不卖给他，赔个笑脸干脆说没有，有的为了不失面子，就说叫他等一等。买到的，就是那些不认识的人。几场下来，他东奔西跑，好不容易才凑了五套。五套，离他想要的数量还远着哩！有了这五套总比没有强。

一天，安顺儿走进食品站，何站长把他拉到一边说："安顺儿，除了心、舌、肚外，还要其他东西不？"

"什么东西？"

"牛鞭！"

"牛鞭？它有什么用？"安顺儿丈二和尚摸不着头脑。

"安顺儿，"她诡秘地说，"你真是少见多怪，孤陋寡闻，没听说过吗，牛鞭是难得的补品，这东西很稀缺，男的吃了壮阳，女的吃了滋阴。听公公说，你们站上要到上面去弄种子，他叫我留一些心、舌、肚。年终了，需要的人多，办不到，牛鞭最好，是上好的礼品，如果你要，我全卖给你！"

听她这么说，安顺儿问："多少钱一根？"

她把五根肥壮的手指并拢。

"五元？"

她点了点头。

采购员安顺儿

"太贵了，有多少根？"

"一百。"

"我要不了那么多。二三十根卖不卖？"

她摇了摇头，说："今年我弟弟要结婚，急需用钱，不然我才舍不得卖哩，如果你要，价钱说定，三元！"

"我看看货。"

"可以！"

"在单位，还是在家里？"

"那么贵重的东西还敢放在单位？"

何嘉把安顺儿带到了她家里。她拿出五十至七十厘米长，大拇指粗，亮晶晶的，有的还带点儿血筋一样的东西。

"这可是稀罕之物，我父亲从参加工作时就收藏，他退休十多年了，足足收藏了二十五年！"

安顺儿拿在手上既惊讶，又爱不释手地说："好！好！我全要！"

心、舌、肚，虽然只买了五套，但这一百根牛鞭却是好东西，而且是一个说不出口的好东西！他准备找时间送去。

不过牛鞭，暂时还是放在家里。

肖师傅又拉猪了，他还是搭他的车，驾驶台又满了。这年景，车少，驾驶员很抢手。然而，也奇怪，驾驶员专搭那年轻、漂亮的女人。本来肖师傅挺老实，腼腆得就像一个守本分的大姑娘，可那些年轻、漂亮的女人专找他，见着他都是嬉皮笑脸的，净说些奉承的话、好听的话，把肖师傅耳朵都说涨了，心都说软了，搭也不是，不搭也不是。头一次安顺儿搭肖师傅的车，就有三四个人在等，这次比那次还多，五个女人。不过肖师傅只答应带两个。

"嘿嘿，驾驶台已经满了，你还是到上面去吧，你的东西可以放在驾驶台

上!"肖师傅不好意思地对安顺儿说。

肖师傅说"上面",无非就是与猪挤在一起,又脏又臭又吵的车厢里。他说把东西放在驾驶台上,意思是说,不能坐驾驶台,把东西放在那里,这样也没有把他当外人看。

车开了约三分之一的路程,要过一个热闹非凡的大场镇,那两个女人要下车,肖师傅把车停下,后面还跟着两辆车,由于路窄,肖师傅车一停,后面的车也跟着停,肖师傅一停,就催促两个女人下车,还未来得及拿东西,后面车的喇叭叫个不停,肖师傅紧急地催促着。那两个女人,慌忙地拿着里面的东西。

东西拿了后,那两个女人还未来得及和肖师傅打招呼,肖师傅见后面的车催得急,就开走了。

当肖师傅把车开到约两公里外宽敞处停下来,这才叫安顺儿到驾驶室来坐。

当安顺儿来到驾驶台,发现他的东西不翼而飞了,问:"肖师傅你捡到东西没有?"肖师傅说没有。

安顺儿心想,是不是刚才那两个女的拿走了?他问:"肖师傅,那两个女的是你什么人?"

肖师傅说:"我也不认识,那两个女人,一个是食品站何嘉介绍来的,另一个是粮站张会计带来的。我回去帮你问一问。"

安顺儿气愤地骂道:"真见鬼!"

安顺儿见五套猪心、舌、肚不见了,心想:他吃尽了苦头,想尽了办法才弄到那几样东西,现在不见了,怎么交差呢!幸好没有把那一袋牛鞭带上!

肖师傅见安顺儿被气得脸色大变,半天不开一腔!心想:可能蛇皮袋里的不是一般的东西。要不,安顺儿不会那样心神不定、失魂落魄的。当车子要进城时,安顺儿才给肖师傅说他掉的是什么东西。

在停车场,肖师傅给食品站何嘉和张会计打电话问那两个女的来路和去向。

采购员安顺儿

他们说:"她们是别人介绍来的,只说搭一段路,我们不认识那两个女的。"

东西丢了,安顺儿十分沮丧!第二天他又搭肖师傅的车回来了,但他没有把丢东西的事告诉任何人。

安顺儿从城里回来,没有到站上去,回到了家里。他一回来就为心、舌、肚这事苦恼着。一天,家里人正在宰杀年猪。不仅是他家,他两个哥哥、三个堂哥都在陆续宰杀。安顺儿得到了启示:向两个哥哥和三个堂哥买猪身上的心、舌、肚!

他把买心、舌、肚和购种子的情况向家里人说了,家里人没有人反对,他出的价格是:一个心子一元,一个舌子一元,一个肚子两元,另外还奖励一元。市场上的价格,三样东西加起来也值不了三元,他几乎给了两倍的钱。

改革开放初期,人们刚解决了温饱问题,只顾吃饱,顾不了吃好,要吃肥的东西,要吃有油水的东西,吃了这些才能身强体壮,干起活来才有劲。心、舌、肚,那是有钱人才买得起、吃得起的东西。普通人家吃心、舌、肚,那得是逢年过节,娘舅、外公、外婆来了,儿女亲家来了,老人的生辰,以及最亲近的人来了才吃,平时是不能吃的。不过,普通人家有没有心、舌、肚并不重要,除了心、舌、肚,猪身上其他部位照样可以待客,只要有肉吃就行。普通人是这样想的,他家里人也同样是这样想的,因为他们也是普通人家。

他又用同样的方法买了他两个哥哥家里的,他两个哥哥卖给了他。他又买了他三个堂哥家的,三个堂哥都卖给了他,他又用同样的方法去买了邻居的、本队的、本村的……除极少数外,都卖给了他。他们还觉得划算呢!仅三天时间,他就买了一百多套,足足装了三大蛇皮袋!

他买足了猪身上的心、舌、肚,又去找肖师傅,这次准备把牛鞭一起带走。

肖师傅正在给粮站装粮,一见到安顺儿,有点不好意思。当安顺儿说买了很多心、舌、肚时,他见安顺儿很高兴,也就释然了!这次,他把安顺儿的东西放在粮车上最安全的地方，以防再次丢失。

搭车的人还是很多，又是几个女的。然而，这次肖师傅谁也没有答应，无论那些女人怎么向他献媚，怎么讨好他，怎么说他诚实，人品如何如何好，车开得如何如何地道，他都无动于衷，都没理睬她们，这次，除了带安顺儿，谁也不搭。那些女人无奈，只好板着脸，悻悻地走了。也许他是祝贺安顺儿把事办成了，也许因为上次把他的东西弄丢了，让他坐驾驶台是一种补偿！

他还是像上次一样，车子一到城里他就雇了一辆货三轮，住进了"好莱坞"旅馆。

他一住进旅馆就给唐经理打了电话，接电话的不是唐经理，是她丈夫。

他说："老唐下乡去了，我马上帮你联系，你等几分钟再打过来。"

他等了十多分钟，又打去电话，对方说："唐经理下午回来，等她回来了你再联系。"

下午五点多钟唐经理回来了。唐经理一接电话，是安顺儿打来的，她很高兴。安顺儿在电话中说："我给您带来了一些土特产。"

唐经理在电话中说："谢谢！我马上叫堂妹去拿！"

一小时后，唐经理的堂妹唐梅骑着三轮车来了，她还是像之前那样对他笑了笑，不过，这次她笑得很甜，很灿烂！

安顺儿把装着猪心、舌、肚的三大蛇皮袋和一袋牛鞭，一件一件地装在三轮车上，车小，货重，把车压得"嘎吱、嘎吱"响，小唐用了很大的力气才把车子蹬动。她骑车走了，在走之前，向往天那样向他挥了挥手。

安顺儿见她把东西拉走了，如释重负深深地出了一口长气。

四

这天他把早饭、中午饭安排在一起吃，在一家小食店，一人点了三个砂锅，喝了一瓶沱牌酒，酒足饭饱后，回到旅馆就睡下了。从中午的十一点，一觉睡到晚上的十一点才醒来。

安顺儿在旅馆里等了三天唐经理的消息！

第四天一早，唐经理派她堂妹到旅馆里来找安顺儿，唐梅笑吟吟地说："安哥，久等了，堂姐叫你上午到种子公司去一下！"

上午，他去了种子公司，办公室只有唐经理一人，安顺儿心想，这可能是唐经理特意安排的！唐经理见安顺儿来了，很高兴，她笑了，笑得很爽朗，也很灿烂！

"小安你很能干，很会办事，在这么短的时间内就弄到那么多土特产来，我很欣赏你、佩服你！"

安顺儿只是嘿嘿地笑。

唐经理告诉他，鉴于今年种子遭受特大旱灾，严重影响产量，杂交水稻只能按往年的百分之六十五供应，杂交玉米种按百分之七十供应。今年实行两种价格，合同内是一个价格，合同外是一个价格，合同内和合同外，每公斤相差一元四，安顺儿乡是订了合同的，属于合同内。今年种子短缺，种子公司打算

合同外就不供应了，市里不同意。市里领导说，不管合同内还是合同外，都是本市的老百姓，种子公司都有责任供应。价可以不同，但数量不能减。安顺儿那个乡，每年水稻种是六吨半，玉米种七吨，按比例下来，水稻种只有四吨多，玉米种不足五吨。种子公司今年从经理到办事员，凡是公司正式员工，都有点儿人情种子，她是经理，有一吨半，在这一吨半中，其中杂交水稻一吨，杂交玉米半吨，她准备一粒不留地给安顺儿他们乡，以此来表达对安顺儿的感谢。她夸奖安顺儿，说他很能干，会办事，他这次给种子公司送的土特产起了大作用。她把那一百多套心、舌、肚和牛鞭，从副经理到会计、出纳、保管员都分了不菲的一份。经过公司集体研究决定：把她那一吨半补进去，安顺儿的乡还是按往年供种量供应。他这次送的土特产，肯定花了不少钱，叫他回去向党委政府做好汇报，合同内全市统一价，合同外每公斤可以提高点。

她说："我们与物价部门商量过，物价局只管合同内，合同外的随行就市。我那一吨半和种子公司补的种子，明后天就可以开票了。"

安顺儿喜出望外地走出了办公室，他将采购种子的情况在电话里告诉了梁站长，与此同时，安顺儿问梁站长今年种子款的收缴情况，要梁站长他们在家备齐种子款。

梁站长听安顺儿说，今年的种子已经有着落了，激动得流下了热泪！他说："老百姓听说今年种子缺，交款很积极，各村社基本收齐了。只是个别社款还在社长那里，没有来交。如果提种时款不够，我可以到信用社去贷一部分。"

梁站长接了安顺儿的电话后，把此事告诉了老占等站上的从业人员，接着又告诉了蒲书记和林乡长。从领导到办事员，他们听了，无不欢欣鼓舞，就连半信半疑的林乡长都改变了态度。下午梁站长把各个村交来的种子款进行了统计，根据种子数量，按照种子价格，不足的部分在信用社贷了两万元，办好信汇，明日就能到种子公司。

采购员安顺儿

梁站长第二天把汇票带到了种子公司,先把那两吨多杂交水稻种子和一吨多杂交玉米种子的票开了。种子公司发种,还要一段时间。

安顺儿与梁站长就像在战场打胜了的将军,整天都是笑逐颜开的!他俩专门订了个房间,要么待在旅馆看看电视,要么就在外面逛逛街,要么就到外面的书摊上买几本书和杂志回来看,有时他俩还到电影院看电影。

梁站长等不住回去了,只有安顺儿一人在城里。往年都是十一月开秤,今年到了十二月都没有动静,他想去问问唐经理。

当他走到种子公司大门口时,正遇着唐梅戴着口罩,蹬着三轮车从一个库房往另一个库房运种子。不仅是她,还有许多男男女女也在搬运。

唐梅见安顺儿来了,骑到他面前,取下口罩,安顺儿说:"你堂姐呢?"

"她下乡去了。"

唐梅卸了种子,把安顺儿带到她的房间里。

唐梅的房子很小,只有两个小卧室,一厨一卫,几乎没有客厅。不过,里面整洁又温馨。

她把安顺儿领进屋,打开烤火炉,给他泡了一杯浓茶,她自己也泡了一杯。他俩边喝茶边摆龙门阵,从谈话中安顺儿得知了唐梅的身世。唐梅是个孤儿,在她很小的时候,她父母就去世了,是她堂姐的父母把她带大的,初中毕业她就帮助堂姐家做农活,她十八岁时堂姐在种子公司给她找了个临时工作,十九岁时经堂姐介绍,认识了副市长的儿子,相处半年就结婚了。

唐梅留安顺儿吃了午饭。

下午唐梅要去上班,安顺儿从她家出来了。

第二天,安顺儿又去种子公司找唐经理,仍然没有见到,到了第四天她才回来。

唐经理一看见安顺儿就说,今年种子兑现不了。安顺儿听了这话,犹如一

瓢冷水泼在头上，一块石头压在了胸口上。

唐经理把安顺儿叫到了办公室，说："小安，你来，我跟你说！"

安顺儿忐忑不安地坐了下来。

唐经理说："情况不妙，不知谁告了密，说我们公司留了不少人情种子，市里知道了，要把留的人情种子全部拿出来分配，所以原来答应给你们的种子只能兑现一部分。"

唐经理正给安顺儿说种子的事，电话响了，是市委办公室打来的，电话里说：上午十点半，市里领导要来公司视察。

唐经理对他说："你下午来，我在小会议室等你！"

安顺儿回到旅馆，将种子变动的事在电话里向梁站长做了汇报。梁站长又及时汇报给了蒲书记。蒲书记对梁站长说：无论如何，不管你们想什么办法，付出多少代价都要把种子弄到手！

梁站长又把蒲书记的话在电话里跟安顺儿说了。

安顺儿一时感到有一种前所未有的压力！

下午，他又到了种子公司，唐经理早在小会议室等他了。

唐经理见他心事重重的样子，和颜悦色地问："为什么这样愁眉苦脸的？"

"您说种子兑现不了，我怎么高兴得起来？"

"看把你急的！"她莞尔一笑说，"哪天跟我去一趟剑阁和梓潼。"

"去那干啥？"

"弄种子呗！我有一个同学在梓潼种子公司，顺便到剑阁去看一看，那边今年没有受灾。"她走到安顺儿跟前说，"今天上午市里领导来视察，并没有提人情种子的事，不过，我们得多预备点！"

听唐经理这么说，安顺儿心里的石头落地了。

五

一周后，唐经理带着安顺儿坐着本公司杨师傅的面包车，早上五点半就出发了，走了一个多小时天才亮，十点多钟就到了剑阁境内。

"蜀道之难，难于上青天！"到了剑门关，安顺儿高声吟起李白《蜀道难》的诗句来。

剑门关有"天下奇、天下险、天下雄"之称。据说李白的《蜀道难》写的就是剑门关。车子开到剑门关，杨师傅心惊胆战的。不仅是杨师傅，唐经理和安顺儿也是如此。杨师傅十分小心地开着。

剑门关离县城还有一段路程，由于地势原因，一路都是险道，就是到了县城，一些街道都是倾斜的，很少有平整的地方。

杨师傅把车开到县城找了很久，经打听才知道种子公司的地址。

他们找到了经理，经理说："你们来迟了，我们公司每年都有不少的种子库存，半月前还对外卖了十多吨。"

见经理不给，唐经理摆出一副傲慢不求人的架势，对安顺儿和杨师傅说："走，吃了饭再说，下午去梓潼。"

剑阁的豆腐很出名，她问安顺儿："小安，你知道剑门的特产吗？"

杨师傅抢先说："豆腐！"

安顺儿也说:"我想也是。"

唐经理说:"我们去找个馆子好好品尝品尝。"

于是,他们来到了一家有名的馆子。

馆子里座无虚席,他们等了一会儿才有空桌。

一个戴白帽的先生拿着菜谱走过来问:"请问,你们吃什么?"

唐经理说:"就吃你们这里的豆腐!"

"我们这里用豆制品做的菜品可多哩,"戴白帽子的先生说,"有豆腐脑、麻辣豆腐、豆腐丸子、豆腐炖老鸡、豆腐炖香菇、豆腐清真鸭、豆腐清蒸鱼等,总共三十六道菜。"

唐经理见关于豆腐的菜有那么多,说:"哟,这么多,这不就跟满汉全席差不多吗?"

戴白帽子的先生笑着说:"不,满汉全席是三百六十道菜,我们只有它的十分之一。"

唐经理拿过菜谱,点了一份豆腐脑,又点了一份豆腐炖老鸡。她把菜谱交给安顺儿说,"来,我们一人点两个菜。"

安顺儿点了一份豆腐丸子,一份豆腐炖香菇。杨师傅点了一份麻辣豆腐,一份豆腐清蒸鱼。

杨师傅说:"点了这么多,吃得了不?"

唐经理说:"大家多吃点儿。"

大家见这么多美味佳肴,都吃得心情舒畅,酣畅淋漓。六道菜,居然吃得干干净净。

唐经理说:"吃得真是痛快!"

她去结了账。六道菜总共才花了五十六元。

离开了剑阁县城,刮起了风,下起了小雨,风雨中还带雪粒子。雨雪越下

采购员安顺儿

越密，路面有些湿滑，杨师傅开得格外小心。没有下雨雪之前，时速可以开到四五十公里，下了雨雪，由于路上湿滑，就只能开到二三十公里。

开了大约两个小时，到了梓潼境内，一路上看到的全是苍天古柏，那些古柏差不多都是两人合抱，少说树龄也在三百年以上，原来那一带叫翠云廊。

唐经理问："杨师傅，你来过梓潼吗？"

"没有！"

"小安，你呢？"

"我也没有！"安顺儿问，"唐经理，您来过吗？"

"我来过两次，不过都是晚上。"

安顺儿又问："前两次是去看大学的同学吗？"

"是他请我去的，就是现在梓潼县种子公司的经理，姓崔，叫崔勇。"

"其实他这个人挺好的，人长得不错，人品也还可以。"

安顺儿正与唐经理说着话，当汽车下一个长长的缓坡时，车子总是不依路，一时滑向左边，一时又滑向右边。杨师傅抱着方向盘，左也不是，右也不是，见车子不依路，脸色骤变。

这条路两边不是悬崖，就是峭壁。

唐经理问："这是怎么了，杨师傅？"

杨师傅额头上直冒冷汗，哆嗦着说："车子打滑，不依路，可能刹车出了问题！"

唐经理一下紧张起来了。

安顺儿也陡然紧张了起来。

杨师傅死死地抱着方向盘，盯着前面的路。

坐在里面的唐经理和安顺儿，早已吓得面如土色。

唐经理惶恐不安地问："杨师傅，这怎么办呢？"

杨师傅说:"听天由命吧!"

大约开了一公里的路,道路比较平缓了,杨师傅见路的右边有一块荒坪,那里有三棵古柏,死死地盯着那里,把方向盘打了过去。车子剧烈地颠簸了几下,像一头凶猛的野兽中了弹似的,摇摇晃晃地停在了三棵古柏的中间,一动不动了。

车轮胎还冒着浓烟,杨师傅从车上下来,已是满头大汗了,瘫坐在一块青石上,长长地出了一口气。

这时唐经理、安顺儿也失魂落魄地从车上下来了。

"好,好险呀!"唐经理头脑发晕、两眼发呆、惊魂未定地说。

安顺儿揩着脸上的冷汗战战兢兢地说:"还好,有惊无险!"

轮胎不冒烟了,杨师傅检查了一下刹车,用衣服揩着脸上的汗,对唐经理说:"这路太滑了,刹车坏了!"

唐经理看了看杨师傅说:"真倒霉!"

"只好找人来修!"杨师傅走到车跟前,用脚踩了踩了前轮胎,轮胎是瘪的,说,"前胎坏了,也要换!"

唐经理看了看表,已经快五点了。

杨师傅问唐经理:"唐经理这里离梓潼还有多少公里?"

"我也不清楚!"

他们问过路人,才知道这个地方叫螳螂岭,离梓潼县城还有二三十公里,就是离乡场镇也有十多公里。

天渐渐地黑了下来,风卷着雪花呼啦啦地吹着,路上的车辆由于路滑也少了起来。他们三人站在三棵巨大的古柏下瑟瑟发抖,全神贯注、目不转睛地看着公路上那些来往的车辆。

唐经理焦急地问杨师傅:"杨师傅,怎么办呢?"

采购员安顺儿

杨师傅说:"看来今夜只能当'山大王'了!明天我到梓潼城里去找修理工。"

唐经理在树下站了会儿,见外面冷,就钻进了车里。杨师傅进了驾驶台,只有安顺儿还在树下看着夜幕中飘散的雪花。

车子发动时里面暖暖的,当车子停了时里面自然就冷了。

唐经理冷得直打哆嗦地说:"杨师傅,今晚就这样过夜,你俩受得了,我可不行,小安,快想想办法!"

路上很少有车辆过了。这时从远处开来了一辆手扶拖拉机。拖拉机的声音老远都听得见,不过速度很慢,像蜗牛爬似的。

安顺儿说:"唐经理,来了一辆拖拉机,我去问问,看附近有没有场镇,如果有,我们就去住旅馆。"唐经理没有任何犹豫地说:"好,那你去吧!"

等了很久,随着声音越来越大,拖拉机才开到离他们不远的地方。

安顺儿走到拖拉机前面使劲挥手说:"师傅,请停一停!"

拖拉机拉的是木材,木材上还坐着一人,想必那人是货物的主人。

拖拉机停了下来。货主急急忙忙从上面下来,毕恭毕敬、低声下气地拿出一支香烟递给安顺儿说:"同志,我们这是第一次,放了我们吧!"

他以为安顺儿他们是木材检查站的工作人员。

"我们不是检查木材的,"安顺儿走到驾驶员跟前哀求地说,"师傅,我们车坏了,走不了了,我们有三个人,能不能把我们带到附近的场镇?"

说了半天,原来他们不是木材检查站的,虚惊了一场,驾驶员倒没说什么,货主气不打一处来,骂道:"我还以为你们是木材检查站的,看把咱们吓的!什么,搭你们?哼,想得美!快走快走,不要耽误了我们的时间!"说着就叫驾驶员把拖拉机开走。

安顺儿站在拖拉机前面,对拖拉机驾驶员大声地说:"喂,师傅,我们每人

给你十元,一共三十元,你搭不搭?"

驾驶员态度一下变了,笑了笑说:"好,那你们上吧,我们是往葫芦镇去的,这里到葫芦镇还有七八公里。"

货主拒绝地说:"不行,我们要赶路,路上滑,载重了,拖拉机跑不快!"

"什么不行,"驾驶员火了,"是你的车还是我的车?好意思说,你给我几个运费?跑二十多公里才支付十八元,二十元都不到,我的车跑慢跑快,关你屁事,我说了算!"

货主只好不说话了。

安顺儿把三个十元的票子交到驾驶员的手上,说:"请问师傅贵姓?"

"免贵,姓孔,孔子的孔。"

杨师傅从他车上拿了三条麻袋,给了唐经理一条,安顺儿一条,自己留了一条,准备上车。

安顺儿跟他打招呼说:"孔师傅,路滑,您要小心开!"

"放心,我已经开了八年拖拉机了,还从来没有抛过锚!"孔师傅说。

他们仨正要往上面爬,孔师傅说:"这段路坡陡,车开不上去,等上完了坡,你们再上来!"

这时货主也下来了。

拖拉机"嗒嗒嗒"地响着,慢腾腾地往上爬,他们都跟在后面。路上有一层稀泥,拖拉机过后就把稀泥赶走了,他们就顺着拖拉机轮子碾压过的痕迹走在上面。有时拖拉机爬不上去,货主、杨师傅和安顺儿就来帮忙往上推,只要大家稍微带点力就上去了。安顺儿等人推车,唐经理就跟在他们后面,既怕踩到稀泥,又怕裤脚溅着稀泥,但是无论怎么小心,都难以避免。

安顺儿、杨师傅穿的都是皮鞋,只有货主穿的是雨鞋,因为他早有准备。安顺儿、杨师傅的鞋已经成"泥鞋"了,裤脚也被溅了不少泥浆。开了大约二

采购员安顺儿

十分钟才爬完坡。

三个男人上了车，安顺儿、杨师傅把唐经理拉了上去。唐经理也非常狼狈，鞋子成了泥鞋，裤子也成了泥裤子。尽管如此，但她没有埋怨，相反还乐呵呵地说："孔师傅，今天晚上我们几个算是有缘了！"

"有缘就好！"孔师傅因意外而轻松得了三十元心里正乐着哩。上面坐满了，孔师傅喊下来一个人坐驾驶台。拖拉机驾驶台加上驾驶员可以坐两个人，安顺儿说他下来。

拖拉机在平路上跑得比上坡快多了，大约走了两公里，就向右边的一条公路开去。这条路比之前的路窄多了。原来的路是双车道或三车道，到葫芦镇的路只是单车道，道路窄不说，还不好走，路上凹凸不平。

雪纷纷扬扬地下着……

走了不到五百米又上坡了。一要上坡，孔师傅就喊他们下来。

他们下来使劲地往上推，司机加大油门，拖拉机勉强上去了。开了三四十米，又爬坡了，他们又推，拖拉机开上去了，接连爬了几个坡，都是这样。又一个大坡，怎么推也上不去，孔师傅一再加大油门，拖拉机前轮把公路刨出两个半尺深的坑，最后还是退回来了。见拖拉机上不去，唐经理也来搭手，但还是徒劳。

驾驶员说："把木材卸下来！"

货主把木材一根一根地往下卸。安顺儿和杨师傅也来帮忙。

货卸得差不多了，孔师傅稍微加大油门，后面的人轻轻一推拖拉机就上去了。上完了坡，再把木材一根一根地往上面扛，装在拖拉机上。这样有五六次，他们到葫芦镇已经是十二点半了。

孔师傅还算热心，货一运完就把他们带进了一家叫"仙鹤楼"的旅馆，同时告诉杨师傅，用不着到梓潼县城去找修理工，他们镇上就有，修理工就住在附近。

　　他们上半身成了雪人，下半身成了泥人。安顺儿和杨师傅订了一个房间，唐经理一人住了一个房间。这家旅馆真好，每一个房间都还烧着炭火盆，火盆里的火旺旺的。

　　他们中午吃得好，并不觉得饿，现在唯一想要做的事，就是用水洗去衣裤和鞋上的泥。因为他们出门没有多带衣服，明天还要穿着这身衣服去办事哩。

　　他们向店老板要了很多热水。

　　他们把衣裤和鞋上的泥用热水洗了，这才去洗漱睡觉。

　　那天晚上风雪交加。

 六

第二天，天放晴了，但还刮着风，昨天晚上下的雪早被风吹没了。杨师傅一早找修理工去了。白天旅馆里没有生火有些冷，唐经理和安顺儿在旅馆里吃过早饭就在街上转悠。原来这个镇是一个千年古镇，处在山梁上，场镇十分繁华。那天正逢赶集，从四面八方来赶集的人络绎不绝。

葫芦镇的名胜古迹随处可见，唐经理和安顺儿在街上转悠，边转悠，边欣赏那些精妙绝伦的名胜古迹，随后就来到了农贸市场。农贸市场除了有卖鲜鱼、鲜肉、粮食等外，居然还有人卖杂交水稻种和杂交玉米种。

"小安，你看，还有人卖种子的，说不定葫芦镇有地方育种！"唐经理看着卖种子的农民惊喜地对安顺儿说。

听说有人卖种子，安顺儿也感到兴奋，问："唐经理，您是怎么看出来的？"

"我们云台几个育种的乡镇，只要交够了我们种子公司的任务，剩余的种子他们就拿到市场上去卖。"

"那我们是因祸得福了！"安顺儿说，"这下种子有希望了，就是您那个同学不卖给咱种子，咱也不愁了！"

"即使这里有种子也要找他，这叫作韩信将兵——多多益善嘛！"唐经理说，"小安，回想起昨天下午，我就心惊肉跳，我们三人差点就因公殉职了，常

言道'大难不死，必有后福'这次我们肯定能弄到种子！"

"吉人自有天相，您、我和杨师傅，不知谁有福，才避免了这次灾难！"

"咱们仨都有福，所以才遇险呈祥，逢凶化吉！"

唐经理和安顺儿向卖种子的地方走去。

"老乡，你卖的真是种子吗？"唐经理问一个口里含着烟锅子的中年男人。

"怎么不是呢？我们年年都在这里卖！"中年男人把一袋杂交水稻种，两袋杂交玉米种让唐经理看，说，"这是杂交水稻种'汕优63'；这两个是杂交玉米种：'中单二号'和'郑单二号'。女同志，您看这种子多饱满，又均匀，我们给梓潼县种子公司的都没有这个好！"

"那你怎么不把好种子卖给种子公司？"唐经理把种子拿到手上看了看问。

唐经理是内行，当然认得种子。

中年男人说："他们给的价钱很低。"

唐经理问："他们给你什么价格？"

中年男人说："杂交水稻种'汕优63'每公斤九元六；杂交玉米种：'中单二号'每公斤一元六，'郑单二号'每公斤一元二。"

"你们在市场上卖什么价格？"唐经理问。

"杂交水稻种'汕优63'每公斤十二元；杂交玉米种：'中单二号'每公斤二元，'郑单二号'每公斤一元六。"

唐经理正在跟中年男人说话，几个卖种子的农户见问种子的事，他们看出这位年纪轻轻，穿着不一般的女老板可能是个大买主，因为他们每年都会遇到类似的事。前几年，有些地方遭灾，有不少其他县市种子公司的人就到他们这里买过种子。

"李队长，她真的是买种子的吗？"

有人把那中年男人叫李队长。

采购员安顺儿

李队长说:"我也不清楚!"

"你帮我们问一下吧!"

……

接连有五六个人走过来问。

李队长问唐经理:"喂,女同志,您是买种子吗?"

唐经理问他:"先不说买的事,你们这里在育种?"

有人说:"是,是,我们这里全部都在育种!"

唐经理问:"有多少村在育种,一共有多少育种面积?"

李队长回答:"我们葫芦镇九龙坝六个村在育种,有六千七百多亩!"

听到有那么多村,那么多土地在育种,唐经理心里有底了。

唐经理又问:"这么说,你们今年种子丰收了?"

李队长说:"算是丰收。"

"那好,人家叫你李队长,我也叫你李队长。李队长,你把你们村卖种子的人组织一下,到'仙鹤楼'旅馆来,我全要!"

唐经理把市场上所有卖的种子都看了一下,叫他们都把种子提到"仙鹤楼"旅馆来。

到了"仙鹤楼"旅馆,唐经理叫安顺儿找来了一杆秤,买了一本材料纸,就像在公司收育种农户的种子那样,把每一个口袋里的种子用半张材料纸写上地址、姓名、品种、数量,然后装在里面,万一种子出了问题,好找育种农户。安顺儿过秤,唐经理付钱,总共收了四百五十多公斤杂交水稻种,五百一十多公斤杂交玉米种。

种子秤完了,付了钱,唐经理叫李队长留下来,下午让他带一下路,说要到他们那里去买种子。

李队长欣然接受。

唐经理说:"下午这样安排,我们跟随李队长去买种,杨师傅车修好后,把种子带回去,再带五十条麻袋和两万元现金来。"

"唐经理英明,您这个办法很好!"

这时杨师傅把修理好的车开来了。

唐经理把这里的情况向杨师傅说了。

吃了午饭,唐经理和安顺儿跟随李队长去了,杨师傅把准备到梓潼县种子公司装种子的麻袋卸下,装上种子就回去了。

他们走出旅馆,过了几条街就走出了场。场前有一条公路,公路边上是一排房子,有一个口子没有建筑物,李队长领着唐经理和安顺儿就从那个口子出去。一条大路,蜿蜒曲折地从山梁上延伸到了坝里。九龙坝四面是山,中间是一个盆地,从山梁到盆地海拔少说也有五六百米。

李队长说:"下面全部都是育种基地,九龙坝六个村,旱地就育玉米种,水田就育水稻种,我住在三村二组。"

唐经理看了这么好的隔离带,说:"梓潼县种子公司选择在这里育种,算得上是得天独厚!"

安顺儿问:"云台市有这么好的地方吗?"

"云台市没有,不过,云台市选择的育种基地也不错,"唐经理问李队长,"公路从哪里下去的?"

李队长说:"我们走的是东北方向,公路从西南方向的山上转下去的。"说着,指了指对面的山。

他们走了半个多小时就下了坝,又走了十多分钟就到了李队长的家。

一到家,李队长妻子走过来说:"今天上午你不该去赶场卖种子,梓潼县种子公司罗副经理带了二十多人,分了六个小组,一个村一个小组。杂交水稻种子在原来的收购价上增加了两元,杂交玉米种增加了一元,比市场价还高,收

采购员安顺儿

购了十五六吨,我把家里剩余的种子,除了留足自己的,全部卖了。"

李队长问:"他们走了吗?"

李队长的妻子说:"上午收购完了,现在正在打包,说不定就要装车运走了!"

唐经理一听:真遗憾,来晚了。

李队长把唐经理和安顺儿来买种子的事向妻子说了,他妻子也说,怎么不早点儿来呢!

唐经理和安顺儿暂时住在了李队长家里。

唐经理问:"李队长,你跟梓潼县种子公司的罗副经理关系如何?"

"几十年的老关系了,往年育种和收种都住在我家。"

"我们在他收购的基础上,每一公斤杂交水稻种增加二元,杂交玉米种增加一元,有多少要多少,每一百斤给你五元的手续费!"

古人云,重金之下有勇夫!每一百斤给五元的手续费,李队长动心了,笑了笑说:"这好办,反正种子是从我们这里收走的,如果他们不同意,我就动员社员把种子要回来,不卖给他们了!"

唐经理高兴地说:"李队长,您这办法很好,谢谢您了!"

李队长问他妻子:"罗副经理他们现在在哪儿?"

他妻子说:"具体不清楚,你到村上先去问问!"

李队长去找罗副经理,唐经理和安顺儿就在李队长家等消息。

大约一个小时过后,李队长回来了。他说:"我在四村找到了罗副经理,他跟我关系不错,没有费多少口舌就按原价卖给我一吨杂交水稻种。"

唐经理说:"也好,总比没有强!"

唐经理把钱给了安顺儿,叫他与李队长一起把种子买回来。

他俩把种子买回来,放在了村委会,李队长在那里看种子,安顺儿就回到

了李队长家里。

唐经理说:"种子不能放在村委会!运回葫芦镇,放到旅馆里等杨师傅,这样更安全。"

安顺儿说:"我想也是!"

唐经理对李队长妻子说:"嫂子,我们回葫芦镇去找车,你对李队长说,叫他等着。"

唐经理和安顺儿回到葫芦镇已经是四点多钟了。

唐经理回到了旅馆,安顺儿就去找车。找了半天没有找到,只好去找孔师傅。

孔师傅正好在家。孔师傅开了半个小时就到了九龙坝,他们把种子装在车上后天就黑了。安顺儿给了李队长一百元手续费。李队长正要走,孔师傅叫他跟随他们去,说这里回葫芦镇的路坡度大,拖拉机爬不上去,有时需要推一下。

李队长没有拒绝。

安顺儿把种子运回旅馆都十点半了。他们一起把种子卸了,唐经理请李队长和孔师傅吃了晚饭。

杨师傅第三天中午才回来,他们把种子装在车上直接开到了梓潼县城。

不巧的是,梓潼县种子公司经理崔勇出差了。还好,经理临走时跟公司人员交代了,没有费多少周折,唐经理就开了两吨玉米种和一吨半水稻种。

开了票,他们仨住进了宾馆。

杨师傅与安顺儿住一个房间,唐经理单独订了一个房间。

唐经理把提货单交给他说:"小安,我明天跟杨师傅就回去了,你在这里找车,把种子运回去!"

"您放心好了,我找到车就把种子运回去!"

唐经理前头走,安顺儿找了辆货车就把种子运回了种子公司。

采购员安顺儿

种子一运回去，唐经理就叫保管把安顺儿乡的种子出了。

安顺儿把种子运回去后，全乡轰动了。

当然，种子利差以及浮动的利润部分，除去那些开支，领导奖励了安顺儿五百元，剩余部分作为站上的利润。

两种杂交种子供给了农户，物价局并没来找站上的麻烦，物价部门也知道，今年是个特殊年份。梁站长他们把种子供应完，通过结算减去一切开支，站上净赚了八千多元。每公斤种子加了一元多钱，这些钱加上后，老百姓并没感到有多大负担。其他乡镇，见今年杂交种子紧缺，几乎派了一半乡干部出去买种。有的下成都、重庆，有的上西安、北京……从当年的十一二月份，一直跑到第二年的三月份。有的乡镇买到了种子，有的没有，无论买到与否，费用都增加了不少，这些费用自然都加在了种子上，羊毛出在羊身上嘛！由于他们在外地弄的种子，物价局也就没有管。相比之下，毡帽乡在全市与其他乡镇比较起来，他们杂交种子的价格是最低的。

安顺儿得了五百元奖金，等于多挣了两个季度的工资，他当时的工资，每月才八十五元。

农经农技刚一合并，就赚了那么多钱，算得上是旗开得胜。

七

　　元宵节过后,安顺儿带着近万元现金到了市农业局推广服务中心。农技推广服务中心下设农技站、植保站、土肥站等。他打算去土肥站找一下詹稀玉。到土肥站要路过植保站,刚走到植保站,正遇见田站长从办公室里往外走。田站长见是安顺儿,热情地说:"哟,刚才还说你呢,到办公室坐坐!"

　　田站长叫田树峰,稍高的个子,三十五六岁,四川中江县人,毕业于西南农大,八年前被分配到云台市农业局。四五年前他还是植保站的一个植保员。那时他的工作就是下乡对农作物病虫害进行预报。几年后,他当了植保站长的副站长。站长是一个姓郭的老同志。在他当副站长期间,曾经有一次,他带着两个植保员,在安顺儿家附近乡搞水稻二化螟调查。眼看天就要黑了,他对那个乡的农技干部说,他要到安顺儿家歇歇,那个农技干部叫他明天再去,他执意要去,农技干部没有办法,只好让他走了。结果他走错了路,直到晚上十二点才摸到安顺儿家。当他到安顺儿家时,全身都是泥巴,身上多处被荆棘划伤,一副狼狈相,叫人忍俊不禁!那时安顺儿家里在乡场上开了一个小副食店。他先在河里打来水,给他找来衣裤,叫他洗了洗,换了衣服,又给他准备吃的。安顺儿给他拿来了三袋饼干、两瓶啤酒才把饥充了。第二天他在安顺儿家吃了早饭,才去那个乡。由此可见他俩的关系不一般。那几年引进二化螟杀虫剂,

采购员安顺儿

最先就是在安顺儿这个乡搞的试点,效果相当好。两年前,郭站长年老多病,他代替了站长的位置。他当了站长后,大胆进行技术革新,引进新农药,与知名农药厂家挂上了钩。大量引进和推广新农药,几年之内,就占了市农药市场的半壁江山,这其中,安顺儿是乡镇农技站推广这些农药的得力干将之一。

安顺儿对田站长说:"我这次是来采购化肥的,顺便问一下今年的农药行情!"

田站长说:"今年农药又有几个新品种,到时你可要早点儿来拿哟!"

"一定,一定!"

安顺儿与田站长谈了一会儿,就到土肥站去了。

土肥站办公室没有人,他又到了化肥加工厂。化肥加工厂是土肥站办的,离办公室还不到一百米。只见那些尿素、氯化铵、过磷酸钙、钾肥等,整整齐齐地堆放着,少说也有上百吨。搅拌机隆隆地响着,十几个工人正忙碌地工作着:有的在往机器里加料,有的在打包装,有的正在往车上搬运……在工人中,只见一个二十多岁,戴着眼镜,白净、文雅,穿着工作服,手里拿着本子的年轻人正在记着什么。他就是詹稀玉,土肥站副站长兼化肥加工厂负责人。

詹稀玉与安顺儿是一个片区的人,他老家离安顺儿家只有二十来里路。有一年春天,安顺儿和老占被聘请去给农技站熬石硫合剂。安顺儿就是那年进的农技站,也就是在那年认识的詹稀玉。詹稀玉也是在那年从雅安农校毕业的,他一毕业就被分配到了本市农业局,农业局又把他分配到片区,也就是他家乡那个区,当了农技干部,区农技干部管辖各乡镇农技员。农技干部当了两年,他被调回市农业局,后来调到土肥站,专门负责研制配方肥。

配方肥初期配制出来并不受农户欢迎,受欢迎的是新都"银山3号"肥。配方肥不受欢迎的原因,初期配制时,氮元素加少了,磷钾加多了。氮是长苗架的,磷钾是壮秆的。前期长苗农户看得见,后期壮果杆农户就看不见了。所以农户就认为那化肥不好。后来进行了改进，多加氮元素，减少磷钾元素。但是，农户还是难以接受，推广了几年都没有推广开。自从土肥站配制配方肥以来，安顺儿几乎每年都要帮他们销售一些。这个配方肥比"银山3号"肥差远了。"银山3号"肥在云台销售已经有三年了，开始推广起来也比较困难，不过老百姓第一年用效果还是不错的，说比自贡多效肥效果好。第一年安顺儿那个乡只买了两吨半，第二年五吨，当时要是有资金，他们会买很多的，但由于缺乏资金，土肥站又不准赊欠，才只购买那么一点儿，推广面很小。现在农经农技合并后，安顺儿与梁站长和老占商量，准备调大批量回去。

二人互相打了招呼后，詹稀玉对安顺儿说："我们今年配方肥在往年的基础上又增加了氮元素，增加了锌肥和硼肥，效果比以前更好了！"

"你说得再好都不顶用，只有老百姓用了，说好才算数。詹站长，真人不说假话，你们的配方肥，我们只能慢慢地推销，争取逐年增加，我们需要的是'银山3号'肥，我想问一下，屈主任在家吗？"

詹稀玉抱着希望，想让安顺儿订他们的肥料，见安顺儿这么说，心里有些不大舒服，但安顺儿不是外人，只好作罢。他说："屈主任到成都出差去了，至于什么时候回来，我也不清楚，你可以问一下赵淑君。"

由于机器轰鸣，大家工作又忙，不便谈话，安顺儿和詹稀玉打了招呼就走了。

安顺儿在办公室里没有找到赵淑君，却在她家里找到了。

赵淑君二十二三岁，红扑扑的圆脸蛋儿，柳眉下生着一对明亮的大眼睛，齐肩的短发油黑发亮，不高的个儿，但长得丰满，穿着不艳丽，但也不朴素，给人一种娴熟、文静、随和的感觉。她原来在种子公司当出纳。在种子公司时安顺儿就认识她了。他对赵淑君很有好感，她年轻、漂亮、稳重。而赵淑君对安顺儿的印象也不错。有两件事使赵淑君对安顺儿非常认同。两年前，赵淑君

采购员安顺儿

刚到种子公司当出纳开种子发票,当时她对业务还不怎么熟悉,来开票的人在她窗口外面拥挤得水泄不通。那些来开种子发票的人,一部分人是附近的,但更多是远处的一些乡镇农技站的从业人员。附近的开了票要回去赶午饭,远处的就要请车或搭当天的班车赶回去,都想快开票,急着把种子提走。赵淑君一边开着票,一边数钱。那些钱,成千上万,加之她才接触出纳工作不久,业务不熟练,开票的速度极慢。无论是城附近的人,还是远的乡镇的人,一时轮不到自己开票,挤的挤,吵的吵,骂的骂,安顺儿还帮忙维持秩序。本来几次安顺儿都有机会排到前面去的,刚排到他,他又出来了,一直等到最后才开的票,本来一两个小时前他就应该回去了,结果太晚了没有走成,不得不在城里多住了一夜。赵淑君很过意不去。还有一次,安顺儿第二次去购种,赵淑君给一个乡镇开种子发票,数量是二吨三,她给别人开了三吨三,多开了一吨,但金额上填的是二吨三的钱,那个乡镇的从业人员硬要提三吨三的种子走。库房保管员没有给他出库,退还了发票,那人非要赵淑君把发票改成三吨三的钱不可。赵淑君没有改,跟那人理论,说她是一时疏忽写错了。那个乡的从业人员说,即使错也是她的错,一吨不行,来个二一添作五,要她拿一半出来。安顺儿当时在场,劝他算了,说人有差错,马有漏蹄,赵淑君第一年开票,难免有差错,错账包来回嘛,种子公司又不是别的地方,赵淑君也不是外人,票开错了,改过来就是了,何必呢!那人见安顺儿为她说话,指着安顺儿就骂,说他是狗撵耗子多管闲事。双方闹得不可开交,收不了场,最后还是派出所出面解决的。结果还是二吨三,派出所的人把那个人狠狠地教育了一顿,但也提示了赵淑君:今后开票要格外小心!第二年赵淑君被调到农业局农技推广中心,还是当出纳开票,不过她开的不是种子票,而是化肥。由此可以看出,赵淑君对安顺儿很有好感,非常感激他,一来二往,就对他产生了爱慕之情。不过,安顺儿没有朝这方面想。两次小事,算不了什么,只不过是一个有良知的人应该做的事。

赵淑君到农业技术推广中心已经有两年了,每次安顺儿到农业技术推广中心办事,无论是有事还是无事,都要到赵淑君那里去看看。

安顺儿突然来到她家,她高兴地说:"哟,是安顺儿,你什么时候来的?"边叫他坐,边给他沏茶。

安顺儿说:"上午来的,我到植保站田站长那里去了一趟,又到肥料加工厂詹副站长那里转了转,这才到你这里来的!"说着毫无拘束地坐在茶几旁,端起赵淑君沏的茶就喝。

赵淑君挨着安顺儿坐下,一双美丽、明亮的大眼睛温和地看着他,问:"你到这里来是开农药,还是开化肥?"

安顺儿躲过了赵淑君灼热的目光,回答说:"开化肥,'银山3号'肥,我们只要这个化肥。"他自豪地说,"我们乡现在农经农技合并后,今非昔比。就像《沙家浜》里胡传魁跟阿庆嫂说的那样:'现在人也多了,枪也多了,与原来大不相同了,'鸟枪换大炮了!去年赚了,多亏唐经理帮忙。"但他没有跟赵淑君说弄种子的详细情况,他对赵淑君说,"我们现在有钱,我不搞经营了,专职当采购员,今后还要找你帮一帮我,特别是多开点'银山3号'肥!"

赵淑君听安顺儿滔滔不绝地说着,始终带着微笑,始终看着他,心悦诚服地说:"如果帮得了忙,我一定帮你,不过,化肥是屈主任说了算,屈主任好说话。今年化肥与往年不同,只购'银山3号'肥是不行的,还要搭其他化肥,主要是搭配方肥,比例是一比二到一比三。到时我跟屈主任说,少搭配点,你也跟屈主任说说。"她建议说:"你要与屈主任多多接触!最近一段时间,屈主任到成都去,主要是采购'银山3号'肥。年前'银山3号'肥厂谢总来云台市,局长亲自接待的。谢总看了农技推广中心的情况后很满意,愿意与我们长期合作。谢总说他们厂是与省科研单位联办的,不仅实力强,而且科技含量还高。这次'银山3号'肥与农业技术推广中心签订了上千吨的销售合同。"

采购员安顺儿

他们谈了很久,除了谈化肥之外,还谈了其他的,如工作方面的事儿,生活方面的事儿,以及各自的兴趣和爱好。

赵淑君说:"屈主任去成都已经有两周多了,以往,最多一周他就会回来的。你在这里等几天,说不定明后天他就会回来。"

安顺儿无可奈何地说:"我看也只能这样了。"

安顺儿要走,赵淑君留他吃午饭,安顺儿怕给她添麻烦,边说边走了。

安顺儿接连等了好几天都未见屈主任回来。在这几天里,他每天都要到农业技术推广中心去一趟,不是到赵淑君那里看一看,就是到詹稀玉的化肥加工厂转一转,或是到其他站走一走。

等到第七天时,屈主任终于回来了。

屈主任上午从成都回来,下午他就到了农技推广中心。

屈主任叫屈尚武,五十开外的年纪,中等偏上个儿,微胖,圆圆的脑袋,头发剪得很短,看起来几乎跟没有头发差不多。他的脑袋更像一个标准的光头。他五官端正,面容既慈祥又严肃。为什么说他既慈祥又严肃呢?他与领导和熟人说话时带着微笑,说话慢条斯理的,并且风趣、幽默。说他严肃,无论是熟人,还是生人,找他办事,在原则内就不用说,在原则之外,他总是那么认真。世界上怕就怕"认真"二字。他认真所以才显得很严肃。他原来是一个片区的农经干部,被提到农业局经管科当科长。他懂管理,精通会计业务,工作认真负责。三年前他被调到农业技术推广中心当主任,主要负责混合肥的采购、销售,配方肥等原料的采购及配方肥的销售。据说,"银山3号"肥是他亲自到厂里去联系的。

安顺儿与屈主任并不陌生。前几年"银山3号"肥第一年在云台搞试验,其中十个乡镇中就有安顺儿他们乡镇。屈主任叫安顺儿把"银山3号"肥运回去后,做好对比试验。安顺儿做任何事都是一个认真负责的人,他把肥拿回去后，照屈主任的话去做了。找了三块田，用同一个品种，用三种不同的化肥，其中有两种是农户使用多年，信得过的自贡多效肥，和本市农资公司生产的混合肥，另外一个就是市农业局农技推广中心引进的"银山3号"肥。这三种化肥进行对比试验，小春用在小麦和油菜上，大春用在水稻和玉米上，还包括花生等经济作物。从作物长势、抗病虫害能力到最后收成，几个化肥中，表现最好的是"银山3号"肥。他不仅做了，他还在全乡村社干部中，种田好的、有影响的群众中找来了一二十户，用同样的方法，进行对比试验，结果反映最好的也是"银山3号"肥。他把自己做的对比试验和村社干部、群众做的写成报告书交给了屈主任。屈主任看了非常满意。屈主任说，安顺儿他们这个对比试验，与土肥站、农技站搞的对比试验大相径庭，在十个多个乡镇中，他是记录得最全面，也是最详细的，很具有说服力！

屈主任见是安顺儿，笑着站起来主动握他的手，问："小安，你什么时候来的？"

安顺儿紧紧地握住屈主任的手说："来了有几天了，就是在等您回来！"

赵淑君对屈主任说："他上星期五就来了，已有一周了。"

"哦，让你久等了，"屈主任放下安顺儿的手说，"今年还要不要'银山3号'肥？需要多少？可以满足供应，但要现款，任何人不得赊欠。"他说到这里笑了笑，"不过，你安顺儿可以例外，哦，我还忘了说，今年'银山3号'肥要搭配方肥，不过，对你安顺儿例外，适当搭点，意思意思就行了。"

屈主任说给他少搭点，安顺儿激动地说："感谢屈主任对我的信任，对我们乡的关照。今年我们乡不像往年了，现在农经农技合并后，资金不成问题，我们站上几个人商量，要大干一场，我这次带来了两车'银山3号'肥的钱，至于配方肥的搭配，我们也不为难你，其他乡镇怎样搭配，我们照样，绝不为难您！只是这化肥什么时候能回来？"

采购员安顺儿

听安顺儿这么说,屈主任拍了拍他的肩膀说:"安顺儿,你这人太爽快了,我就希望跟你这样的人打交道,至于化肥嘛,马上就回来。你准备好车,只要货一回来,我就打电话通知你!"

屈主任说着,就叫赵淑君给安顺儿开票。

安顺儿说:"钱还存在农行,要去取,那我下午来开票!"说着就走了。

 八

屈主任这次回来算是满载而归,签了两千吨。合同签了又担心这两千吨销售不了。当他看到安顺儿所在的一个乡就要几百吨时,那些担心和顾虑又打消了。

下午安顺儿把钱取了,到推广中心开了票,不过赵淑君没有给他搭配方肥。他开了票,安心地等化肥回来。

化肥是从广元下的火车,下了火车,又上的船。

屈主任说:"化肥一回来就会在河坝的码头上,安顺儿,你到码头上去等。"

安顺儿几乎每天一早一晚都要到码头上去看看。不仅是他,土肥站的詹稀玉、赵淑君和保管员、包括屈主任,每天都要去看一看化肥回来没有。

在等化肥的同时,安顺儿请了肖师傅。肖师傅又是运猪进的城。那次肖师傅运气很不好,路上死了三头猪。按食品站规定:驾驶员运猪,在路上死了扣运费。之前死一头猪扣半趟运费,这次死了三头,每头死猪按活猪的四分之一算价。何站长不知这次要扣他多少运费。他为这事很发愁!

那天晚上,安顺儿包了肖师傅的住宿和生活费。

第二天,肖师傅要去停车场修理车。车的水箱漏了,需要焊一焊,轮胎也要补一补。肖师傅修车去了,安顺儿一早又到河坝去了。化肥还是没有回来。

采购员安顺儿

他来了没多久,赵淑君就来了,接着就是詹稀玉、屈主任。他们又等了一早上、一下午,还是没有见到运化肥船的踪影!

肖师傅修好了车,把车开来了,见化肥没有回来又开走了。他等不住,他说他要到农资公司给供销社装化肥。安顺儿想,要是化肥回来了,肖师傅走了,又到哪里去找车装呢?无论如何要肖师傅等一等。于是,他就对肖师傅说,叫他在那里等,等久了给他加百分之五十的空返费。听说给他加空返费,安顺儿又不是外人,只好在码头上等。他等了一个下午,在晚上十一点钟时,化肥回来了。据押运化肥的人说,晚上不好搬运,明日早上卸船。肖师傅只好把车开到停车场。

第二天安顺儿把十一吨化肥票交给了肖师傅,他是第一个装的。

屈主任问:"你还有车吗?"

安顺儿说:"没有了,只请了肖师傅这一辆。"

正当安顺儿为车发愁时,詹稀玉向安顺儿提供了一个重要信息。他说:"安顺儿,川粮车队车多,你到那里去看一下吧。"

安顺儿听到此话,向肖师傅打了招呼,转身到了川粮车队。

他来到了川粮车队,找到了调度室。调度姓杜,矮矮的黑胖儿。他说:"我们川粮车队的车这几天都空着,再过几天就要往广元运粮了。你要几辆,运什么货物?"安顺儿说:"只需一辆,运化肥!"

因为他只开了十一吨,需要运两车,肖师傅装了五吨半了,还剩五吨半,还需一辆。

杜调度对安顺儿说:"有个姓王的师傅在家,他的车牌号是川粮-05,他住一楼8号。"

安顺儿按照谭调度说的车牌号和住宿号,先找车,然后再去找人。安顺儿当采购,得到了点儿经验,只要车在家里,人自然就在家里,车不在,人肯定

不在家。他找到了车，车停在车队里的，他一看，是一辆半新的东风牌汽车。车找到了，他又去找人。

王师傅在家里，他正在吃早饭。他中等偏上的个儿，年龄在三十四五岁，在西藏当过七年兵，在部队里学的是开汽车。经熟人介绍，去年才到川粮车队的。他这个人，办事干练，性格暴躁，脾气不大好，但说话算数，是一个说一不二的人，只要他点了头的，就要认可。从谈话中得知，他与安顺儿是一个乡的，但两人并不认识。安顺儿说明了他的来意。

王师傅说："我对乡道路不熟悉，并且乡道路况差，我来车队不久，还需找个师傅带一下，如果没有车同去，我就不去。"

安顺儿想了想，说："好，两辆就两辆，我去找屈主任再借一辆车！"

他请了王师傅，王师傅又找了一个姓邓的师傅。

安顺儿把两辆车找来，听发货的人说，肖师傅把另五吨半的发票拿走了，今天一辆车也装不成。

这下安顺儿蒙了！

安顺儿向王师傅和邓师傅打了招呼，叫他们等一等，他去一下农技推广中心。

安顺儿到农技推广中心找屈主任去了。他见到屈主任，便把情况向屈主任说了，他说他还要赊欠两车化肥。

屈主任没有任何犹豫就答应了，他真是感激不尽！

刚才"银山3号"肥厂来电话说，第一批答应暂时给他们发四个车皮货，现在发了八个车皮。屈主任正愁找不到库房装哩！再说，安顺儿是个讲诚信的人，就是赊欠给他十车八车他都放心。他说："你再拉几车都不成问题！"屈主任说着就叫他们中心的一个开面包车师傅过来，他与安顺儿就到了河边的码头上。

采购员安顺儿

安顺儿一走拢,王师傅见等了那么久,大发雷霆,问:"姓安的,你搞的什么名堂,是不是诚心忽悠我?"

安顺儿耐心地做了解释,王师傅这才熄了火气。

安顺儿赊欠的两车化肥拉走了。他留在这里,等王师傅和邓师傅再来拢一趟。

肖师傅第一车运回去后,下午五点多钟才把第二车装上了。"银山3号"肥,八个车皮,一个车皮六十吨,那些化肥不是一下回来的,而是陆陆续续。从广元火车站上船,虽然水运比陆运价格便宜,但船运速度慢,没有陆运快,加上水运船只有限,每次只能运一百二十吨,来回要走三到四天,如果遇上涨洪水要一周多,有时甚至长达半个月之久。第一次运回来的一百二十吨,除安顺儿那个乡拉了三十多吨外,剩余的全部运进了库房。第三天又回来了两船,二百四十吨。

化肥被运回来的第二天,安顺儿是乘坐王师傅第二趟化肥车回去的,他回去后,梁站长早就在信用社把这次"银山3号"肥的款准备齐了。这次办的是汇票,携带起来安全方便多了。安顺儿带着汇票,乘坐王师傅的车,赶到了农技推广中心。

屈主任见安顺儿这么快就把款拿来了,高兴得眼睛笑成了一条线。赵淑君给他开着票,边开边向安顺儿投去敬慕的目光。

安顺儿对屈主任和赵淑君说:"搭配的配方肥,留在这里,我下次运农药时一下拉回去!"

屈主任说:"可以,配方肥适当给你少搭点,有个意思就行了。明天我们要回来四个车皮的货,你还要不要?"

安顺儿说:"当然想要,只是暂时没有现款,屈主任可不可以赊欠?"

屈主任说:"可以,但赊欠的时间不能超出一个季度。"

安顺儿狠心又赊欠了五十多吨化肥。

赵淑君给安顺儿开着票，安顺儿打了五十多吨"银山3号"肥的欠条。办公室里没有别人，只有屈主任、赵淑君和安顺儿。屈主任看着报纸，赵淑君把票给安顺儿开了没事做。安顺儿见屈主任赊欠给了他那么多化肥，心里喜滋滋的！赵淑君见他那样，也为他高兴！安顺儿拿着发票向屈主任和赵淑君打了招呼就走了，赵淑君见安顺儿走了有些惆怅。

安顺儿带着五十吨3号肥发票住进了旅馆。

在旅馆的办公室里，他在电话里把情况向梁站长做了汇报，同时要他准备好堆放"银山3号"肥的库房。

梁站长听了感到吃惊。

安顺儿带着五十吨"银山3号"肥发票去找王师傅了。王师傅在家里闲着哩。

王师傅第一次跟安顺儿打交道，就对安顺儿产生了好感。他与邓师傅把货一运拢，站上就给他俩结了运费，这与其他单位半年结账，有的甚至一年都结不了账，腿杆都跑长，是两码事。听说明天又有货，还是好几趟，王师傅自然高兴，他及时告诉了邓师傅。

安顺儿把车落实后，他才松了口气。

他把这些事办完了，想起应该给屈主任和赵淑君送点什么。不过，他想，屈主任是个大人情，赵淑君是个小人情。大人情嘛慢慢来，小人情可以马上送。上午他在办公室里看到赵淑君那期待的目光时，让他有些迷惘：送什么好呢？送花吧，不，又不是向她求爱！送其他礼物吧？想来想去认为送什么都不合适。最后他想，还是给她送点吃的。于是，他在农贸市场买了二十五斤上等的花生和五斤优质薄壳的小核桃。

他吃了晚饭，提着花生和核桃，到了赵淑君的家。

采购员安顺儿

赵淑君见有人敲门，知道是安顺儿来了，她连忙去开门。

赵淑君穿着乳白色休闲装，把门开了，然后坐在沙发上，手里抱着一只灰白色的小猫咪说："我知道你会来的！"

安顺儿把东西放在沙发侧面的立柜旁，说："我给你买了点花生和核桃，不知道你喜不喜欢！"

他坐在赵淑君侧面。

"谢谢你，那些我并不需要！"她看都不看那些花生和核桃。一双美丽、迷人的大眼一直看着安顺儿，半天才慢条斯理地问："车找好了吗？"

"找好了，还是川粮车队的王师傅和邓师傅，至于肖师傅来不来还不清楚。"

见赵淑君投来灼热的目光，他只是回避。

赵淑君父母不在这个城市工作，不是这里的人，她在农校毕业后被分配到农业局。最初她在农业局农技站上班，一年后调到种子公司。在种子公司工作了两年又调回农业局。这次不是在农技站，而是在农技推广中心土肥站当出纳。她现在住的这个房子，是她刚来时局里分的。其他领导和工作五年以上的同志分的是大房，一般都是一百一二十平方米，五年以下的，包括新来工作的年轻同志，分的房子都是在八十平方米左右，赵淑君这个房子，她是刚参加工作时分配的，她的房子有八十平方米。她住在三楼，是好楼层，有"金三银四"的说法。几年来，她总是孤单单的一人，她既没有男朋友，也没有闺蜜。农业局是个大局，全市最大的局就是农业局。农业局下设若干个单位，每个单位都有不少年轻人，有的是大中专毕业分来的，有的是顶父母的班进来的。那么多年轻人，唯独没有她中意的。前几年，局里的小伙子主动找她谈恋爱，被她拒绝了，她心目中不是没有人，那人不是别人，正是安顺儿。

她知道安顺儿是农业户口，乡镇农技站聘请的临时人员。但是，她不管那些,她爱着他,想着他!她也知道安顺儿比她大好几岁,安顺儿二十七八了,而她才二十二三岁,但是,她不管那些,她爱着他,想着他!不仅是因为安顺儿长得帅气,安顺儿的一言一行、一举一动,都在她心中留下好的印象。安顺儿的机灵,安顺儿的智慧,安顺儿为人处世的哲学,在她所接触的人中是没有人可与他相比的。

赵淑君这么想,然而,安顺儿并不那么想。她是学校毕业的,是吃国家饭碗的,虽然她爱他,这只表面现象,实际上并非如此。以上两条都是次要的,最要紧的,他是采购员,肩负着重任,站上有没有收入,全指望着他!因此,他们站上所有的人都信任他。梁站长的重托,老占的期望……和自己未来的前途……像他这样的人,什么都是次要的,做出成绩,那才是最要紧的。虽然赵淑君对他有好感,爱慕他,尊敬他,甚至对他产生了爱情,而他却不能轻易地接受!

安顺儿很明智,她会处理好这一切的。他坐了半个小时,说:"时间不早了,我先走了,有时间我再来看你!"

赵淑君见他执意要走,感到有些失望,说:"你不能再多待一会儿吗?时间还早着呢!"

她把他送出了门。

他回到了旅馆。

旅馆服务员说:"有个姓肖的人找你。"

他知道是肖师傅,果然是他!肖师傅今天给粮站运粮,在家听梁站长说,安顺儿还在城里。肖师傅知道安顺儿经常住的旅馆,于是,他就找来了。

安顺儿到了旅馆,肖师傅就在旅馆躺下了。这天晚上安顺儿想着赵淑君,失眠了……

安顺儿接连调回了八十多吨"银山3号"肥,除此之外,还开了九吨配方

采购员安顺儿

肥和两吨多农药,这些都是赊欠的。他把票开好了,就回去了。回去后,他把票交给了肖师傅,肖师傅陆续给他运回去。

九

安顺儿把化肥和农药运回去，由于不是旺销季节，只有少数农户买化肥和农药，绝大多数农户要等到小麦收割、栽秧收水时才买。即使买也只是极少数在买"银山3号"肥。除了"银山3号"肥外，问其他化肥的人也不少，如碳铵、尿素、磷肥等，尤其是问碳铵的人最多。

毡帽乡一年大小春要销售三千多吨化肥。这三千多吨肥料，碳铵、氯化铵、尿素、磷肥、过磷酸钙要占整个肥料销售量的百分之六七十，只有百分之三四十或百分之二三十才是自贡多效肥，本市农资公司产的混合肥，综合服务站在农业局调运的"银山3号"肥。那百分之六七十的肥料中，碳铵要占一半以上。农户认为，碳铵便宜，才一角多钱一斤，堆头大，提苗快，施用起来方便，既可作基肥，又可作苗肥，毋庸置疑，碳铵受到了广大农户的普遍欢迎。随着国家改革开放政策的进一步深入，国家的化肥政策也在松口。不仅农资公司、供销社、涉农部门在经销，其他部门也有涉及，虽然经营化肥主渠道的农资、供销社两家请工商局查封，然而，他们也是熟视无睹，听而不闻。实在催促紧了，也是东瞧瞧西看看，做个样子给别人看。工商部门也知道，国家放开化肥经营权是迟早的事。国家放开化肥经营权，有利于农民生产。

在毡帽乡，除了供销社和农经农技综合服务站在经营化肥外，还有乡办厂、

采购员安顺儿

粮站、食品站都在暗中经营化肥，毡帽乡有几个生意人，长期在广元火车站、旺苍的嘉川火车站、旺苍氮肥厂做化肥生意，其中最有影响的是樊刚。

樊刚三十六七岁，高个，方头方脸，浓眉大眼，很有气派。在做化肥生意之前，曾在广元、旺苍一带做水泥、焦煤生意。他生活简朴，对人诚实，办事可靠。他去年就在广元、旺苍、嘉川一带做化肥生意。其他省份化肥政策早在两三年前就放开了。四川有的地方放开了，有的地方还没有，有的地方处于半放开状态。化肥政策的放开与否，或半放开，对化肥厂家来说极不利。化肥不放开，化肥厂家是"皇帝的女儿不愁嫁"，只要预先有几个县（市）的农资公司订合同就可以了。合同一签订，就知道他那个厂大小春要生产多少吨化肥，根本就不愁销路。农资公司就根据这些化肥来调运，做到"旺销淡存"。化肥政策放开或半放开就不同了。农资公司感到市场放开或半放开的压力，按常年的销售量，农资公司只敢在化肥厂家签订一半或不到一半的合同。化肥厂家见农资公司只签订那么点合同，他们生产起来也是盲人摸象，盲目生产，有时生产起来提心吊胆的，一边生产，一边还要找销路。于是他们自然就形成了两种情况，两种价格。即合同内与合同外，又叫内销与外销。化肥厂家除合同内的，合同外的，厂家一律可以自行定价，自行销售。化肥政策未放开以前，他们是无权自销的。因此，化肥厂自销部分，吸引了很多肥料贩子。那些贩子见到肥料就像苍蝇见到了腥味、鬣狗寻到猎物一样，你争我夺的。樊刚就是那许多肥料贩子之中的一员。

樊刚一时在广元火车站转转，一时又在嘉川火车站走走，一时又乘坐三轮车到旺苍氮肥厂瞧瞧。前面说了，那里有很多化肥贩子。一部分化肥贩子从各县（市）农资公司的采购员那里买来的。因为广元火车站和嘉川火车站附近有十多个县（市）的采购员。那十多个县（市）农资公司的化肥，无论是北方下来的山西碳铵，还是从成都绵竹方向过来的尿素、磷肥，都要在这里下车卸下暂时存放，要么船运走水路，要么汽车运走旱路。有些农资公司的采购员，货是去年订的，怕运回去销不了，请示他们的经理，说："是不是可以卖出去一部分？"他们的经理说："只要保本不亏，可以卖出去一部分。"于是那些采购员就几十吨上百吨地卖。有的卖一个火车皮，有的甚至上百吨地卖。卖了是好事，卖了卸包袱。

樊刚也买了些，他不是在农资公司那些采购员手上买的，而是在二道贩子手上接的，因为他身上只带了两三车货的钱，与农资公司采购人员接货，至少要接一个车皮的货。所以他只能小炒小买，搞点转手买卖。粮站、食品站那些碳铵就是樊刚拉回来的。当初，樊刚问梁站长要不要。当时安顺儿在城里调3号肥，无暇顾及这里，梁站长就没有答应。"银山3号"肥运完后，见那么多农户问碳铵的，梁站长、老占就想购一批碳铵回来，与"银山3号"肥和配方肥搭配卖，他们就找安顺儿商量。安顺儿说，只要站上有资金当然可以！于是梁站长找到樊刚，叫他拉两车回来。樊刚第二车运回来，安顺儿就随樊刚到了广元。

安顺儿到了广元，走访了广元火车站、嘉川火车站和旺苍氮肥厂，并了解了那里的化肥情况后，及时赶了回来。他与站上的梁站长、老占商量，准备调两个车皮的山西碳铵回来。

四月中旬的一天，小春的庄稼就要成熟了，油菜那些早熟品种，有的农户已经收了，迟熟品种还半黄不黄的。一部分农户见季节已到，也在准备化肥了。

安顺儿提着站上准备的三万元现金出发了。原本他准备随樊刚回来的化肥车一起去，但不见他回来，只好一人去了。

安顺儿下午从家里出发，到三十多里外的区上搭第二天的班车。他身上除了三万元现金外，还用手帕包好了一斤生石灰。生石灰是用来防身的。

他带的三万元现金，全是十元的，一千元一沓，整整三十沓。他先是用报

采购员安顺儿

纸包好装在提包里,然后又装在蛇皮袋里。三万元现金够沉的了,足有四五斤。

第二天六点半,他乘坐第一趟班车到云台。六七十公里路程,足足开了三个多小时。

他一下车,上了一下厕所,在车站小食店里吃了三两面,就去找云台到广元的班车,可是去广元的班车早走了。这时,一辆苍溪至广元的客车正在招揽乘客。原来这辆车刚从苍溪到云台来的,现在要回苍溪,也是到广元去的。安顺儿见状,就买了票,上了车。可是车上已经没有座位了,接着又上来了三个年轻人,年龄大约在十八岁到二十岁之间。三个年轻人比较特别:一个矮子,一个胖子,一个瘦子。矮子戴着墨镜,胖子蓄着齐肩的长发,瘦子剃着光头。矮子的脸上长着青春痘,胖子的脸上带着凶相,瘦子的脸是面黄肌瘦的。安顺儿看到这三个人,就觉得有些不大对劲,他把蛇皮袋紧靠在一位妇女的脚下,一只脚死死地顶住!

车子开动了,里面闹嚷嚷的,那三个人好像早就盯上了他,两个在他前面,一个在他后面鬼鬼祟祟的。

此时的安顺儿心里虽然有些发慌,有些害怕,但脸上表现得异常平静。他想:这三个人是不是车匪路霸?前不久他们生产队的一个人在广州打工回家,路过贵州到重庆,车上几乎每个人都被搜身抢过,有些人甚至被抢过三次。他走到重庆身无分文,是一路乞讨回来的,回来后,身体已瘦得成皮包骨了。从此以后,他再也不敢出远门了。想着这些,安顺儿更怕了。然而怕又有什么用呢?前面两个人离他很近,几乎挨身了,他壮着胆,想起了那包生石灰!

那包生石灰在蛇皮袋里,但安顺儿没有把它与钱放在一起,是分开放的,就在蛇皮袋的口上。蛇皮袋的口是打着结的,不过,那不是死结,是活结。他壮着胆,弯下腰,迅速地打开了蛇皮袋口上的结,取出了那包生石灰。他把生石灰塞进了衣兜里,用一只手解开了包生石灰的结扣……

在他打开蛇皮袋的瞬间，也许那三个年轻人其中的一个看到了蛇皮袋里的提包，那提包里就是钱——好多好多的钱，如果把那些钱抢过来，够他们仨花一年半载了……也许那提包里根本就不是钱，里面装的是纸，一文不值的废纸……不管他们怎么想，此时的安顺儿已经做好了应急的准备，只要他们一动手抢，他就把生石灰撒向他们的眼睛！然而，他们始终没有动手，也许他们一时无法动手，因为从广元到云台，或从云台到广元，还有其他来来往往的车。由于来来往往的车多，他们才无法动手！

　　一个多小时后，车子到了苍溪。车子到了苍溪后，有的人从云台买到苍溪的票，下车了，有的人从云台到广元去的旅客下来解手，有的从苍溪到广元方向的旅客正在买票上车。安顺儿下来解手。他解手只是个幌子，目的是摆脱那一矮一胖一瘦的三个年轻人。当安顺儿一进厕所，那三个年轻人也尾随进来了，他们离他不是很近，而是很远，他们还是盯着他的。上厕所的人来来往往，安顺儿提着蛇皮袋，身上揣着生石灰，钻过来来往往的人，走到他乘的那辆客车，佯装上车，倏地又离开了那里。在离这辆车的二十米处，一辆小客车已经开动了，这车也是从苍溪到广元方向去的。他急中生智挤了上去。当他挤上去时，车子就开走了。他从车窗向外看，只见那三个年轻人还在他原来乘坐的那辆客车周围寻找什么。他想，那三个年轻人肯定是在找他！

　　安顺儿离开了苍溪，摆脱了三人的盯梢，去了广元。到了广元，已是下午四点了。他下车吃了饭，不敢逗留，他担心那三个年轻人来了广元，他要尽快离开广元到嘉川。他在车站看有没有去嘉川的车，正好去嘉川的车有三辆，他上了其中的一辆。

　　车子开到嘉川的白水乡附近，堵车了。堵车是因为一起交通事故引起的。一辆小轿车撞了一辆大货车，造成一死一伤，小轿车驾驶员当场死亡，副驾驶员也受伤了，伤势严重。在安顺儿坐的这辆车到来之前，已经堵了半个多小时

采购员安顺儿

了。他到达那里又堵了一个多小时，前后堵的车辆不计其数。他到嘉川汽车站时，已经是晚上八点多了。

但是，他要去的是火车站，因为樊刚在火车站。火车站那里有许多旅社，他上次就是在一位姓张的开的旅馆里住的。那姓张的叫张运春，才三十多岁。他开了很大的一个旅馆，有二三十个房间，那旅馆名叫：运春雨来旅馆。旅馆的名字是根据他夫妻的名字取的，他妻子叫薛雨来。他妻子开旅社，他在火车站治安室管治安。他正直、随和，也讲义气。他妻子长得很漂亮。上次安顺儿待了一周多，听到了不少传闻。有的人来广元做生意，不说赚到钱，就连本钱都蚀了，结果回家的路费都没有，弄得惨兮兮的，这是多么深刻而惨痛的教训！

张运春正派，他开旅馆，开的是正当的旅馆，虽然他妻子长得漂亮，但他们从来不干那事。来正当旅馆的人，他们是正直的人，对家庭负责的人，对金钱看得紧的人，有抱负、有志向的人，樊刚就是这样的人，安顺儿是这样的人，绝大多数国家和集体的采购员都是这样的人。

为了安全起见，他必须赶到火车站的"运春雨来旅馆"。本来汽车站离火车站不远，他离开汽车站就向火车站走去。火车站有很多路灯，加上天上的月亮很亮。火车站太大了，走到了一个地方，好像是张运春那个旅馆，可是走近一看，又不是。他又找了好几个地方，仍然不是，他着急了。

这时他走累了，肚子也饿了，还好，这天晚上有月亮，要是没有月亮，那就更惨了！他继续找！当他愈找不着时，愈着急。上午跟随他的三个年轻人的影子，时时浮现在他跟前。他愈想这些愈害怕！他把装三万元现金的蛇皮袋搭在肩上，右手紧紧地捏住手帕里的石灰。

平时不起眼的石灰，一文不值的石灰，此时比什么都珍贵，比什么都重要！甚至比他手上三万元现金还珍贵，还重要！

这点儿石灰就是他的武器，就是他的希望！为什么只有这一斤呢？为什么

不多带点儿？就是少带点儿钱，也要多带点儿它！现在只有它，才能保住他！有了它，可以防身，可以撒向歹徒，使他们的眼睛睁不开！睁不开眼，他们就不会抢他的钱！睁不开眼，也就要不了他的命！可是石灰只有这一点点，石灰伤不了歹徒，或者只伤了一两个，还有更多的歹徒……可是他的石灰太少了，要是多，他可以继续撒，一把，两把……那些歹徒被石灰伤了眼睛，抱头鼠窜地离开了，或者是鬼哭狼嚎地跑掉了！可是他只带了一斤，要是带上三斤、四斤、五斤……该多好啊！

俗话说："近怕鬼，远怕水！"现在安顺儿是鬼也不怕，水也不怕，他怕的是歹徒。

火车站什么人也没有，什么声音也没有，只有高悬在水泥杆上一盏一盏的路灯和天空中的明月……走了大半夜，他终于看见了张运春旅馆的牌子"运春雨来旅馆"。

安顺儿走近旅馆，心情一下子就放松了，他好欢喜，好激动，他敲了敲门，没有动静，他喊了几声张老板和薛雨来，还是没有反应，接着他又大声喊了几声，这时才有人出来开了门。来开门的正是张老板的妻子薛雨来！她睡眼惺忪地穿着乳白色的睡衣，披着一头乌黑的长发，脸蛋微红微红的。她那弯弯的眉毛，高高的鼻梁，红红的嘴唇，无不透露出成熟女人的魅力！

安顺儿看着薛雨来惊恐未定地说："我是安顺儿，是樊刚的朋友！"

老板娘这时才记起来："哦，原来是安老师呀！您怎么这么晚才来呢？"

安顺儿说："下午车开到白水乡时堵车，到嘉川就不早了，从汽车站到火车站，我又走了一晚上！"

薛雨来见他一副狼狈相，"扑哧"地笑了一下，于是就把他带进了屋。

他被安排在一间两人床的房间里。

老板娘说："这间是樊刚老板经常住的，只要客不满，我总是给他留着，您

采购员安顺儿

就住这间吧！"

安顺儿问："樊刚没在这里？"

老板娘说："昨天下午走的，他说明天下午回来。"老板娘给安顺儿提来了两瓶开水，向他说了声"晚安"就出去了。

安顺儿关上门，看了下时间，已是凌晨一点二十五分了。他把三万元现金放在一旁，这时才如释重负地出了口长气。之后他用保温瓶里的水洗了洗脸，泡了下脚，足足地喝了一暖瓶水。安顺儿仍然惊恐未定，觉得肚子饿。然而，饿有什么办法呢！他把钱塞在枕头下，这才安然地躺下了……

他一躺下，一整天的经历就在他脑海里出现，加上肚内饥饿，怎么也睡不着。等到凌晨三点过后，他才迷迷糊糊地睡着了。

他睡得很晚，天刚亮就醒了，他睡了不足三个小时，他实在太饿了，天刚亮，他就叫老板娘做饭，因为她这个旅社是两用，既开旅馆，又开饭馆。然而，安顺儿是个知趣的人，昨晚看着老板娘睡眼惺忪的样子，接待他就算不错了，怎么还劳驾她做饭呢？

早餐安顺儿要了一个炒菜：黄瓜炒肉片，一盘卤菜：半斤酱牛肉，一个素菜汤：番茄鸡蛋汤，另外还要了二两酒，三两面。他饱饱地吃完了，又回到了旅社。

他回到旅馆关门就睡，一直睡到下午三点多，他才醒来。

十

樊刚没有想到安顺儿会来,更没有想到他会来得这么快。这几天,他正在与某县农资公司采购员谈一笔山西碳铵的生意。农资公司要出售两个车皮的山西碳铵,价格还可以,去了不少生意贩子都没有谈成,一个原因是没那么多现金。他正着急,由于路途远,带不了信,打电话又怕安顺儿他们不相信,没想到安顺儿却突然来了,他问:"你什么时候来的?"

"昨天晚上!"

安顺儿就把来广元一路上的经过向樊刚说了。

樊刚听得入神,他对安顺儿的机智佩服得五体投地。他说,他在外面跑了那么多年,到过许多地方,经历过不少事,也没有安顺儿这次那么离奇、那么惊险!

后来,听说他带来了三万元现金,樊刚真是喜出望外。

下午安顺儿吃了午饭,带着那三万元现金与樊刚去见某县农资公司的采购员。

他们经过反复地讨价还价,以每吨二百一十五元买了两个车皮的山西碳铵。

他俩把两个车皮一百二十吨的碳铵提货单拿在手上,就去找车,他们去了许多单位,最后在嘉川供销社车队找来了两辆解放牌和一辆东风牌汽车。

采购员安顺儿

安顺儿装了三车化肥回去了，樊刚留在火车站看货。

安顺儿回去后，又把肖师傅请来了，另外还请了三辆车。

当安顺儿正在跑第二趟时，社办厂职工权东找到广元来了。

权东三十来岁，稍高的个子，瘦瘦的身材，参加过对越自卫反击战，在部队里待过五年，进乡社厂已经三年了。前不久，他们单位搞起了承包。权东见食品站、粮站和农经农技综合服务站在卖化肥，不管有没有营业执照，东借点，西凑点，好不容易才凑了点儿钱经营起了化肥。只不过他卖得很少。他不是在贩子手上买一吨，就是在其他单位赊欠两三吨来卖。他与安顺儿很熟，不知他搭谁的车，也到了嘉川。

权东到了嘉川，这里走走，那里问问，可是小摊贩的化肥价格并不便宜，碳铵每吨都在二百三四十元，除去运杂费，运回去几乎没有利润，他去找樊刚。

樊刚说："我也是帮忙，你去找安顺儿吧。"

好说歹说，安顺儿卖给了他五吨，价格在别人手上提的啥价，转给他的还是那价。权东见安顺儿给了他一车碳铵，还是批发价，真是感激不尽。他在嘉川找了一辆车就把碳铵拉了回去。

农资公司和供销社，见化肥经营权放开了，一时乱了分寸。历年春耕，化肥的储存量还不足五分之一，全靠各化肥厂家签订的合同。每年的三月份到五月份，是化肥的旺销季节，一般，三月份就要大量调运，不然运迟了，车辆不够，化肥供不应求。今年显然与往年不同，签订的合同，不敢往库里运，本来该大量储存的不敢储存。虽然各级政府一再强调他们是主渠道，要占常规销量的百分之七八十，然而，他们总是有所顾虑，畏首畏尾的，摸不着市场行情。政府说了说，他们动了动，政府让他们大量储存，他们偏不囤货，运一车，卖一车，边卖边看。

像农经农技综合服务站、食品站、粮站、社办厂，他们小打小闹，打游击

战，这些小单位、小部门，他们见机行事，见缝插针，只要把本钱赚回来，多少有几个利润，出手就卖，转手又买，灵活机动，变化无常。而像农资公司、供销社，他们一般价格是死的，即使变动，往往要一周，至少也要三四天时间价格才能定下来，等他们的价格定下来，人家的化肥已经卖得差不多了。更糟糕的是，他们的化肥相当一部分是去年的，由于包装不好，挥发了一部分，缺斤少两情况严重。过去独家经营，到了春耕用肥时，先把陈货卖完，然后才开仓库，出售新货。出售陈货时，他们论包，而不是论斤两，一包少得再多他们也不管。老百姓买了缺斤少两的肥料怨声载道，骂爹骂娘！没有办法，因为只有他们在卖！现在不同了，你论包，讲堆头，人家论秤，讲斤两，你不这样做，就不在你那里买，一斤化肥就出一斤化肥的钱，老百姓绝不出冤枉钱！

在三月中旬，安顺儿就购回了八十多吨"银山3号"肥和九吨配方肥，现在他们又在嘉川买了一百多吨山西碳铵陆续往库里运。原来供销社在全乡只有三个化肥销售点，现在农经农技综合服务站设了八个化肥销售网点。他们除了在乡场上有一个门市部外，那八十多吨"银山3号"肥，九吨多配方肥，还有山西碳铵都放在了各网点上。加之他们网点交通便利，农户购买方便，肥料优质，品种齐全，价格合理，不缺斤少两，服务态度好，于是在他们那里买化肥的农户很多，用门庭若市来形容是再恰当不过的了。相反，供销社门可罗雀。

供销社的人见状，愤愤不平，他们出绝招了：降价！

碳铵每吨降了二十元，也就是说，碳铵几乎没有利润。供销社降价，他们也降价，一个乡供销社的降价，引起了另一个乡供销社的降价，甚至到区县。

安顺儿在广元、嘉川购买了一百多吨碳铵，正当他运回第二批时，不知谁说安顺儿在广元火车站和嘉川火车站买了上千吨的优质碳铵，这些化肥运回去，要挤垮当地供销社！当地供销社把这个情况传到了区供销社，区供销社的一个头头，财大气粗，咬牙切齿地说："老子堂堂的国营供销社，还拼不过你那小小

采购员安顺儿

的乡镇农经农技综合服务站！"一天晚上突然传达了一个命令：所有碳铵每吨降价二十元。仅一个区供销社，一天晚上就损失上百万元。

听说碳铵大降价了，农户什么化肥也不买，只买碳铵。有的农户，见碳铵大降价，不仅把当年春耕化肥备齐了，还备足了小春的，以防化肥受潮挥发，还买来塑料薄膜裹好。你买，他买，没钱的人借钱买。不久，就把供销社、农经农技综合服务站等单位的碳铵买空了。

那时，安顺儿在嘉川火车站购买的一百多吨碳铵，只调了三分之一回去。见站上没有碳铵，他们又把碳铵价调到了原来的价，有时甚至比原来的价高。

到了四月上旬，正值化肥销售旺季，有钱的农户，预先就把化肥买了，准备好了，但这样的农户毕竟是极少数。绝大多数没钱的农户是等米下锅，需要化肥时才去买。有的甚至没有钱买，还要贷款、赊欠，实在贷不了款，赊欠不了，就不施基肥了，只施苗肥。一些农户，见没有了碳铵，只好买多效肥、"银山3号"肥和配方肥。没几天，无论是供销社，还是综合服务站，也不管是碳铵还是其他化肥，都被一抢而空。一时造成了化肥荒！

上文已经谈到了这个问题。化肥经营权稍一放开，农资公司和供销社等主渠道就乱了方寸，在各化肥厂家签订的化肥不敢往回运。化肥厂家见合同兑现不了，也乱了方寸，不敢大量生产。正常年景，旺季本来该加三个班的，见合同兑现不了，只加一个班，有时一个班都未上满。另一种情况是，老百姓听说某一种物资要紧缺，争先恐后地去哄抢、囤积，这样自然就加重了化肥短缺的程度。从碳铵降价，到化肥紧张，前后才十一天时间，就形成了两种截然不同的局面。

安顺儿原来在农技推广中心调的八十多吨"银山3号"肥和配方肥，以及在嘉川购买的碳铵已经卖光了，站上现在是有一车卖一车。

就在安顺儿调回山西碳铵的第四趟，权东又跟去了。原来他是想找安顺儿

再买一车碳铵。可是他一到嘉川,就遇到了一个姓何的化肥贩子。

他对权东说:"我那里有碳铵,价格还便宜。"

权东问:"多少钱一吨?"

姓何的说:"一百零五元一吨,要多少,有多少。"

当时安顺儿也在场。安顺儿不相信他说的是真话,然而,权东却信以为真。

安顺儿对权东说:"广元这一带什么人都有,尤其是骗子最多,老权,你要提防些,以防受骗上当。"

可是权东却说:"骗子骗不了我,我是当过兵,上过战场的人。"

说着,向安顺儿打了声招呼,就与姓何的去了。

姓何的对权东说,他在旺苍氮肥厂还有几十吨碳铵,这些化肥,都卖给他。他还说,他与氮肥厂销售科长如何如何好,还与厂长有关系,他愿意结交像权东这样直来直去当过兵的人。权东很快就把便宜碳铵拉回去卖了。安顺儿上次卖给他的那车山西碳铵,他赚了一百三十多元钱,而姓何的这车旺苍碳铵,他就赚了三百多元,见赚了那么多钱,他高兴得忘乎所以!

他准备了四车碳铵的钱,当然,这四车化肥钱绝大多数是在信用社找人贷的款,还有在亲戚朋友那里借的,实际上他只有一车碳铵的本钱。他把四车化肥的款全带在了身上,心想:这一回要赚个够!赚个痛快!

权东去嘉川找到姓何的,姓何的正在等他。他晓得他要来,他是钓者,权东是鱼,他已经给权东投下了诱饵,他正在吃,等吃下后,他好收竿!

姓何的对权东说:"我联系了八吨自贡多效肥,价格便宜,是从某某采购员那里买来的,采购员急需用现钱,要你马上去提货。"

权东信他了,跟随老何去了。他走到火车站旁边一个化肥仓库里,姓何的向那保管员递了支烟,向保管员点了点了头,其实保管员根本就不认识他。姓何的出来了,权东也跟着出来了。

采购员安顺儿

姓何的对权东说:"多效肥就在那个仓库里。"

真真切切,那还有假?

姓何的问:"你带了多少钱?"

权东说:"我带了五千元。"

姓何的说:"那八吨多效肥要四千八,你把钱交给我,我好去开票。"

权东没有任何怀疑,就把四千八百元钱如数给了他。

姓何的拿着四千八百元钱,对权东说:"你在仓库门外等着,我进去把票开好了就来找你。"

权东照他的话去做了。

那化肥仓库很大,能装几千吨,可是里面只有极少的化肥,不足三十吨。然而,来这里买化肥的贩子是络绎不绝,走了一批,又来一批,问的人多,买的人少,因为他们要的价格实在是太高了。

权东在仓库门外,一等姓何的没有出来,二等姓何的没有出来,足足等了两个多小时,直到仓库关门了,还是未见姓何的出来。权东急了。

他问仓库保管员:"请问保管员同志,有个姓何的在你这里开没开过化肥?"

保管员回答说:"我根本就不认识什么姓何的人,他在这里开什么化肥呢?"

他说:"姓何的跟你说过话,还递过烟!"

保管员说:"跟我说说话、递个烟的人多的是。说说话,递个烟的人,我并非都认识。"

权东一下呆了!

他在嘉川火车站找,没找到人,他又在旅社里找,还是未见姓何的踪影。

他去问安顺儿:"安老师,你看见老何没有?"

安顺儿说:"我没有见到他!"

安顺儿知道他上当受骗了,深深地叹息了一声!权东见嘉川没有姓何的,

又去了广元火车站,可是他把广元火车站包括火车站附近的旅社找遍了,还是没有姓何的影子。

权东没有找到姓何的,垂头丧气地回来了。他找到樊刚,叫樊刚帮他找一找。好话说了不少,樊刚推说自己忙。没有办法,他只好去求安顺儿。

安顺儿从广元回来好几天了,正准备再去。权东见到安顺儿,"哇"的一声就哭起来了,说:"安顺儿老弟,我上当了,姓何的拿了我四千八百元,说是买多效肥,现在连个人影都不见,求求您帮我找找吧!"

安顺儿见他可怜,又是本乡的,说:"好,看在同乡的分上,我就帮你找一找,但不一定能找到,也许他拿着你的钱,远走高飞了!"

权东打听到姓何的是苍溪县龙山镇人,说先到龙山去找。安顺儿说,他不一定回去,还是先到广元和嘉川去找,如果那里没有,再到苍溪龙山去。权东同意了。

隔了几天,安顺儿准备了两车化肥款,他俩去了嘉川。

车子到了嘉川已是晚上十点了。他俩找了一辆三轮车坐到了薛雨来的旅社。

安顺儿问:"老板娘,还有房间吗?"

薛雨来说:"还有!"

她把房子又加了两层,一层增加了十多个床位,住宿宽绰,很少住满过。由于来的客户多,她专门请了一个厨师和两个服务员,她现在算是一个老板了。单人间和双人间没有了,只有三人间和四人间。薛雨来给别人说好话,把安顺儿和权东安排在了一个双人间里。

薛雨来见时间不早了,叫他俩休息,就走了。安顺儿这才去洗澡。权东既没有洗脚,也没有洗澡,把鞋袜一脱,长吁短叹地倒在床上就睡了。

安顺儿洗完了澡,关了灯也睡了。安顺儿一躺下就睡着了,可是权东怎么也睡不着,睡了一会儿,起来开灯坐在床上发呆。坐了会儿,又睡下,不到半

采购员安顺儿

个小时，又起来了，一整夜老是这样。

权东一晚上都没怎么合眼，天还没亮他就把安顺儿叫醒了。

天亮后他与安顺儿吃了早饭，就到火车站寻找了两个多小时，没找到人，又到旺苍氮肥厂去了。他们在那里没有找到姓何的，又回到了嘉川。第二天他俩乘火车到了广元，继续找，仍然没有找到。第三天、第四天、第五天，接连找了五天都没有找到姓何的。

后来，听说姓何的是苍溪龙山人，权东又去了苍溪龙山，一打听，确实有一个姓何的，这个人叫何承业，是个劳改释放犯，因盗窃行骗，坐了四年牢，去年刑期才满。据当地人说，何承业刑满释放后一直在广元、嘉川一带做生意。

没有找到何承业，权东垂头丧气地回来了，前后才十多天，他就像害了一场大病似的：面黄肌瘦，精神恍惚，邋里邋遢。没钱做生意了，他只好把社办厂的生意推了出去。他寻找何承业长达六年之久，最后终于把何承业找到了，然而，找到何承业时，何承业已是身无分文。权东借了亲戚朋友的钱，亲戚朋友找他要账，贷了信用社的款，信用社催促他还本付息，还说要到法院起诉他！权东悲愤交加，最后瘫痪了。

安顺儿把山西碳铵运回来后，又与樊刚在旺苍氮肥厂买了六十多吨碳铵。

十一

  化肥供应一天比一天紧张,供销社化肥仓库和农经农技综合服务站门市部以及各网点,没有一点儿库存化肥,回来一车卖一车,有的人甚至在半路上拦车买化肥。初期那些食品站、粮站、社办厂有化肥,都在卖,见化肥紧张了,搞不到货源都收了摊。

  安顺儿那六十多吨旺苍碳铵,边运就边卖完了。一月以前,广元火车站、嘉川火车站、旺苍氮肥厂等地到处都是堆放的化肥。一月以后,所有仓库都是空荡荡的。广元火车站、嘉川火车站,即使隔一二天有几个化肥车皮回来,只要火车一停,那些排队的汽车如蚂蚁一样多,一两天就把化肥拉没了。旺苍氮肥厂见绝大多数农资公司签订的合同失约,目前生产出来的化肥,由于受地方保护主义思想的影响,严禁对外销售。这样一来,广元、嘉川、旺苍氮肥厂的化肥,外人是弄不到手的。

  樊刚在与安顺儿合作的这段时间里很愉快。只要是他介绍的,安顺儿每吨都是按三元给他结账,包括那一百二十多吨山西碳铵和六十多吨旺苍碳铵,樊刚感到很满意。

  樊刚见弄不到化肥,做其他生意去了。

  安顺儿从广元、旺苍回来后,就把农技推广中心欠的"银山3号"肥、配

采购员安顺儿

方肥款和农药款还了。他这次除了还欠账外，还有几件事要做：一是看看推广中心还有没有化肥，如果有就调一些回去；二是给屈主任和赵淑君买点礼品；再就是去看一下唐梅和唐经理。

想来想去，他准备给赵淑君送一百元钱，她想买什么就买什么！

那天中午下班后，他来到了赵淑君家，赵淑君还像以前那样，对他还是那么热情，还是那么眷恋，当他把一百元钱交给她时，她没有丝毫拒绝的意思，她只是对他笑了笑。

她问："这一个多月你在哪里，为什么不来开化肥？现在的化肥很紧张。"

他说："我这一个多月去了广元、旺苍，也是去买化肥，我在那里采购了些。现在广元那边不好采购了。"

那天中午，安顺儿第一次在她家里吃午饭，这天午饭是土豆炖牛肉。她说她的厨艺不好，其实她做得很好，安顺儿吃得很多，很饱。以前，她也留过他吃饭，他总是拒绝，这次他是心安理得：因为他给她送了一百元钱。一百元就是他一个月的工资啊！

下午，他又到百货公司给屈主任买了两床丝绸被面。

屈主任与赵淑君住的是一个小区，赵淑君住在三单元，屈主任住在一单元六楼，也是最高的一层。房子装修得很简单，屋里的家具也很简单。他家四口人——他和妻子、一个智障儿子和女儿。儿子已经三十多岁了，长得比他父亲还高大结实，然而，智力却只抵得上五六岁孩子。见安顺儿去了，只是"嘿嘿"地傻笑，或"哇哇"地闹。老幺是个女儿，高中毕业，在家待业。

屈主任见安顺儿来了，便请他坐。

安顺儿说："感谢屈主任对我的信任，上次拉了那么多'银山3号'肥，单位赚了不少钱，没别的意思，我在百货商店买了两床丝绸被面作为酬谢，望收下！"

屈主任见安顺儿提来的两床丝绸被面，很不高兴。

他说："安顺儿，你搞什么名堂？我屈尚武再穷，家里再拮据，也不能收别人的东西。我从一个农村会计一步一步走到今天这个位置，不是拍领导的马屁，给领导送礼上来的，而是靠自己的努力，靠真才实学！你把东西拿走，不然，我就不认你安顺儿这个朋友了！"

安顺儿感到有些羞愧。自从他到乡农技站以来，办了不少事，接触了不少人，拒绝收礼的人，屈尚武是第一个。

安顺儿见屈主任不收礼，对他产生了一种敬意，安顺儿不好意思地把两床丝绸被面放到一边，亲切地与屈主任交谈了起来。

在交谈中，安顺儿还要开化肥。这次不管是"银山3号"肥、配方肥还是其他什么化肥，他都要。

屈主任说："'银山3号'肥两千多吨，现在已经发放得差不多了，配方肥也所剩无几，配方肥的原料短缺，如果你需要化肥的话，还有个地方，农技推广中心订了一千多吨，那就是楠木镇复合肥，又叫楠木多效肥，它的主要原料是氯化钠、磷肥、钾肥和石灰，至于施用后的效果，我们今年刚试用。过不了几天，对方就要把化肥送过来。"

安顺儿真是求之不得！

安顺儿从屈主任家出来，提着两床丝绸被面回到了旅馆。

下午四点多钟，安顺儿给种子公司打电话，问唐经理在不在。接电话的不是唐经理，他说他姓罗，唐经理一周前调到科委当主任去了，现在他是经理。

听说唐经理调离了种子公司，安顺儿愣在那儿半天说不出话来，她怎么会调走呢？她怎么能调走呢？

唐经理不在种子公司，安顺儿以后可能在种子公司买不到好种子了，更重要的是失去了他与唐经理的联系……

采购员安顺儿

第二天，楠木镇复合肥厂送化肥过来了，赵淑君看了几次都未见安顺儿，心想他是不是回去了。不可能，他回去一定会和她打招呼。她一看他没有来，二看他没有来。这时屈主任也要找安顺儿，他想：安顺儿说好了的，这几天他在这边等化肥，化肥来了，又没见人，是不是昨天没有收他的礼，他生气了？但屈主任又想：安顺儿不是那样小气的人。见安顺儿大半个上午没有来，屈主任叫赵淑君去找。

赵淑君找到安顺儿住的旅社，见安顺儿像病了似的，赵淑君问："你哪儿不舒服？"

安顺儿摇了摇头，说："没有不舒服！"

"你找我有什么事？"

"化肥被送来了，屈主任叫我来找你的！"

安顺儿并没感到惊喜。要是在往常，不知他要高兴到什么程度。

他跟随她去了。

化肥被运来了五车，跟来了一位采购员。采购员姓朱，叫朱五，朱采购三十多岁，中等个儿，适中的身材，挺有精神，也很精明。屈主任把朱五介绍给了安顺儿，二人互相认识后，屈主任就叫朱采购把安顺儿带到他们厂，并交代说，安顺儿要多少，就提给他多少，价格与农技推广中心一样，同时，还对他说，安顺儿那个站的实力很强，叫他们尽管放心，多给他们放些。

安顺儿好像丈二和尚摸不着头脑，稀里糊涂地被朱采购带上了他们的车。

十二

楠木镇是南部县比较繁华的一个城镇，人口三万，与仪陇县的新政镇、云台市的水观镇相邻。楠木镇的复合肥厂是南部县供销社建立的，已有两年了，年产量在一万吨以上。以往都是本县各乡镇供销社销售化肥，今年放开了，云台市农业局还是第一年与他们厂签订合同。

安顺儿一到他们厂，朱采购就把他带到了办公室。在办公室里，朱采购把他介绍给了他们的厂长。厂长姓刘，叫刘泽彦，刘厂长才二十五岁，微胖，中等身材，剪着圆头，五官端正。他上穿咖啡色衬衣，打着红色领带，下穿灰色裤子，脚上是一双锃亮的皮鞋，这一切都显得与众不同。他是某轻工学院毕业的一名大学生，今年二月份才被分配到这里来任厂长。他和蔼可亲，平易近人，能说会道，性格开朗。办公室里除了他，还有一个五十多岁、瘦高个子、姓王的副厂长，他原来是厂长，刘泽彦来了后，他就让贤了。

听说是云台市农技推广中心屈主任介绍的，刘厂长对安顺儿非常热情。晚上，刘厂长盛情款待了安顺儿。安顺儿晚上住在楠木镇供销社的招待所。招待所共三层楼，砖木结构，底层是仓库，二楼是接待室和客房，三楼全是客房。二楼和三楼中间有两米多宽的楼梯。招待所很大，二楼和三楼共计有三四十个房间。这里是南部、仪陇、云台三县交界处，因此，来往的客商很多。不仅如

采购员安顺儿

此，离这里三四公里处有一尊巨大的唐代立佛。立佛是由山上一块整石雕琢成的，佛像高十米。除了那尊大佛，沿途还有许多座土地庙，每个庙里都供有小佛像。那座立佛，是国家一级文物。每年到了清明节、春节等节日，来山上求神拜佛、烧香许愿的人络绎不绝。远方来的人当天回不去，就在这里住宿一夜，第二天再回去。所以，这里热闹非凡。招待所不仅招待本系统的职工，也招待其他单位的领导和职工，以及外来客商。因此，每天都有几十号人在这里住宿。

那天晚上，刘厂长他们招待完安顺儿，朱采购把他带到招待所，睡到半夜时，突然传来了一阵急促的敲门声。

安顺儿问："谁？"

"派出所查房的！"

听说是派出所的，安顺儿急忙起床，拉开灯，开了门。

进来四个穿着警服的人。

其中一个四十岁左右、高大魁梧的人出示了警官证，对安顺儿说："这是我的证件，我们是楠木派出所的！"

另一位警察威严地说："你是干什么的？请出示你的证件！"

安顺儿说："我是来楠木供销社复合肥厂采购化肥的，从云台市农业局农技推广中心来，不信你们可以去问刘厂长！"

高大魁梧的警察说："请你穿上衣服，没有证件就跟我们走一趟！"

安顺儿以往出门，都是把证件带上的。那时还没有身份证，到哪里去，乡政府或村上要开证明。到本市农业局办事，他一般很少带证明。他这次外出，根本没有想到要到南部县的楠木镇来，早知这样，他是非带上不可的。

民警见安顺儿神态自若，问他从哪里来，到这里来干什么，他对答如流，没有半点儿破绽，派出所的民警相信了他所说的话，于是用警车又把他送回了招待所，这时天已经要亮了。

安顺儿回到招待所,不准备再睡了,洗漱完毕,正准备走,朱采购来了。

"昨天晚上睡得好吗?"

"昨天晚上倒了八辈子霉!"安顺儿气愤地说。

于是,他就把昨天晚上派出所查房的事向朱采购讲了。

朱采购听后,既惊讶,又觉得好笑。

朱采购说:"昨天晚上,我安排完你后,又去了一趟办公室。刘厂长和王副厂长还没有走,他们商量明天给你发四车,王副厂长与我一道去,把化肥钱取回来,同时了解一下你们那里的情况。"

听说给他发四车化肥,王副厂长和朱采购跟着去,安顺儿乐不可支,把昨天晚上的倒霉事忘得一干二净。

朱采购把安顺儿带到了办公室,刘厂长和王副厂长早就上班了。朱采购一见到他们,就把安顺儿昨天晚上没有带证件,派出所的警察把他当成嫖客的事向他们说了。刘厂长和王副厂长都笑弯了腰。刘厂长向安顺儿赔了不是,并说下次他来楠木,他、王副厂长和朱采购一定专程带他到大佛寺去玩一趟,压压惊。

安顺儿在办公室里喝着茶,还不到一个小时,四车化肥就装好了。

化肥装好后,安顺儿坐最前面的一辆车,采购员坐第三辆车,王副厂长坐最后一辆车,向刘厂长告别……

安顺儿带着王副厂长、朱采购,把四车化肥运回去才中午十一点。除了一车卸到乡场上外,其余三车分别拉到了各个网点。

这时,春耕已接近尾声。然而,买化肥的农户还是那么多。因为有相当部分农户没有施底肥,栽的是"白水秧",这化肥正赶上施苗肥。

安顺儿拉回了四车化肥,还把化肥厂的副厂长和采购员请来了,这让梁站长和老占大吃一惊!他们一边热情地接待王厂长和朱采购,一边在信用社取贷

采购员安顺儿

款。这天中午,梁站长、安顺儿、老占等在一家较好的餐馆,用最好的酒菜盛情款待了王副厂长、朱采购和四位驾驶员。酒足饭饱过后,王副厂长和朱采购提着四车化肥款,跟随驾驶员高高兴兴地回去了。

接连几天,他们又拉来五十多吨化肥,这些化肥陆续都卖完了。化肥刚卖完,楠木复合肥厂搞庆祝活动,把安顺儿也请去了。这次活动很隆重,不仅有地区供销社的领导参加,而且还有南部县管商贸的副县长和供销社主任。庆祝活动结束第二天,刘厂长、朱采购,开了两辆小轿车专门接安顺儿去大佛寺参观。刘厂长说,他曾经对安顺儿说过,给他压压惊。

这一个春耕季度,仅化肥一项,站上就净赚了三万多元。按站上规定,安顺儿应该得六千多元奖金,但安顺儿只要了两千元。他说,他在外面跑,家里的人也在出力,他不应该拿那么多奖金!

安顺儿在去年种子紧缺时,采购了大量良种,以及在农技中心、广元、嘉川、旺苍氮肥厂、楠木复合肥厂采购了大量化肥,很快就在这个乡、这个区,乃至全市传开了。他在他家乡那一带已是名声大振了。

春耕生产一结束,端午节一过,安顺儿带上欠农技推广中心、植保站的化肥、农药款,用自家产的优质水稻打了五十斤大米、三十斤花生、二十斤挂面、十斤黄豆和两块腊肉、十斤菜油,跟随肖师傅的车进了城。

他把东西放到了"好莱坞"旅馆里,将三月份欠的农药款还给了田站长,就去找屈主任。他这次进城,还农药款是次要的,主要是将自家产的米、面、肉、油、花生和黄豆送给屈主任。

他上午在办公室没有看见赵淑君,也没有见到屈主任。一打听,赵淑君调回了安阳。

听说赵淑君调回了安阳,他感到一种前所未有的失落感。

下班后,安顺儿在家里找到了屈主任,他敲门进去,屈主任在家里,一家

人正在吃饭。除了女儿，全在家里。晚餐很简单，一大盘土豆丝、一盘黄瓜和一盆番茄素菜汤，两盘菜里几乎没有肉，他儿子边吃边在菜里拣着零星的肉屑。

安顺儿坐在简陋的人造革沙发上，看着屈主任一家简朴的生活和他那智障儿子在菜里寻找肉的情景，心想，堂堂正正一个市农技推广主任，手上掌握着上千万资金，却过着连普通人都不如的生活，这是多么廉洁、多么好的共产党的干部哇！安顺儿的眼睛湿润了！

屈主任很快就把饭吃完了，他家人还没有下席，屈主任热情地给安顺儿泡了茶，只是他那智障儿子大口大口地吃着，把两个盘里和盆里的剩菜剩汤全倒在了自己的碗里，可见他的饭量有多大。

屈主任一边用牙签剔着牙，一边问安顺儿今年春季化肥卖得怎么样。

安顺儿对屈主任说："今年春季化肥卖得很好，利润丰厚，全靠屈主任的扶持。如果不是屈主任信任我，赊欠那么多化肥回去，我们站上也买不了那么多化肥，赚不了那么多钱。"本来安顺儿想说，屈主任是如何廉洁，是共产党的好干部，然而，他一个字未提。他只说："看在与屈主任私交的面上，感谢屈主任对我本人的信任，对我工作的理解和支持，我把自家产的一点儿米面油带来了，这与公家无任何关系。"

原以为屈主任会百般拒绝和推辞，听说是安顺儿自家产的，屈主任也相信安顺儿说的是真话，于是，他收下了安顺儿送来的东西。

这把安顺儿乐坏了。安顺儿是个有情有义的人，屈主任那么信任他、理解他、支持他，与他一不沾亲，二不带故的，帮了那么大的忙，他连一点东西都不要，他于心不忍啊！

十三

上半年化肥紧张，下半年仍然如此。十月的一天，安顺儿正在家里看书，梁站长带来了三个人。为首的那个高高的、瘦瘦的、戴着眼镜的是该乡小学校的何副校长。另外两人，一个也是瘦瘦的，但个子没有何副校长高，长条脸，浓眉大眼，年龄在三十六七岁。一个是中等个儿，脸蛋儿圆圆的，平头，年龄在二十岁上下。三人除何副校长外，另外两人都是农民装束。

何副校长走近客气地说："哟，你在看书，打扰了！"

"哪里哪里，"安顺儿见梁站长带着何副校长来了，将书放到一边，连忙起来，端了两条凳子说，"梁站长、何校长，你们请坐！"

梁站长坐下来对何校长说："何校长，你把来意向安顺儿说一下吧！"

"我先来介绍一下，"何校长说，"这位是我堂弟何光廷，那位是他妻弟，叫黄毅。黄毅在山西省河津县铝矿厂采石场打工，听何光廷说，家乡化肥紧张，有很多农户去年大春没有买到化肥，水稻和玉米只有往年一半收成。有劳力的，化肥能买回来，没劳力的，如黄毅家，一个老母亲在家里，买化肥时又挤不进去，当挤进去时，化肥又卖完了，何光廷离她远，又帮不上什么忙。黄毅听说家乡缺化肥，而他们就住在主产化肥的省份，山西碳铵堆积如山，价格还非常便宜。黄毅从信中得知家乡化肥紧张，于是就萌生了把山西碳铵买回去的想法，这样既解决了缺化肥的问题,又可以做一笔生意。他给何光廷写了一封信,在信中,将他的想法告诉了他姐夫。何光廷认为这个想法不错,就来找我,我哪个单位都没有去,就直接找到了乡上蒲书记。蒲书记听说山西的碳铵多,而且价格还便宜,当场拍板说,有多少,要多少。叫黄毅马上回来。我把蒲书记的话转给了何光廷,何光廷回信给黄毅,没有几天黄毅就回来了。我还有课,梁站长、安老师,拜托了。光廷、黄毅,你俩有什么话就跟梁站长和安老师说!"

"没什么说的,只等梁站长与安老师拿决策。"何光廷说。

说罢,兄弟俩也一起与何副校长走了。

梁站长见何副校长三兄弟走了,问安顺儿:"你看如何?"

"不好说,"安顺儿说,"山西省的河津县,路途遥远,情况一无所知。常言道,'远走不如近爬坡''远水救不了近火'。梁站长,恕我直言,我们现在与农业局推广中心的屈主任、土肥站詹副站长关系那么可靠,同时,广元、旺苍那边的路也熟,还有我们乡像樊刚那样精明可靠的化肥贩子,只要资金到位,不愁弄不到化肥,何必要跑那么远呢?"

梁站长说:"这是蒲书记答应的呀!"

"蒲书记说的话我们也应该考虑,"安顺儿说,"生意如战场,兵书上说:'知己知彼,百战不殆。'梁站长,不是我反对,我们对山西那里的化肥行情一无所知,单凭外面一个打工仔回来说,我们就提着资金跟过去,你不觉得这太荒唐吗?要是化肥一时弄不回来,或者说,弄回来了错过了季节,造成积压,年底资金又腾不出来,各种提留款兑现不了;到了第二年春上,积压的化肥化成了水,最后会造成巨大的经济损失……"

梁站长感到有些为难,叹道:"这怎么说呢!"

"关于到山西去弄化肥的事,请梁站长把我的意见转给蒲书记,总之,我是不赞成的,如果蒲书记坚持己见,派我们去,是亏是赢,包括差旅费在内,由

采购员安顺儿

政府承担，站上概不负责！"

梁站长沉思了片刻，说："好，我把你的意见带给蒲书记！"

梁站长说完就走了，安顺儿感到有些不安。

蒲书记在县上开会、办事，待了一个礼拜才回来。他一回来，何光廷和黄毅就抢在了梁站长的前头找他。当梁站长把安顺儿的意见向他汇报时，蒲书记早已下定决心，叫梁站长派安顺儿尽快跟何光廷和黄毅去山西。梁站长无奈，只好安排安顺儿去。

安顺儿见两位领导都这样定了，也就没什么话说。

之后，何光廷和黄毅又多次找过安顺儿。为了站上少亏钱，安顺儿拟订了一份协议，协议的大致内容：

何光廷、黄毅简称甲方，乡农经农技综合服务站简称乙方，经甲乙双方协商同意，来回差旅费、住宿费、生活费甲乙双方各自负责；山西碳铵调回来后，除去一切开支，如有盈利，双方可以在利润之内报销，若没有盈利，甲乙双方各自承担；乙方负责备足购买化肥的资金，甲方不出资金，盈利的百分之七十归乙方，百分之三十归甲方，若亏损了，百分之七十由甲方负责，百分之三十由乙方负责。

本来这个协议对甲方有点苛刻，但甲方还是同意了。

十月二十三日，何光廷取了一千五百元钱，黄毅带了八百多元，安顺儿这次到山西，比哪次出门带得都少，只在站上领了两千元。

安顺儿虽然对这次去山西采购化肥有意见，但意见归意见，不能说自己有意见就闹情绪、闹别扭，就与何光廷和黄毅不团结、不合作。安顺儿这个人，怎么说呢，从他的年龄到他的职位和身份，看不出他有什么才华和过人之处，其实他是一个挺实在的人，也是一个很有智慧的人，平时看不出来，在关键时候才能显示出他的本事来。

安顺儿一边等车，一边与何光廷、黄毅聊着。

安顺儿说："老何，小黄，我们这次到山西，情况如何，只有黄毅才清楚，我与老何是一无所知，在此情况下，人都必须合成一条心，无论事情的结果怎样，都要尽心尽力去争取。未得到利润之前，一路的食宿必须从简，所需东西，必要的才买，不必要的，该节约的必须节约。另外，一路上要注意安全。你俩还有什么话要说？"

何光廷说："安老师，我们听你的！"

黄毅也点头认可。

这是安顺儿第五次上广元了。第一次上广元是七年前，也就是在他二十岁那年，没考上大学，到新疆去投亲。另外三次是上半年到广元、旺苍一带采购化肥，这一次他们买的是晚上八点四十分广元至西安的火车票。火车到了西安，已经是第二天六点多了。

他第一次走进火车站，看到那明亮的步梯时，只觉得新鲜、好奇！几年前，刚实行改革开放，土地承包到户，人民还很穷，火车站里要钱要粮的乞丐，来了一批又一批，真是层出不穷！安顺儿从新疆探亲回家，亲戚给他拿的路费及礼钱，大部分施舍给了乞丐，是饿着肚子、几乎乞讨回来的。当他再次走进火车站候车室时，那些乞讨的人，已经没有了踪迹，前后才七年时间，这是多么大的变化呀！

他们在西安转车，买了去山西河津的票。又是晚上的车……

昨天从广元走时，白天气温还有十五六度，到了西安还有十度左右，可是到了山西，白天气温只有五六度了，晚上更低，下降到零下十多度。

火车到了山西的河津县城，已经是第二天的六点多钟。他们从车站走出来，外面寒风凛冽，野外还有一层薄薄的冰雪。黄毅对安顺儿说，在他回来之前，这里就下过好几场雪了。见外面冷，他们都加厚了衣服。吃了早饭，他们乘了

采购员安顺儿

一辆公交车，坐了十多公里，在一个叫土墩子的地方住了下来。

土墩子，挨近黄河边，黄沙飞扬，不知是村庄还是场镇，这里只有几十家住户、四五家小卖部和唯一的一家小食店，以及川流不息的大小车辆。黄毅告诉安顺儿，这里离他们工地还有二十四五里，到铝厂每天只有一趟班车，现在没有车了，只好等明天的班车。早上是小米大枣稀饭，黄毅吃了两碗，何光廷吃了一碗半，安顺儿一碗没吃完就放下了筷子，因过于甜腻，吃不惯，所以肚子早饿了。他们来到饭店里。

四川人喜欢麻辣味，每顿没有麻辣的东西是吃不下饭的。安顺儿初次到山西，不知道这里的饮食习惯。他像在家乡那样，很随便地点了三个菜：一个土豆丝，一个白菜肉片，一个粉条肉丝，每人要了二两炒面。当安顺儿拿起筷子吃时，才吃了一口，几乎全吐了，这炒菜，全是用羊油炒的，安顺儿一点儿也吃不下去。

安顺儿说："老板，我们吃不惯你们用羊油炒的菜，换成猪油或植物油炒吧。"

老板说："没有猪油，只有棉籽油。"

安顺儿还是在二十世纪六七十年代吃过棉籽油，他对店老板说："那就用棉籽油炒吧，原来三样菜的价仍算在里面。"

老板又用棉籽油炒了那三个菜，另外又加了点海椒，炒面也是用棉籽油炒的。尽管安顺儿和店老板打过招呼，他们是四川人，喜欢麻辣，麻辣的作料可以多放点，然而，还是不行，饭菜咸不咸淡不淡的，甜不甜酸不酸的，这与四川的饭菜相比差远了。饭菜里面没有羊油，安顺儿这才勉强吃了一顿，但吃得不多，要不是肚子饿了，他一点都吃不下去的。

他们在旅馆里休息了两三个小时，实在觉得无聊，他们三人商量，明日上午十点多才有班车到铝厂，土墩子离铝厂只有四十多里，与其在这里等十多个

小时，还不如慢慢地顺公路走，即使辛苦点，也节约了一天时间。他们知道，下午的票是退不了的，于是就向店老板打了招呼，收拾行礼，在一家小卖部里每人买了二两花生米、一小瓶汽水，顺着公路就向铝厂的方向走去。

公路是沿着黄河一直往上走的，黄河只有半河水，河面上已经结了大块大块的冰，那些冰块在咆哮的黄河水冲击下，发出了雷鸣般的响声，甚是壮观！这三人中，感受最深的是安顺儿，他是第一次看到黄河，也是第一次看到黄河的壮观景象，感受到黄河的威力！十月份，是枯水季节了，这才只有半河水，要是在夏季，那满河的水，就更显得威严和壮观了。黄河是中华民族的母亲河，黄河两岸的人民，世世代代在这里繁衍生息。黄河又是中华民族的魂，《黄河大合唱》唤起了亿万人民的心声。在奔放、激昂的歌声鼓舞下，中华儿女前仆后继地奔向了解放战场，中国人民经过多年艰苦卓绝的奋战，终于获得了解放！

他们走了一个多小时天就黑了，天上慢慢地升起了模糊的月亮，此时他们又饥又渴。一路的河风呼呼地吹着，撕扯着他们的衣襟，扑打着他们的脸，河面上的冰块在河水的冲击下发出了震耳欲聋的咆哮声。他们顶着月光，冒着严寒，伴随着轰隆的河水，继续往前走。他们走着走着，花生米吃光了，每人一小瓶汽水也喝完了。虽然一路走着不冷，有时身上还出点汗，然而，越走越饿，越走越渴，越走越累。虽然是在黄河边，但是没有住户，又没水井，同样找不到水喝。这里不像南方，随处都可以找到住户，随处都可以找到水。这里前不巴村，后不挨户，非常荒凉！要不是偶尔有几辆来往铝厂的货车，他们走在路上就更觉得寂寞可怕了。他们走了大半夜，终于到了铝厂。一看时间，已经是晚上的十二点多了，这二十多公里路，走了四五个小时。

山西河津铝厂，一片灯海，高楼林立，机器声隆隆。黄毅说，他们工地在山上，离这里还有四五公里路。由于是晚上，他也不知道上山的路。去订旅馆吧，又找不着旅馆，再说，就是找到了，这么晚了，也没哪家旅馆给开门。因此，他们只好在寒夜里等。他们刚才在路上走时，只觉得饥饿和渴，因为在走路，并不觉得冷，现在不走路了，也就冷了起来。他们三人，一边摆着龙门阵，一边耐心地等待着天亮。他们好不容易才等到天蒙蒙亮，问一个过路的人才找到了上山的路。他们忍饥挨饿地又走了一个多小时，才终于走到了山上的工地。

工地的居住地点是在两个山洞里。那两个山洞，一个用来居住，另一个是做饭的厨房和吃饭的饭堂。居住的那个山洞像燕子窝；厨房和饭堂的山洞，老远看起来像是一个山洞，其实里面是一个连二洞。厨房的山洞比饭堂的山洞要大些，那两个山洞外面是用山上的茅草和荆条搭成的，这是用来挡外面风雪的。居住的山洞，高三至四米、深七至八米、长十至十二米。从那些凌乱的、好久没有洗的被子可以看出，里面有十五六个人就寝。这里住的不仅有男人，还有女人，不过女人很少，这几个女人都是打工男子的妻子。她们的年龄都不大，三十多岁，她们穿得也极为简单和朴素。他们三人到了那里，大家正在吃早饭，早饭是两个大馒头和一碗白菜汤。她们见男人们都去吃饭了，坐在被窝里简单地梳理了一下，连脸都未洗，接过男人端过来的馒头和汤，毫无顾忌地吃了起来。

几个伙计见黄毅他们来了，给他们每人拿了两个馒头和一碗白菜汤。安顺儿实在是太渴太饿了，他没有吃饭，在厨房里找了一瓢水，那水冰凉冰凉的，他一口气咕咚咕咚地喝了一大瓢，另两人也跟着各喝了一瓢。水喝足了才去吃饭，安顺儿一口气吃了三个大馒头，黄毅他们也吃了不少。吃完饭，那些伙计都上工去了，只剩下几个女人在屋里，安顺儿他们三人实在是太疲倦了，也不嫌脏和被子上的虱子，也顾不得还有女人在里面，在黄毅打工睡觉的地方，倒头就睡下了，一直睡到吃中午饭。

十四

  当黄毅的伙计们收工回来,正准备喊他们起来吃午饭,来了一个身材高大,满脸麻子,披着一件旧军大衣,五十三四岁的男子,他后面跟了一个女人,三十岁左右。他朝那些女人吼道:"我这里又不是慈善机构,你们都来这里白吃白住?"

  听黄毅说,他是老板,姓包,叫包范,这个铝矿就是他开的,那个女的,是他的秘书。包范开了三个矿厂,这是其中的一个。他曾参加过抗美援朝战争,在部队里还是连长,据他说,他在朝鲜战场上受了伤,战争结束后被分配到山西河津铝厂财务科当科长。一次厂里开会,他迟到了,厂长严厉批评了他。当时他就跟厂长争吵起来了,更恶劣的是,他还上台去左右开弓打了厂长三个耳光。厂长瘦小,患有严重的支气管炎,除此之外,还有高血压和心脏病。他那三耳光哪有轻的,当时厂长的门牙就掉落了两颗,口里流血,喘气不止,摇摇晃晃地倒下来。保卫科的人,把他抓了起来,将厂长送进了医院。经抢救,厂长脱离了生命危险,厂长在医院里住了半年多。厂长没了门牙,然而,包范被厂里"双开",即开除党籍,开除公职。厂里给他一万多元的退职费。他把那些钱,承包了几十万方的铝矿。他开了两个铝矿场,同时还办了一个碎石场,将山上开采的大块矿石运到下面的碎石场,加工成小块铝矿石卖给国家。

采购员安顺儿

"包老板以往不是这个样子,今天怎么这么凶呢?"黄毅说。

包老板吼了几声,在厨房和饭堂里看了一下就走了。

黄毅说:"包老板就住在山上。"

安顺儿问:"除了姓包的铝厂外,还有没有其他铝厂?"

黄毅说:"有,这山上不仅有他开办的,还有国家的、集体的和其他私人开办的。这座山很大,山上全是铝矿石,在山上开采的有几万民工,他们来自全国各地,因此,山上不仅有菜市场,还有商店、旅馆等。"

听了黄毅说山上的事,包老板住在山上,安顺儿觉得好奇,想到山上看看,会会包老板。他说:"既然山上什么都有,包老板也住在山上,何不上去看看呢?"

何光廷也说:"安老师说去看看,那我们就上去吧!"

他们三人,黄毅带路,安顺儿走中间,何光廷殿后就向山上走去。

上山的路全是近几年开拓的蜿蜒小路,他们仨走了三四百米才到山上。山上到处炮声隆隆,天空中尘烟弥漫。一到山上,到处都是路,他们仨朝一条大路走去。走了五六十米,爬二十多米的缓坡,看到了一些简易的房屋,以及一些人和猫狗。那些房屋,有的是用牛毛毡搭成的,有的是用石棉瓦搭成的,有的就地取材,用山上的茅草和芦苇搭成的,还有的是用石板搭成的,墙壁全是山上石块砌成的,房屋都不高,约四米。

黄毅说:"这些房屋都是当地人建的。"

他们仨继续向前面走去。大路两边,坡上、半坡上全是这样的房子,人也多了起来。不过,盖茅草和芦苇的不多,盖的都是石棉瓦和牛毛毡。大部分的房门是关着的,但也有开着的。走着走着,人更多了,出现了一些商店和饮食店,以及零零散散的菜市场。商店里的商品应有尽有,饮食店里,有的人在喝茶,有的人在烤火,只有极少数人在吃饭,那些饭菜,与他们昨天来时在黄河边吃的差不多。菜市场卖的菜很单调，土豆和大白菜，但也有卖木耳和山药的，肉类主要是牛羊肉。

黄毅说："以前这里也有铝矿石，开采完了，政府就用推土机推平，改成了生活区。我们来的方向是东北方，经过几十年的开采，已经开采得差不多了，没有多少矿石了，只是集体和私人在开采，就是这少量的矿石，都要开采几十年。西南方向是新矿，都是国家在开采，这里离国家矿区还有十多公里。"

安顺儿问："山上这么多人，又在开矿，哪来的水呢？"

黄毅说："山背后有一个大型水库，开矿用的水和民用的水都是从那水库里抽上来的。"

何光廷说："没有水，这么多人在山上就不能生存了。"

本来安顺儿还想去看国营铝矿和山背后的水库，听黄毅说这里离国营铝矿还有十多公里，山背后的水库也有六七里，也就不想去了。

"黄毅，往哪儿去，快到屋里来！"

原来是包老板，包老板并没有早上见到时那么凶。

黄毅介绍说："这是安老师，这是我姐夫！"

"请别见怪，"包老板分别与安顺儿、何光廷握了握手说，"早上的话把你们得罪了，我不是针对你们，有些民工太不像话了，带着婆娘、娃儿在我这里白吃白住几个月了，我虽然嘴上这么说，实际上心里并没有赶他们走的意思。黄毅，你什么时候回来的？他俩是不是来做工的？如果是做工，就在我这里，我现在还需要人！"

黄毅说："他俩不是来做工的，是来山西办点儿事。"

"哦。"包老板笑着说，"那也没关系，你们仨午饭就在我这里吃，我知道你们早上没有吃好。我的午饭比较晚，民工十二点吃午饭，我是一点半。"

包老板把他们仨领进了一个小院里。小院侧面，是一个大铁笼，铁笼是用

采购员安顺儿

钢筋焊成的,里面用铁链拴着两条藏獒,见来了生人,藏獒凶猛地跳起来狂吠着,用它那锋利的牙齿咬着钢筋,把钢筋咬得"吱吱"响,那凶狠的样子,十分可怕。

"大虎、二虎,放乖些,这是客人!"包老板对着两条狗说。

两条藏獒,见主人这么说,耸了耸身上的长毛,摇了摇尾巴,哼了哼,乖乖地趴下了。

包老板把他们仨带进了家里,三个女人热情地嘘寒问暖。

"这是我的三个女秘书,"包老板说,"瘦的这个叫菊花,她是出纳,不胖不瘦的叫桃花,她是会计,胖的叫桐花,她给我们做饭,管生活。"

包老板家里很宽绰,有五六个房间,还设有专用的厨房和男女卫生间。每个房间都很温暖。

屋子里的家具几乎全是石头做的,石头凳子,石头桌子,石头床,包括灶房里的灶,卫生间的马桶等都是石头做的,不过这些石料非常好。桐花给他们每一个人泡了一杯奶茶和一杯红茶。

他们边喝着茶,边谈着。不多一会儿,桐花就把饭做好了。听说要吃饭了,包老板对她说:"我先把大虎、二虎喂了!"

他从厨房里拿出剥了皮的半只羊,打开铁门扔给了两条藏獒。两条藏獒狼吞虎咽地吃了起来。

午饭是馒头、马铃薯和烧羊肉。

包老板拿出山西名酒——汾酒和陕西西凤酒。

"黄毅,今天陪你姐夫和小安,吃好喝好!"说着,用小铝杯给他们倒了一杯,自己倒了一杯,"我喝酒不行,等会儿叫三个女秘书陪你们!"

三个女秘书拿着同样的杯子倒满酒。先是菊花,把杯子举在黄毅面前说:"黄毅小弟,你回四川一路辛苦了,我代替包老板给你接风!"

说着端起杯一饮而尽。

黄毅见菊花敬酒，恭恭敬敬地站了起来，见她一饮而尽，自己端起杯子就喝了。

"第二杯，你在厂里打工，我代表包老板说一句：你辛苦了！"说着她又一饮而尽。

接着她分别跟何光廷、安顺儿喝了。

接着桃花、桐花分别跟他们仨喝了。本来黄毅、何光廷和安顺儿都该回敬三个女秘书，菊花、桐花好像都喝醉了，只有桃花还没有喝醉，于是他们仨象征性地向桃花敬了一下。

见三个女秘书给他们仨敬酒，包老板格外开心。他不给别人敬，也不喜欢别人给他敬，自斟自饮着。

菊花、桐花喝醉了回房休息去了，桃花收拾着碗筷。

安顺儿见包老板高兴便与他攀谈了起来。

安顺儿说："包老板，我很想听听您的故事，听黄毅说，你曾经参加过抗美援朝战争，还是个连长，回来后在国营铝矿当过科长？"

包老板见安顺儿问这些，感到很自豪，笑着说："要说我的故事，那我就讲给你听！"

于是，他毫无隐瞒地把他从参军起大半生经历讲了出来。

他说，他十七岁入朝，是第二批到的朝鲜。去时他就是班长，因打仗勇敢，半年后被提升为排长，年底被提升为连长。次年的四月份，一天晚上，他接到营部的命令，护送卫生队转移。白天不敢行动，一行动就会被敌人发现，一旦发现，敌人就狂轰滥炸，所以他们只好晚上行动。晚上敌人的侦察飞机看不到他们。朝鲜的春天比这里来得晚，当时正值春暖花开的季节。头天晚上他们已经走了一夜了。本来晚上就可以到达目的地，因为下雨，延误了行程，离目的

采购员安顺儿

地还有三四公里路程，此时天已经大亮了。当他们路过一个山头时，敌人的三架侦察机从他们头上飞过。还不到十分钟，山头还没有过完，突然来了十多架敌机，对山头进行了疯狂轰炸，他们没有被炸死的都成了重伤。当他在掩护一个女护士时，突然一颗炸弹落在他身边的土坑里，炸弹爆炸的弹片把土掀起，他被打下了悬崖……

所幸遇到一对朝鲜父女，在他们的精心医治和照料下，他的伤好得很快。

后来他就归队了。

回到部队时朝鲜战争已经结束了。他是第二批返回祖国的。他一回来就被安排在铝厂。

很多人给他介绍对象，他都没有答应，他是想着搭救他的朝鲜女孩。明知道这是不可能的，但是他总是这么幻想着，所以一直没有找对象。

至于他被处分，事出有因。前几天，他的老首长带着两个战友从甘肃到山西来看他，当得知他还是一个人时，他们都不理解，老首长还批评了他，问他是怎么搞的。本来打算在他这里玩一周的，见他只有一个人生活，第二天就走了。他很郁闷！恰巧那天，厂里开会，他去迟了。他心情本来就不好，又听厂长骂那么难听的话，于是便怒不可遏地冲上台，打了他三耳光。

他知道他那三耳光打得重，也知道厂长有病。打后他也后悔了。不过打就打了，听天由命，等待组织处理吧！

他被双开了，但并没有沉沦下去，也没有自暴自弃，利用他原来在厂里的关系，建了铝矿厂。算是旗开得胜，第一年就获得了很好的效益。

包老板谈了很长时间，黄毅和何光廷好像不耐烦了，因为他俩有正事还没有办。安顺儿倒是听得津津有味，好像无事一般。

十五

下了山，他们住进了铝厂的招待所。第二天，安顺儿、何光廷在铝厂招待所里待着，黄毅就去联系化肥的事。安顺儿闲着无事，就将随身带的书拿出来看，何光廷躺在床上抽烟。

过了两个小时，黄毅回来了，他说："下午我去个地方，找一个姓王的经理，你们在招待所待着。"

安顺儿说："要去，我们都去。"

下午，黄毅就带着安顺儿和何光廷，从铝厂出来顺着一条公路向一个村庄走去。走了三四公里路，进入了一个村庄。北方的村庄与南方的村庄不同。南方的一个村，大的村有一千至两千人，小的村也有六百至八百人。由于是山区，绝大多数土地都是一些沟沟壑壑，很少有大块大块的地，村民的居住区都是分散的。而北方不同，庄稼一望无际，村民的住房是聚集在一起的，一排一排的，一个巷道挨着一个巷道，一个街道连着一个街道，黄毅把安顺儿和何光廷带进了村庄，从这个巷道到那个巷道，从那个巷道又到这个巷道，走进了一家人户。黄毅敲门。门开了，从屋里走出一个人，只见他满头的白发，稍高，面容慈祥，是一个清癯的老人，这人就是王经理。

老人热情地说："是小黄呀，快进屋，炕上坐！"

采购员安顺儿

"王经里,这是我姐夫,这位是我们乡农经农技综合服务站的安老师!"他对安顺儿和何光廷说,"他就是我跟你们提起的那个王经理。"

黄毅边介绍,边随王经理进了屋。只见屋里炕上,坐着一个穿着比较华丽,长得富态,慈祥的老太婆。另一边坐着一位姑娘,那姑娘约一米七的个子,披着一头长长的秀发,瓜子脸,那张脸,洁白无瑕,像张银盘似的,一双宽而淡的卧蚕眉,配着那双乌黑明亮的大眼睛,还有那高高的鹰钩鼻,红红的荷苞嘴,以及那不大不小、不胖不瘦非常好看的双耳。再看那身段儿,她里面穿着浅领玫瑰色线衣,外面是一件灰蓝色外套,她的肩膀不窄不宽,她的臀部不大不小,不肥不瘦,总之,从身材到五官,都是那么匀称,恰到好处。安顺儿去过不少地方,见过不少漂亮的女子,像她这么好看的,真的不多见,可以说,他从未见过。

他们都看呆了!

王经理说:"她是我老伴,你们就叫她李婶吧,或者就叫她李大娘。这是我闺女,叫王艳山,今年十九岁了,去年从艺术学校毕业,现在在河津县招待所工作,今天回来是专门看我们二老的。"

李大娘见来人了,又是打招呼,又是嘘寒问暖,十分热情。

那个叫王艳山的女子微笑着走过来,端来一盘瓜子,十分礼貌地放在炕上。

王经理热情地招呼说:"上炕上炕,炕上暖和,炕上坐!"

安顺儿和何光廷面面相觑,只有黄毅脱鞋上了炕,见黄毅那样,他俩也跟着脱了鞋,上了炕。

李大娘问:"你们南方人不习惯,是吗?"

何光廷说:"我们南方不兴上炕,冷了兴烤柴火!"

"哦,原来是这样,"李大娘给他们每人抓了一把瓜子说,"吃瓜子吧!"

他们不约而同地说:"要得!要得!"

他们坐在炕上感觉真暖和,这是安顺儿有生以来第一次上炕。

王经理把情况做了介绍:他今年六月份退休,去年与小黄在医院里认识的。他的一个亲戚在包范手下打工,一次工伤住进了医院,正好在医院里伺候他亲戚的是黄毅。四川人很机灵,又吃得苦,心肠还好,黄毅是其中的一个。他那个亲戚与黄毅一个班。一次,他们往车上装矿石,都装满了,他那个亲戚见车上有几块矿石不稳定,摇来摆去的,想上去把那几块不稳当的调整一下,他就上了车。驾驶员以为上面没有人了,启动了车子,他在车上一个踉跄跌了下来,周围的人都齐声吼:"车上还有人!"驾驶员这才把车停住。就在停车的那一瞬间,车子颠簸了一下,只见脸盆大的一块矿石,正要落到他头上。说时迟,那时快,黄毅一个箭步上去,用尽了全身的力气把他推开,这才躲过了一劫!不过,他从车上跌下来后,腿骨折了,之后急忙找人送进了矿厂医院。在医院里一直都是黄毅在护理。王经理去医院探望受伤的亲戚,一来二去,便认识了他。后来,他那亲戚不但与黄毅成了好朋友,就连王经理也把黄毅当成了好朋友。节假日,王经理都会邀请黄毅,只要黄毅去了,王经理总要请他下馆子或陪他玩,比如打扑克、下下象棋等。

至于买化肥的事,那是今年五月份,黄毅听他姐夫何光廷来信说,家乡化肥紧张。他母亲由于买不到化肥,秧子还是栽的白水秧。家里买不到化肥,而这里的化肥又堆积如山,见此情况,他就萌生了把这里的化肥调回去的念头。于是,他就找到了王经理。王经理对黄毅说,在他们调拨的肥料中,匀出二百至三百吨来是不成问题的,主要考虑到运输问题。这月上旬,黄毅又专程找了他几趟,可是,每次都没找着,他不知道王经理走亲去了。王经理最近才回来,黄毅买化肥的事,他一概不知。昨天黄毅来找他时,王经理感到很突然。

王经理说:"你们回去等着,有消息就通知你们,化肥不成问题,就是车皮难搞到。"

采购员安顺儿

王经理把他们这里化肥的情况详细地说了之后,黄毅好像如梦初醒。何光廷见事情是这样,有些埋怨起黄毅,认为他太年轻了,办事不牢靠,太轻率了,太马虎了。只有安顺儿很淡定的样子,这些问题早在他的预料之中。他说:"就说到这里吧,我们走了,打扰你们一家了!"

安顺儿说着就下了炕,穿上鞋子就往外走。

王经理见他们要走,加上黄毅救过他亲戚的命,又在医院里护理过,他们千里迢迢来山西实属不易。对女儿说:"艳山,你在招待所认识的人多,能不能帮助他们打听一下车皮的事?"

王艳山见父亲这样说,看了看安顺儿,笑了笑说:"你们不要着急,等我明天回招待所,帮你们打听打听车皮的事,不过你们要来个人。"

听父女这么说,他们暂时没有离开王经理的家。

第二天黄毅和何光廷待在旅社里,安顺儿跟随王艳山到了河津县招待所。

山西河津铝厂是全国最大的铝厂,从全国各地来采购铝材料的,有国营的老总、集体的老总、个体老板,他们都云集在这里。铝厂机器昼夜不停,浓烟滚滚,周围的环境比较差,所以那些老总、老板都住在河津县城里。河津县城离铝厂还有六七公里。

招待所既大又豪华,来来往往的人很多,有来退房的,有来住宿的。服务员也很忙,旅客来了要开门,提开水。旅客走了要打扫房间,换上干净的床单。

招待所的服务员很多,都很年轻、漂亮,但像王艳山那么漂亮的,实属少见。

他俩一走进招待所,所有人的目光都投向了他俩。一个南方的俊男,一个北方的美女,二人一个仪表堂堂,一个风情万种。

一走进招待所安顺儿就感觉暖呼呼的。王艳山把安顺儿带到招待所后面。招待所后面是一片花园,里面有男女洗澡堂以及服务员的房间。花园里的红梅

开得很艳。

"你在这里暂住着,"她说,"我去打听一下,有消息就通知你!"

安顺儿感激地回答:"劳驾你了!"

房间很小,只有五六平方米,但很温馨,里面摆了几件简单的东西。一个单人床,一张书桌,一个水瓶,墙壁上挂了一张人物肖像画。那画像不是别人,正是王艳山。画中的王艳山,与本人太像了。

"画得太像了!"

王艳山见安顺儿夸奖墙壁上的画,看着画笑着说:"像吗,美吗?"

安顺儿连连夸奖说:"太像了,美极了!"

"这是我自己画的。"

"你自己画的?"安顺儿很惊讶。

"是我画的,"她说,"你先歇一歇,我去打瓶开水来!"

王艳山打开水去了,安顺儿打开窗子。窗子外面是一个帷幕,把帷幕一撩开,对面是一个很大的澡堂。但是洗澡堂是关着的,晚上才开。

上午就这样很快过去了,午饭是王艳山在招待所给他打的。王艳山把几张饭票和菜票交给他说:"如果我没有回来,你拿着饭菜票到招待所食堂去吃饭,早饭七点,午饭十二点,晚饭六点。"

午饭后王艳山带安顺儿到澡堂里洗了澡。之后安顺儿回到了招待所,王艳山出去给他打听车皮的事。

晚上王艳山没有回来吃晚饭,他一个人拿着饭菜票到招待所食堂吃饭去了。

第二天上午王艳山才回来。

"我打听的两个人,都是铁路局的,从目前一直到年前车皮都比较紧张。等明天下午,我再去找人问问。"王艳山说。

安顺儿见王艳山为此事尽心尽力,极为感动地说:"谢谢!"

采购员安顺儿

第三天,王艳山打听到了火车皮的事,还是像前面两个人说的那样:年前很紧张,等年后。

安顺儿非常感谢王艳山对他的帮助。

王艳山客气地说:"就算交个朋友吧!"

王艳山把安顺儿送出了招待所,送到了车站。

十六

安顺儿从河津县招待所出来,又回到了铝厂招待所。

黄毅和何光廷见安顺儿回来了,都用期待的目光看着他。

何光廷问:"安老师,有希望吗?"

安顺儿说:"希望渺茫。"

黄毅和何光廷听了像泄了气的皮球。

铝厂招待所的锅炉坏了,没法供暖,房间里很冷,他们不得不换房,住进了一家集体企业旅馆。这家旅馆很大,比铝厂招待所还大,房子是四合院式,是砖木结构,有两层,上下有二三十个间屋,每间屋里都有暖气设备。那些暖气设备,既不像王经理家那个炕,也不像城里高级宾馆的暖气,这里每个房间都有一个炉子。那炉子与南方的炉子不同,南方的炉子很小,没有排气设备,火烟满屋窜,如果是门窗闭紧了,空气不流通,很容易引起一氧化碳中毒。而这里就不一样了,每间屋里的炉子较大,都有排气设备。排气设备的管子,是用铁皮做成的,那管子,既可以排气,又可以吸气进来,一旦煤加在里面,燃得很旺盛。山西盛产煤炭,煤炭是山西的特产,煤炭产量排全国第一。煤在当地是很便宜的,上等的优质煤才四五分钱一斤,所以,山西人是不愁没煤烧的。

安顺儿他们最后在楼上的正中选了一间,里面有三张床位,正好他们三个

采购员安顺儿

人一人一张。在这里值班的是一个年轻女子,那女子长相一般,但对人热情,服务也周到。她把屋里三张床上的被子、床单、枕巾,包括拖鞋都一一换了,接着提来了三壶开水,找人扛了一大筐优质块煤。那炉子早没了燃火,但还有火星,她用一根铁棍熟练地在炉子里搅了几搅,用煤铲向炉子里加了几铲煤,才几分钟,那煤便熊熊地燃烧起来了。炉子生好了后,她又用毛巾擦了擦桌椅上的灰尘,轻轻地掩了掩门,便走了出去。不一会儿,整个屋子就暖和起来了。

安顺儿找了一张挨近灯光的床位,因为他要看书。何光廷的床位对着他的,黄毅与他俩成"T"字形,床的一头是挨近炉子的,炉子就在门前。

黄毅从王经理那里回来后,一直都是沉默寡言的,何光廷好像也有些垂头丧气。三人中只有安顺儿心情是平静的,他偶尔还说几句俏皮话来取乐,比如说,北方与南方就是不一样,南方那边十月份还是小阳春,北方这边已经结冰了;南方的生活如何好,如何花样百出;长江是那样的清澈、秀美,黄河又是这样的雄浑、粗犷;北方人又有多大差别:包工头的人生是那样传奇,王经理一家人又是如此善良;女服务员是这样的秀外慧中。

安顺儿说:"不枉我来了一趟山西,从王经理那里才得知,黄毅还是一个见义勇为的人,我很钦佩,值得学习!"

本来,黄毅和何光廷从王经理那里回来,听说化肥无着落,心情是郁闷的,以为安顺儿回来要责怪他俩,要训斥他俩,要说他俩的不是,然而,安顺儿不但没有那样,反而好像无事一般,他们兄弟俩认为,安顺儿是个乐观派,他真大方,他是个好人!

何光廷问:"安老师,我们下一步怎么办呢?"

安顺儿说:"这个问题怎么来问我呢?你还是问黄毅吧。"

"你就得了这么一点信息就天天打电话,就回去叫我们来?"何光廷本来想大发雷霆的,见安顺儿都未说啥,同时黄毅在矿里又救过人,加之又结交了王

经理这样好的人，怒气也就消了。他说，"年轻人做事、考虑问题要成熟，不能马马虎虎，不能一知半解，更不能想当然，本来这次乡上是找何校长和安老师一块儿来的，为什么他没有来？他就是考虑到你年轻，办事不可靠，万一买不到化肥回去，或者怎么样了，他一是不好跟学校交差，二是不好跟蒲书记交差。不来又不行，因为你在电话里催得紧，蒲书记着急要化肥，他才委托我来的，当时我也不同意，谁叫你是我的妻弟？你是知道的，安老师之前是不同意来的。"

安顺儿问黄毅："除了王经理和王艳山那里，还有其他方面的消息吗？"

"还有！"他说，"有一个人叫赵平，是四川巴中渔溪人，原来在铝厂里干过，据说他在这个县清河乡做生意，前些年，他曾在这里调过山西碳铵回去。"

安顺儿问："你知道他的具体地址吗？"

"我不清楚，我们矿里有人知道。"他说，"明天你与姐夫在旅馆里暂待着，我去矿山走一趟！"

第二天吃了早饭，黄毅去了矿山，安顺儿和何光廷在旅社里。安顺儿躺在床上安静地看书，何光廷躺在床上一支接一支地抽着闷烟。都到中午了，黄毅都没回来，一直等到下午的一点半，他俩才去川菜馆吃午饭。午饭后，他俩在外面转了一会儿，见冷，他俩又回到了旅社。何光廷坐在炉子旁烤火，安顺儿继续看书。下午四点多钟，黄毅才回来。

黄毅一回来就对安顺儿和何光廷说："明天去清河乡找赵平。"

第二天一早，他们在川菜馆吃了早饭，搭了一辆敞篷车前往清河乡。早上他们还没啥感觉，当他们站在车上，车开动时，那凛冽的寒风，像刀子一样割着脸，整个身子好像掉进了冰窟窿。他们来山西时就没有带棉衣，只是穿着毛衣毛裤或线衣线裤。在四川穿这些，年轻人或中年人，就是过冬都绰绰有余了，可是到了北方，到了山西，就不行了，特别是像这样的天气，像这样站在敞篷

采购员安顺儿

车上,天气本来就冷,加上车子速度快,寒风就灌得更加猛烈,那冷的程度就可想而知了。车子刚启动时还不觉得冷,可是,当车子开了几公里路,由于公路宽敞、平坦,又是柏油路,车子跑起来就起劲了。

车子行驶了约四十分钟,清河乡到了。他们简直冻僵了!黄毅在一家茶馆里找到了赵平。

屋里暖和多了。

赵平瘦高个儿,年龄与安顺儿相仿,他长脸,剪着圆头,五官清秀,外面穿着一件崭新的军大衣,里面穿着一身蓝色西服,灰色衬衣,系着红领带,脚上穿的是一双半新的黑色皮鞋,皮鞋锃亮锃亮的。

赵平握住黄毅的手,亲切地笑着说:"你们什么时候来的山西?"

黄毅说:"有五六天了!"

他把安顺儿和何光廷介绍给了赵平,又把他们这次买化肥的事向赵平说了。

赵平对黄毅他们说:"前几年,我曾在这里前后调运过五个火车皮的山西碳铵回家乡,价格很便宜,利润还是很可观的。不过,买化肥要与当地供销社、农资部门取得联系。弄到化肥是不成问题的,就是车皮难搞。如果要买春季的化肥,就要在前一年的十一二月份准备,买下半年的化肥就要在当年的六七月份准备,你们现在要买小春的化肥,那是不可能的。这里的车分两种,一种是调拨内,另一种是调拨外,调拨内的价格是非常便宜的,调拨外的价格很贵,调拨外比调拨内的价格要高一倍。调拨内是属国家正常调拨,调拨外价高不说,一般人是弄不到手的,那要有关系才行。"

听了赵平的话后,安顺儿他们又准备走了。赵平挽留,黄毅执意要走,他没有办法只好给他们找了辆面包车。他们从清河乡回河津县城后,又住进了那家旅社。

安顺儿说:"现在哪里都不要去了,好好在这里待几天,回去早了是交不了

差的！"

　　何光廷表示同意，黄毅没有表态。

　　安顺儿回旅馆后，安心地看着书。他从家里带了三本书。一本是鲁迅的《呐喊》，一本是巴尔扎克的《幻灭》，另一本是歌德的《浮士德》。第一本看完了，第二本也要看完了，几天之内，他准备把带的三本书都看完。安顺儿看着书，何光廷抽着闷烟，黄毅闲着无事，蒙着头睡大觉。他们到这里已经是第九天了，他们准备在这里再待几天就回去。

　　山西这几天很冷，最高气温四至六摄氏度，最低气温零下十二至十七摄氏度。这几天整天刮着风，偶尔下雪，但雪下得不大。他们三人除了一日三餐在饭馆吃外，几乎每天都是待在旅馆里的。他们来时穿得少，由于天冷，很少出门。就在他们从清河乡赵平那里回来的第四天，大约上午九点钟，突然走进了一个年纪三十岁，身材高大魁梧的男子。

　　"你们是来搞化肥的吗？"他自我介绍说，"我姓高，叫高国庆。提高的高，国家的国，庆祝活动的那个庆。我是铁路分局的，听说你们要搞车皮运化肥，车皮也有，化肥也有，那么请问，你们需要几个车皮，要运多少化肥？"

　　真像古人所说的那样：踏破铁鞋无觅处，得来全不费功夫！

　　"真的吗？"黄毅眼睛一亮，一下从床上下来，给那人倒了一杯水，问，"在什么地方？"

　　"侯马市，"他说，"这里离侯马市有六七十公里，开车一个小时的路程。"

　　黄毅、何光廷和安顺儿面面相觑。

　　安顺儿问："我们凭什么相信你呢？"

　　他说："你们跟随我走一趟不就行了吗？"

　　大家还是有些疑虑。

　　安顺儿说："反正在这里待着也没事，你俩在家等着，我去看一下！"

采购员安顺儿

为了安全起见,他没有与他俩商量,即使出现什么问题,他一人好脱身,如果大家都去了就不好办了!

说着,安顺儿背着那个叫高国庆的人,把大部分钱交给了何光廷保管,身上只带了两百元,就跟随他走了。

那人把安顺儿带进了车站。从河津到侯马的车很多,每隔二三十分钟就有一趟,到了车站才十分钟,他俩就上了一辆车。车子开了一个多小时,到侯马市了。侯马市有河津好几个大。侯马市非常繁华,城市也很漂亮,街道宽敞而整洁,空气也比河津清新多了。河津整天都是机器隆隆、烟雾沉沉的。高国庆支付的车钱,一下车,高国庆进了一家豪华宾馆。那宾馆好大哟,有七八层高,他把他带到了第一层。那些服务员年龄在二十岁上下,她们长得都很漂亮,都是一样高,一样的身材,穿着一样的服装。

安顺儿坐在沙发上,其中一个服务员热情地问他住不住宿,安顺儿回答她说等一等。高国庆不知到哪里去了。他在那里待了一会儿,这时高国庆带来了四个二十多岁的人,他们有的蓄着长发,有的剪着光头,有的还戴着瓜皮帽,只听高国庆说,他们都是铁路局和农资公司的人,专门是搞黑车皮和倒卖化肥的。其中一个戴瓜皮帽的人,比高国庆更高大,他是那几个人的头头。他们都操着普通话,安顺儿是听得懂的。他问安顺儿:"你们需要几个车皮?需要多少化肥?"此时的安顺儿,从穿着中看出他们不是好人!但是安顺儿要装着买化肥、搞车皮的样子,显示出一副从容不迫、处事不惊、对答如流的姿态来,使那些人看到他的诚意。他对着他们五人,问了一下宾馆的价格。宾馆的住宿费简直贵得惊人,一人住一夜要七十元。安顺儿没说什么,佯装去上厕所,便悄悄地溜走了。

他感到事情不妙,逃出了宾馆,一个劲地向车站跑去!他在车站来回找了几个来回都不见去河津的班车。这时好不容易来了一辆,还没等人下完,他就

上去了。

　　班车到了河津，他下了车，什么也不顾，更来不及吃午饭，拼命地往旅馆赶，到了旅馆他什么也没说，叫他俩收拾行李马上走。他把住宿钱付了，对服务员说，他们去一下清河乡。对服务员他是这样说的，却叫他俩向火车站赶去。在去火车站途中，安顺儿把刚才的经过告诉他们。兄弟俩听了，脸都变了色。

　　黄毅回到了包老板那里，安顺儿与何光廷到了火车站。

　　回去后，安顺儿把到山西买化肥的经过向梁站长做了汇报。

　　从山西回来的第三天，安顺儿就去找屈主任。屈主任说，今年小春化肥确实紧张，由于化肥紧张，他们也没有调到多少化肥，上半年他们调了两千多吨"银山3号"肥，下半年一点儿都没有调到，和其他化肥厂家共计调回来的还不足五百吨。他问安顺儿在干啥子，怎么这个时候才来。如果提前半个月来，他还可以调一部分回去，现在没有了。赵淑君一个月前调回了安阳。生意的不顺利，情感上的失意，使他感到有些烦闷，不过这种烦闷很快就过去了。他学会了自我调整，自我调整的最佳方式就是看书。去山西时，他带了三本书，都看完了，这次去云台他又买了几本。闲暇时他看书，忙中偷闲时他看书，生意顺利时他看书，生意不顺利时他还是看书，苦闷时他看书，快乐时他也看书，好像看书成了他生活中必不可少的一部分。

十七

元宵节过后，蒲书记组织乡上干部及各部门职工学习文件，何光廷也来了，说："安老师，黄毅来信了！"

"他说什么？"

"车皮搞到了！三个车皮，是王经理的女儿王艳山搞到的。黄毅还说，如果还想要，包老板也搞得到车皮！"

安顺儿高兴地说："那好，我去找梁站长。"

那天梁站长也在学习，安顺儿走进会议室把车皮的事告诉了梁站长。会后梁站长又告诉了蒲书记。

去年化肥紧张是改革开放以来最严重的一年，供销社、农资公司以及化肥贩子从外地运回来的化肥还不及往年的三分之一。加之毡帽乡是一个边远乡，一些车辆都要从别的乡镇过，供销社以及一些化肥贩子从外地运回来的化肥，相当一部分运到半路上，不是被拦截就是被哄抢了，运回来的寥寥无几。为了把化肥安全地运回来，只要听说化肥回来了，乡上就组织乡村社干部在半路接应。

"婆娘不成害一世，庄稼不成害一季。"上年缺化肥，农户因买不到化肥已经误了两季庄稼，虽然下半年乡上派安顺儿到山西去采购，因去晚了没有弄到车皮，也没有采购到化肥。乡上正在为当年大小春化肥着急时，突然听说山西

那边车皮有了着落。

蒲书记对梁站长说:"三个车皮少了,就是十个车皮都不嫌多!"

梁站长摸着头,为难地说:"蒲书记,这资金?"

"资金你们不用担心,"蒲书记说,"找乡各个站、所暂时垫上,等化肥卖了就还他们!"

蒲书记立即找了林乡长商量,又及时召开了党委会。党委会主要精神,就是解决资金问题。资金只能从乡上各部门中解决,等化肥卖了再还给他们。

蒲书记给各个站、所分了任务。除了乡站、所,他又在食品站何嘉那里借了两万元,不过这两万元是要支付利息的。

梁站长把资金准备情况向安顺儿说了。

这次是安顺儿一个人去的,他没有到铝矿去找黄毅,而是直接到河津火车站去了。

安顺儿在火车站财务科问了三个车皮的运费。财务人员对他说,从河津火车站到广元每吨六十五元,一百八十吨,合计一万一千七百元。

从火车站财务科出来,他又去找王艳山的父亲。王经理夫妇热情地接待了他。安顺儿把王艳山搞到车皮的事告诉了王经理。王经理很高兴地说:"下一步就是买碳铵,这里碳铵堆积如山,我出面帮你买,价格会便宜一点!"

王经理到了县供销社找到熟人,经过讨价还价,每吨一百五十元,三个车皮,一百八十吨,合计两万七千元。运费和化肥共计三万八千七百元,安顺儿给梁站长发了电报。

王经理这里落实后,安顺儿才上山找黄毅。黄毅已被包老板提为队长,管着三四十个民工。

黄毅见安顺儿来了,异常高兴,他抖了抖身上的粉尘,取下安全帽和橡胶手套,问:"安老师,您什么时候来的?"

采购员安顺儿

"来了好几天了。"

安顺儿把三个车皮的调拨单给黄毅看,又将碳铵价格向他说了。

黄毅听了感到惊讶,没有想到才几天时间安顺儿就把三个车皮和碳铵搞定了。

黄毅说:"其实安老师,我们原来不知道,包老板和火车站的领导很熟,他搞五六个车皮没问题。"

安顺儿说:"乡上蒲书记要我们搞十个车皮,十个车皮的款都筹备好了,晚上你请包老板,我去请王经理夫妇在铝矿招待所吃饭。"

晚上王经理夫妇、包老板以及菊花、桐花、桃花都来了。菊花三人穿戴得格外妖艳。

关于弄车皮的事,前几天黄毅就跟包老板说了,包老板同意给他搞几个车皮。有一次包老板请客,黄毅也在列,请来了很多头面人物,不仅请来了铝矿的领导,还请来了火车站的领导,黄毅这才知道包老板与火车站的领导关系非同一般。于是,黄毅就向包老板说了上次买碳铵的事。包老板说:"那你怎么不早说呢。"

那天晚上,包老板很高兴,不但与黄毅喝了,还与安顺儿喝了,王经理因有高血压不能喝酒,老伴不会喝酒。

包老板喝醉了,安顺儿也喝醉了。黄毅支付了饭钱,又去订了旅馆。菊花、桃花和桐花把包老板和安顺儿分别扶到了房间。黄毅把王经理夫妇送回了家,因酒力发作,那天晚上住在了王经理家里。

电报发出后的第四天,何光廷带路,梁站长提着巨款来到了河津。

他俩是上午到的,下午安顺儿就带着梁站长和何光廷到火车站财务科把三个车皮的运费交了,第二天又交了碳铵款。

梁站长和何光廷到广元准备接碳铵,安顺儿仍留在河津。

十八

没几天,包老板就把五个车皮的调拨单交给了黄毅,黄毅又交给了安顺儿。安顺儿给蒲书记发了电报。

一周后,蒲书记、林乡长带着五个车皮的碳铵款以及运费来到了河津。

蒲书记、林乡长到了,安顺儿到山上去找黄毅,他俩商量,找包老板吃顿饭。

晚上,还是在铝厂招待所,包老板没在家,黄毅把三个女秘书请来了。安顺儿又叫黄毅把王经理请来,不一会儿,王经理夫妇来了。

蒲书记、林乡长来了,那天晚宴很丰盛。

安顺儿上次喝醉了,这次杯都不想端。黄毅说这几天不舒服,不想喝。王经理有高血压,老伴又不喝酒,喝酒的只有三个女秘书、蒲书记和林乡长。

为了增加喝酒的气氛,安顺儿在三个女秘书耳边说:"我们的蒲书记和林乡长每人只有六七两的量。"

三个女秘书心想:我们一定要把两位领导喝好!

他又在蒲书记和林乡长耳朵边提醒说:"你俩尽管喝,三个女秘书加起来充其量只能喝一斤。"

第二天蒲书记醒得很早,五点就起床了,他叫醒了林乡长,又去叫安顺儿。

采购员安顺儿

他把一个皮箱放到安顺儿面前说:"这是五个车皮的碳铵款及运费,你清点一下。我与林乡长这次送碳铵款,还要去侯马、太原,最后到延安等城市去看看,这里的事就交给你了。"

安顺儿接过蒲书记手上的皮箱,对两位领导说:"请蒲书记、林乡长放心,我一定把碳铵安全而顺利地运回去!"

蒲书记、林乡长走了,安顺儿在房间里守着巨款不敢离开。

七点多黄毅来了,他与安顺儿离开招待所,租了一辆面包车到了河津火车站财务科。

安顺儿把运费交了,时间排在四月下旬,现在是三月中旬,还有一个多月。过后,安顺儿和黄毅去找王经理商量买碳铵的事。

王经理看了运单的时间,说:"还早着呢,隔几天再去吧。"

他俩在王经理家吃了午饭,提着买碳铵的款又回到了铝厂招待所。

为保险起见,安顺儿把剩余的钱存放在了招待所登记处。

第四天,王经理来找安顺儿,安顺儿在登记处取了现金跟随王经理到了县供销社。王经理将供销社两千元的奖金都给了安顺儿。

安顺儿拿出一千元交给王经理,打算拿出五百元给包老板,剩余的单位入账。当安顺儿把钱交给王经理时,他无论如何也不接,安顺儿没办法,打算交给他女儿王艳山。另外五百元他叫黄毅交给包老板,包老板也不收。

安顺儿说:"包老板不要,你跟你姐夫就分了吧!"

黄毅收下钱,高兴地说:"我代表姐夫感谢安老师了!"

十九

安顺儿依依不舍地离开了山西，从河津直接乘火车到了广元。

前三个车皮的碳铵卸在嘉川，他下了火车就到客运站买了到嘉川的车票。

安顺儿到了嘉川就来到了"运春雨来"旅馆。他没有见到薛雨来，却见到了张运春。

张老板说："安老师，梁站长、樊老板等你等得好苦哟！"

安顺儿不解地问："他们等我干什么？"

"不晓得。"说着他就把安顺儿带到了樊刚的房间。

他说："雨来走了，我一个人忙前忙后的，你等一下，我去提一壶开水来。"说着就往外走。

"她走了？到哪里去了？"

"到乡下坐月子去了。梁站长、樊老板在货运站仓库。"

"哦……"

安顺儿在货运站仓库找到了樊刚。

樊刚说："你怎么这时才来呀，梁站长、蒲书记和林乡长在家都急死了！"

"他们急什么？"安顺儿丈二和尚摸不着头脑。

"叫你把那五个车皮的运费和碳铵退了，家里不要碳铵了，市上给我们乡分

采购员安顺儿

了三千五百吨。"

安顺儿气愤地说："什么，三千五百吨？简直开天大的玩笑，车皮费交了，碳铵买了，这又不是买猪、买牛、买米、买面，怎么能说退就退呢！"

樊刚说："何光廷回去好几天了，今天早上你们梁站长坐嘉川供销社的车回去的，下午肖师傅要来，你坐他的车回去吧。这里的碳铵也不多了，充其量还有三车。"

肖师傅一点钟就到了，装上货，加了油就开走了。

肖师傅说，这是他运的第七趟。

回去就到晚上的九点了，安顺儿下了车，连行李都没有放，就急忙去找梁站长。

见安顺儿回来了，梁站长又是生气又是惊喜。他生气的是，乡上接连给他发了三次电报都没有回音；惊喜的是安顺儿终于回来了。本来他想大骂安顺儿一顿，见他对站上有功，又没有骂出口，梁站长问："你到哪里去了？为什么联系不上？"

安顺儿笑着说："出门在外，一时在这儿，一时又在那儿，怎么能找得着呢。"

"走，快去见蒲书记和林乡长！"

梁站长把安顺儿带到蒲书记的房间里。蒲书记见安顺儿回来了，一双眼睛瞪得老大，大声吼道："我还以为你失踪了！"

见蒲书记大怒，安顺儿笑着说："嘿嘿，我这不回来了嘛！"

蒲书记想，再发火也不是办法，对梁站长说："你去把林乡长、鲁副乡长找来。"

鲁副乡长叫鲁明，已经过了不惑之年，如果书记、乡长不在家，乡上就是他负责。

林乡长来了,见到安顺儿,并不像蒲书记那样大发脾气,而是带着微笑。

鲁副乡长一脸的晦气,一副可怜相,因为他替蒲书记、林乡长在市上开会,为化肥的事挨过市上领导几次批评。

见林乡长和鲁副乡长来了,蒲书记说话了。

其实这些话都是对安顺儿说的。

他说,他与林乡长离开河津就到了侯马,在侯马待了一天就去了太原,在太原待了两天才去的延安,在延安只待了一天半就回来了。在这些天里,市上开了三次书记、乡长重要会议,都是关于化肥的事。

去年化肥紧张,严重影响了本市的农业生产。为了来年全市农作物获得丰收,市上刚过完春节就开了常委会,研究化肥问题。当年春耕化肥库存量要比往年多几十万吨,由商贸、供销社、农资公司牵头,到山西、河南、河北等地去采购,当作一项政治任务来完成。

三家都把化肥采购回来了,化肥以碳铵为主,市上才通知涉农部门,各乡镇党委书记和乡镇长去开会的。

因蒲书记和林乡长没在家,是鲁副乡长去的。

毡帽乡书记、乡长回来了,必须无条件地完成市上下达的化肥任务。

蒲书记、林乡长回来了,鲁副乡长就把市上三次会议精神汇报给了他俩。鲁副乡长从公文包里取出一份文件交给了蒲书记。

这是一份市上给各乡镇分的碳铵任务。毡帽乡:三千五百吨。蒲书记傻眼了,说:"给我们乡就分了这么多?"

他看后,把文件又交给了林乡长。林乡长看了半天,又想了半天说:"常言说,兵来将挡,水来土掩,车到山前必有路,船到桥头自然直。现在这三个车皮碳铵就不说了,后面五个车皮,如果安顺儿还没有开票,就叫他回来,如果开了票就叫他立即把票退了。"

采购员安顺儿

蒲书记和鲁副乡长都认可林乡长的意见。蒲书记亲自写好电报内容，发给黄毅转达给安顺儿。

不知黄毅收没收到，还是收到了没有去找安顺儿，谁也不知道。

蒲书记十分气愤地对安顺儿说："历史上南宋皇帝为了召回驻守边关的岳飞，给他发了十二道金牌就把他招回去了，我给你发了三份电报，连一点音讯都没有。"

安顺儿辩解道："黄毅没有来找我，我确实没有得到过任何消息。"

"现在五个车皮的碳铵是什么情况？"

"票已经开完一月了，再有五六天货就到广元了。"

听说五个车皮的碳铵五六天后就要到广元了，蒲书记敲着桌子着急地说："碳铵到了广元后不能运回来，不然运回来的化肥要成灾！"

在广元处理化肥，仅安顺儿一人是不够的，还有樊刚和何光廷，安顺儿总负责。

安顺儿忐忑不安地被梁站长带到书记办公室，迷迷糊糊听着蒲书记、林乡长和鲁副乡长的话，然后又迷迷糊糊从书记的办公室走了出来。

安顺儿回家看了看父母，就与何光廷随着肖师傅的车到了广元。

安顺儿、何光廷到了广元，樊刚把前三个车皮的碳铵发完了。

安顺儿把乡上蒲书记等领导的话向樊刚说了。樊刚说："我回去把账结了，就做其他生意了，我才不愿与你们搅和在一起。"

樊刚知道这化肥生意已经做到头了。安顺儿说："你不来就跟蒲书记说，叫他另派人来。"

乡上找不到合适的人，就把梁站长派来了。

上次安顺儿经过广元、嘉川，货运站还没有堆放多少化肥，他回去前后还不到一周，广元、嘉川货运站的化肥，尤其是从山西、河南、河北运回来的碳

铵把货运站的仓库都堆满了，不仅如此，还源源不断地往这里运。

隔两天，五个车皮的碳铵就要到了，安顺儿首先要考虑的是仓库。他到货运站找到负责人，负责人说："库房早就没有了。"

没有库房，五个车皮的碳铵就没有地方堆放。安顺儿及时将情况以电报的形式发给了蒲书记。

蒲书记回电说："自己想办法！"

没有库房，安顺儿急得像热锅上的蚂蚁。眼看五个车皮的碳铵明天下午就要到，他急着去找旅馆张老板。张老板和货运站的人很熟。找到站长，站长说："十天前就预定完了。"

张老板对安顺儿说："没有库房，只能放在露天坝上，要想不让化肥遭日晒、夜露和雨淋，上面必须要搭篷布。"

"这里有卖篷布的吗？"

"嘉川没有，只有广元才有。"

看来，一时也来不及，只好先把火车上的碳铵卸下再说。

碳铵被运到嘉川，停了两天才卸完。货还没有卸完就下了场雨。几百吨碳铵码在那里就像一座山。梁站长和何光廷看守着，安顺儿到广元买篷布去了。安顺儿走了几条街都没有买到，经多方打听，了解到物资局有。

安顺儿把篷布买回来，三个人弄了半天才搭完。他们仨大体分了工，梁站长、何光廷看守碳铵，安顺儿负责销售。他俩为方便看守，在离碳铵十米远处搭了一个简易的帐篷，一人买了一把手电筒，枕头和被子都是在张老板旅馆里租的。碳铵的气味很大，即使离十多米远，散发出来的氨气味仍然使人难受，尤其是刮风天和艳阳天，那气味让人难受死了。

第一天晚上，平安无事。可是第二天晚上，他俩刚睡下，就听到篷布上的异响，梁站长胆小不敢起来。何光廷胆大，披起衣服，打着手电筒，只见两个

111

采购员安顺儿

黑影掀开篷布疯狂地往下扔碳铵,下面几个人在接,还有几个人慌慌张张地在往两个三轮车上抬。

何光廷见此情景,突然紧张地说:"梁站长,有人偷碳铵!"

此时梁站长也大着胆子,连衣服都没有来得及穿,拿起枕头边的手电筒,战战兢兢地跑到何光廷旁边,把手电筒照向他们,二人几乎同时吼道:"你们在干什么?"

几个盗贼见被人发现了,一个人扛着一包碳铵就往三轮车的方向跑去,一包碳铵是一百斤,可那些盗贼扛着走跑,像是扛着二三十斤重的东西。

何光廷与梁站长只有两个人,而盗贼有五六个,见寡不敌众,只好眼睁睁地看着盗贼把碳铵偷走。

这一晚上,他俩一整夜都没有睡成觉。

第二天一早,何光廷看着货,梁站长去找安顺儿。

安顺儿跑了一整天,没有找到一个买主。化肥紧张的时候,化肥贩子像苍蝇、蚂蚁一样多,化肥多的时候,一个买化肥的人都没有。他跑了一天,累得腰酸腿痛,梁站长找他时,他还没有起床。梁站长把昨晚发生的事向他说了,安顺儿听了感到吃惊,连脸都没有洗,就急忙去找张老板。

张老板在火车站是管治安的,安顺儿便将昨晚发生的事向他说了。安顺儿说:"张老板,你是本地人,帮我们想想办法吧!"

"我也无能为力。露天坝上的货物被盗是常有的事,唯一的办法就是增加人看守。"

第三天晚上,安顺儿也去了,把张老板也叫去了,张老板还带着电警棍。可是,那天晚上盗贼并没有来。

张老板不可能天天晚上来守,他也有他的事。

第四天晚上,安顺儿又去了,他们每人手上拿了一根棍子。睡到半夜时,

篷布上又是"嚓嚓"地响，三个人同时出去看，还是头天晚上那些人，还是那两辆三轮车，三人见状，一手拿着手电筒，一手举起棍子，吼道："捉贼啊！"

那些盗贼肆无忌惮地搬运化肥，根本没有把他仨放在眼里，其中一个一边搬运一边还说："吼，吼什么？哪里有贼！"

何光廷见他如此嚣张，给了他一棍子。那盗贼力气很大，夺过他手上的棍子扔得老远，继续搬碳铵。见此情况，他仨都不敢动了，眼睁睁地看着盗贼把两辆三轮车装满为止。

天一亮，安顺儿把这里发生的情况向蒲书记做了汇报。

安顺儿打完了电话，又去卖化肥了。

嘉川没有买家，下午他又到了广元火车站。安顺儿刚到那里就遇到了赵平。

赵平这段时间在做碳铵生意，他已经从山西河津发了一个车皮回去了，来广元火车站看看还有没有价格便宜的碳铵，准备再买三十吨。

听说他要买碳铵，这可乐坏了安顺儿，于是他把在山西河津买碳铵，他们市上向各乡镇分派碳铵的情况向赵平说了。

"你买三十吨，多点儿要不要？例如一个车皮？"

"我只有三十吨的钱，赊欠行不？"

"我做不了主，要与蒲书记商量。"

到了晚上，安顺儿才租了一辆三轮车与赵平赶到嘉川。

那天晚上碳铵又被盗了。

赵平把三十吨碳铵款如数给了安顺儿，就去找车。

没有几天乡上又派人来了，这次来的是食品站站长何嘉。她不是乡上派来的，而是自愿来的。听说广元那边有盗贼偷化肥，一来是出于好奇，二来想显显自己的本事，三来这化肥也有她两万元在里边，盗贼偷了，她也有损失。除此以外，还有其他的想法，在这里就不一一说了。她是乘坐食品公司的汽车来

采购员安顺儿

的，其他车的驾驶室她是坐不进去的。前些年，她与其他乡镇食品站的同志来过嘉川，也是弄化肥，所以，她对嘉川并不陌生。

驾驶员直接把她送到了嘉川火车站的"运春雨来"旅馆。

何嘉问张老板："请问老板，云台市毡帽乡有个姓安的是住在这里吗？"

"是住在这里的，"张老板看着眼前这个女人说，"他昨天去广元了，隔几天他还会来的，你是他什么人？"

"我与他是同一个乡，我是来看守化肥的！"

听说是来看守化肥的，张老板把她带到了堆放化肥的地方。

梁站长、何光廷见何嘉来了，感到有些惊奇。

"你怎么来了？"梁站长问，"是你公爹派你来的，还是到广元来办其他事？"

"难道我就不能来吗？你们男人做得了的事，我们女人照样能做，说不定比你们男人做得更好！我这次来，不是公爹派我来的，而是我自愿来的。"她对梁站长说，"梁站长，肚子早就饿了，快带我去吃饭吧！"

何光廷留下来看化肥，梁站长带着何嘉到张老板的饭馆吃饭。

到了饭馆，何嘉拿过菜谱，点了三个肘子、两斤卤猪蹄、一斤熟牛肉、一份西红柿炒鸡蛋、一盆黄花木耳汤、五瓶啤酒。

梁站长看着何嘉点这么多菜，简直傻了眼。

她不快不慢地吃了起来，那吃饭的姿势真是好看，一双美丽的丹凤眼总是盯着盘子里的肉，生怕别人抢了似的，双手不停地往口里送，一口整洁的玉牙飞快地嚼着。

她说："我吃一顿，管一天。"

梁站长心想：你吃一顿，当然要管一天，顿顿这样吃，那还了得？你吃一顿，我们要吃三天！

"何嘉，"梁站长调侃地说，"你一个单身女子出来，你公爹难道就不起疑

心？当然，你力气大，没有人敢把你怎么样。"

"起疑心？"她把桌子一拍，两眼泛红地说，"他儿子跟我结婚才三个月就分居了，这还不算，他辞去工作到广州打工，走时连招呼都不跟我打一声，走了一年多，也不给我打个电话。梁站长，你说这样的男人可恨不可恨？"

"他确实做得不对，"梁站长说，"何嘉，依我看，你男人不辞而别，十有八九不想跟你过了。既然那样，趁年轻没有小孩，何不再找一个？"

何嘉无可奈何地说："我也是这样想的，就是没有合适的。"

不一会儿，她把桌子上的饭菜全吃光了，大盆汤也喝了，五瓶啤酒也喝了。

"好了，走，梁站长，今天晚上看我姓何的！"说着，一抹嘴巴，一拍肚子，一手提着挎包，一手拿着廷杖，就往外走。虽然看起来有些庞然大物，从走路的姿态看，还是英姿飒爽的。

梁站长去结了账，这时天已经黑了。

何嘉到了堆放化肥的地方，对梁站长和何光廷说："今晚你俩去旅馆睡，给我留一个手电筒就行了，其他的不要管。"

"何嘉，你在帐篷里睡，我与何光廷在外面给你站岗放哨，万一盗贼来了，我俩好叫醒你，你也有个帮手。"梁站长说。

"用不着，你俩在这里我不好睡觉，快走！快走！"说着就钻进了帐篷。

梁站长、何光廷犟不过，只好听她的。

何嘉到嘉川坐了一天一夜的车，早困了，加之又喝了那么多啤酒，很想睡一觉。她把梁站长给的手电筒放在枕头边，廷杖放在手边。

他俩走到半路，梁站长就觉得把何嘉一个女人单独留在那里不妥，万一她遇到不测，怎么向蒲书记和她家里人交代？

梁站长对何光廷说："老何，走，我们回去，万一盗贼来了，她打不过，也好有个帮手。咱俩回去悄悄地守在帐篷外面，不要惊动她。"

采购员安顺儿

何光廷也说:"我也认为这样稳妥!"

于是,他俩又折回去了。

他俩走到帐篷前,就听到何嘉在里面鼾声如雷……

那天晚上盗贼没有来。

第二天,他仨都感到疲倦,饭还是张老板送来的。

第二天晚上下了一夜雨,雨很大,盗贼没法来。

第三天,雨停了,食品站来人了,叫她回去,说是市食品公司通知她去学习一周。

她刚一走,那天晚上盗贼来了,又偷了不少的化肥。

梁站长再次给蒲书记打电话。

没有几天,乡上的蒲书记和林乡长来了,他俩是乘班车来的,来时一人带了一支猎枪。

那时国家还没有对猎枪实行管理,任何人都可以买到猎枪,他俩是从本乡猎人手上借来的。

蒲书记和林乡长都当过兵,林乡长还当过侦察兵,什么都会,有两下。

蒲书记和林乡长一下车就来到了"运春雨来"旅馆。蒲书记问张老板:"老板,我俩是安顺儿的老乡,请问,他住在哪个房间?"

张老板看两人不像是坏人,说:"你俩随我来吧!"

张老板给他俩开了门,他俩把东西放下,蒲书记又问:"他把碳铵堆放在什么地方了?"

"你俩随我来吧!"

张老板把门关上,将他俩带到了堆放碳铵的地方。

见蒲书记和林乡长来了,梁站长说:"你们再不来,盗贼东一晚上,西一晚上怕要把碳铵偷光了。"

蒲书记说:"有那么严重吗?你俩放心,只要有我和林乡长在这里,盗贼就是有十个胆,都不敢来了!"

安顺儿从广元火车站回到嘉川,何嘉已经走了。听张老板说乡上又来人了,他连忙赶到梁站长那里。

见蒲书记、林乡长来了,安顺儿很高兴,于是他就把化肥销售情况以及巴中赵平买三十吨,还准备欠三十吨的事向二位领导汇报了。

蒲书记、林乡长看了堆放在这里的碳铵,又听了安顺儿的汇报,感觉到事情的严重。

蒲书记说:"如果款能收回来,可以赊欠。"

安顺儿说:"赵平和黄毅早就认识,他一直在河津做碳铵生意。"

何光廷也说赵平可靠。

林乡长说:"那就赊欠给他吧!"

蒲书记、林乡长来的那天晚上,蒲书记叫梁站长、何光廷和安顺儿安心在旅馆睡觉,他与林乡长看守。

吃了晚饭,蒲书记、林乡长从旅馆里取出猎枪,来到了简易的帐篷里等待着盗贼的到来。

盗贼们还是像往常那样,明目张胆地先掀开篷布,两个盗贼在上面往下扔,其余盗贼往三轮车上扛。几个盗贼正干得起劲时,蒲书记向天空"砰"地放了一枪,接着林乡长也"砰"地向天空放了一枪,蒲书记大声地吼道:"狗胆包天的盗贼,竟敢如此嚣张,信不信,老子一枪把你们几个都打成筛子眼?"

那些盗贼,听见两声枪响,又听有人这样说,早已吓得魂不附体。在上面扔碳铵的两个盗贼,连忙滚了下来,另外几个人放下手中的东西,什么也不顾,撒腿就跑。

蒲书记几步跨过去,把还在冒烟的猎枪对准一个高大个盗贼的脑袋,说:

采购员安顺儿

"还不快滚,下次再看到你,休想跑!"

那个盗贼吓得跪在蒲书记面前说:"饶了我们吧,下次再也不敢了!"

另一个也跟着跪下说:"下次不敢了!"

盗贼跑了,林乡长把两辆三轮车开到了帐篷前。

蒲书记拍着三轮车的前灯,乐呵呵地对林乡长说:"今天晚上用不着看守了,走,咱俩住旅馆去!"

自从那天晚上以后,再也没有盗贼来偷了。

蒲书记、林乡长回去了,不过把两支猎枪留在了那里,走时,蒲书记教会了梁站长和何光廷打枪。

二十

蒲书记、林乡长没走几天,几个穿着制服的铁路部门的人来了,其中一个人问:"谁堆放的碳铵?"

梁站长、何光廷从帐篷里出来了,梁站长说:"是我们的!"

负责人看了看货物,问他俩:"你们放了多久了?"

梁站长有些胆怯地说:"二十多天了。"

"你们知道吗,"负责人说,"这里是不准堆放货物的,即使放也不能超过一周,你们已经堆放了二十天了。超出时间,一是每天要收停放费,二是没收货物。"

梁站长只好说:"我们不知道!"

经过再三说好话,他们同意十五天内把货物运走。

梁站长把这事告诉了安顺儿,安顺儿听了很着急。他打电话给蒲书记。蒲书记回电话说,叫他及时处理,在广元、嘉川处理不了,就在云台市处理,无论如何不能把碳铵运回去,现在乡上已经成化肥山、化肥海了,他说:"你不是与科委的唐主任、农技推广中心的屈主任、植保站的田站长和土肥站的詹副站长关系好吗?找他们帮帮忙!"

听了蒲书记的话,安顺儿哭笑不得,有气无力,无可奈何地说:"我看也只

采购员安顺儿

有这样了，如果他们都解决不了，我就没办法了。"

近段时间安顺儿销售得还可以，除了赵平买走了一个车皮的碳铵，陆陆续续又卖了一二十吨，如果继续卖下去，一两个月可卖完。

现在铁路部门限定了时间，十五天内剩下的三个车皮的碳铵是处理不完的，蒲书记说回到云台市想办法，这是没办法的办法。

安顺儿回去了，乡上又派了两个乡干部来。两个乡干部与何光廷看守碳铵，梁站长就去联系买主。

安顺儿先找的是科委唐主任。他到了科委，直接来到了唐主任的办公室。

安顺儿的突然出现，使唐主任大吃一惊，问："哟，小安，什么风把你吹来了？"

安顺儿垂头丧气地说："又找你求援来了！"

"什么事，坐下来慢慢说！"唐主任给他倒了一杯水。

"一言难尽！"安顺儿长叹了一声。

于是，安顺儿就把碳铵的事向她说了。

唐主任愁眉苦脸地说："市上给我们科委也分了一百吨。"

"什么，你们科委也有任务？"

"是啊。不过，我已经找好了买主。小安，既然你来找我，多的帮不了，二三十吨应该没问题。"

安顺儿激动地说："那就太谢谢您了！"

中午，安顺儿请唐经理吃午饭。

他俩来到了一家火锅店。

"您知道唐梅在干啥？她现在住在哪里？"

"你问她干什么？"

"她公公不是在市上管商贸吗？我想找她帮帮忙！"

"哦，倒也是。"她说，"唐梅怀孕了，在家里闲着，住在政府宿舍。"

服务员点燃了汤锅下面的煤气炉，不一会儿，羊肉在锅里翻滚，香飘四溢。

唐主任畅快地吃着、喝着。他俩边吃边喝边摆着龙门阵。唐主任说，她在科委待得太无聊了。安顺儿说，他整天在外面跑，太辛苦了。

饭后，唐主任回到了科委。安顺儿去了川粮队，他去找王师傅和邓师傅。王师傅和邓师傅都在家里，他与两个师傅交代后，又去找唐梅。

唐主任只说她住在政府宿舍，政府宿舍很大，唐主任没有告诉他唐梅的门牌号，安顺儿不好去问唐主任，只好在门口等。

等了两天，连唐梅的影子都没有看到，他问宿舍的一位老太婆。老太婆说，唐梅与她住对门，天天早上出去买菜，进出走后门，她家离后门近，很少走前门。老太婆说："唐梅刚才出去买菜了。"

"好，谢谢您了！"

安顺儿到了菜市场，找到了唐梅。唐梅挺着大肚子，一只手提着一块肉，一只手提着一棵大白菜，摇摇晃晃地走着，口里唱着小曲："小呀，小二郎，背起书包上学堂，不识几个字，不会写文章……"

"唐梅？"

"安哥！"

唐梅惊喜地看着安顺儿，安顺儿也好奇地打量着唐梅。

他俩来到没人的地方，唐梅随手在墙上扯了一张广告垫在两个砖头上，坐下问："安哥，你找我有什么事吗？"

"事情是这样的……"

于是安顺儿就把碳铵的事向她说了，叫她帮忙推销一部分碳铵。

"安哥，这行吗？"

安顺儿说："行，绝对行，你帮我推销一个车皮，每吨给你结五元手续费。"

采购员安顺儿

他对唐主任没有说手续费的事。

唐梅心里七上八下的,不答应,觉得对不起安顺儿,答应,又是一件非常棘手的事。经过再三考虑,她说:"好,我找我丈夫,叫他老子帮忙!"

安顺儿感激地说:"那就拜托了!"

很快安顺儿就得到了答复。唐梅说:"一个车皮,不过农资公司要发货票。"

安顺儿说:"要发货的话,手续费就不好弄了。"

唐梅回去又找她丈夫,她丈夫又去找他父亲。他父亲去找农资公司,农资公司哪敢有半点怠慢?不要发货票,按照以往他们在山西购买的碳铵价格,每吨高出了十元。付款方式:货运完支付一半,一月后付清。

几天之内,一个半车皮的碳铵就有着落了,安顺儿心里喜滋滋的,马不停蹄地又到川粮车队去了。

王师傅、邓师傅已经跑了两趟了,还有最后一趟。听安顺儿说,又有六十吨的货,他俩很高兴。当两个师傅问他运费时,安顺儿说:"运完了,慢慢结账。"

安顺儿带着满脸的笑容去找屈主任。屈主任见到安顺儿,就像久违的朋友。问:"安顺儿,半年多没有看见你,你到哪里去了?"

"到山西买碳铵。"

"哈哈,"他笑着说,"你真会开玩笑,今年的碳铵还要你到外面去买?"

于是安顺儿就把到山西买碳铵的事一五一十地向他说了。

屈主任说,市上给农业局分了五千吨碳铵的任务,截至目前,销售还不到三百吨。他说:"安顺儿,我还盼望你给我销售三百吨,看来又落空了。"

安顺儿没有想到农技推广中心原来是这么一种情形,他蹑手蹑脚地走出了屈主任的办公室。

他来到植保站找田站长，站上人说，田站长下乡去了。

没有找到田站长，又来到了詹稀玉的办公室，只见他一个人坐在办公室里，见是安顺儿，他格外惊喜，问："你什么时候来的？"

"回云台几天了，刚才我去了屈主任那里。"

詹稀玉起来，把座位让给安顺儿，自己又去找凳子。

安顺儿毫无拘束地坐了下来。

安顺儿迫不及待地说："我今天来找您帮帮忙！"

"什么事？"

安顺儿把碳铵的事向他说了，说："您能帮我销售一点吗？"

"今年我们云台市化肥情况你也是知道的，我们这里是销售不出去的，不过苍溪县农业局我有个同学在农技站当站长，可以找他帮帮忙。"

他说完就打电话去了。

安顺儿哪里都没有去，就在詹稀玉办公室里等着。

他拨通了苍溪县农业局同学的电话……

"情况如何？"

"好消息，"他笑着说，"他要二十吨，还是现钱！"

"太好了！"安顺儿高兴得跳了起来。

安顺儿走出詹稀玉的办公室，正遇着田站长回来。他见了田站长，诉苦似的将化肥的事向他说了，田站长答应帮他解决十吨。

随后安顺儿跟随王师傅的车又到了广元。

安顺儿走了十来天，梁站长一包碳铵都没有卖掉。眼看日期就要到了，他们急得就像热锅上的蚂蚁。

川粮车队几乎全部出动了，几天就把科委二十吨，农资公司六十吨，植保站十吨，苍溪县农业局二十吨全部运完了。剩下的碳铵，安顺儿与梁站长商量，

采购员安顺儿

全部运了回去。

梁站长和何光廷等人回到了乡上,安顺儿到了云台市。安顺儿又去找唐梅,唐梅带着安顺儿到农资公司取款。出乎意料的是,农资公司一个车皮的碳铵全部结的是现金。

安顺儿把款汇给了梁站长,去了苍溪。

二十一

供销社的仓库里面堆满了碳铵，外面码得像小山一样高。自从安顺儿在山西买回来八个车皮碳铵，除了两个多车皮卖出去了，还有五个多车皮没有处理，这些碳铵全部被运回来了。三百多吨碳铵，只有几十吨放在各个站点，其余两百多吨全部放在了乡上。乡政府院里、礼堂里、小会议室堆放的都是碳铵，毡帽乡真的成了碳铵山、碳铵海了。

碳铵被运回去了，不知从哪里传出，说山西的碳铵质量有问题，山西农民不要才卖给云台市的，还说安顺儿在山西买的碳铵质量更差，等等。

这些话，像瘟疫一样传到了全乡，农民都不买山西碳铵了。市上分的百分之八十都是山西的碳铵，综合服务站，百分之百是山西的碳铵，这消息一传出，山西碳铵就更无人问津了。

农民不买山西碳铵，买别的地方生产的碳铵，如南充小龙碳铵、旺苍碳铵等，以及其他化肥。这可急坏了蒲书记和林乡长。

安顺儿把云台市科委唐主任三十吨、植保站十吨、苍溪农业局二十吨碳铵款收了又汇了回去，然后去了巴中郑庙乡找赵平。

赵平住在一个深山沟里。真是：穷在闹市无人问，富在深山有远亲。赵平住着一栋仿明代风格的瓦木结构的房子。不仅房子是明朝风格的，一部分家具

采购员安顺儿

也是，如桌子、床、椅子、凳子等。

赵平家里来了许多客人，有远亲，也有近邻。这些客人，有的在打牌，有的在玩扑克，有的在下棋。见安顺儿去了，赵平是喜出望外。

"哎呀，是安老师哟，稀客，稀客！欢迎，欢迎！"他对两个女子说，"来，我来给两位美女介绍介绍，这位超级帅哥，是云台市毡帽乡人，姓安，名顺儿，在乡政府农经农技综合服务站当采购员，去年我与他在山西认识的，上月在广元、嘉川相遇，他是我新交的、难得的、信得过的好朋友。"他又对安顺儿说，"安老师，我来给你介绍一下，这个丰满的美女，姓胡，名玲，芳龄十九岁，这个苗条的美女姓刁，名兰，芳龄二十岁，她俩都是我的好朋友。"

两个女子见赵平这样说，笑盈盈地连连点头。

见赵平喊安老师，她俩也喊安老师。

赵平把安顺儿请到屋里，两个女子，一个给他拿烟，一个给他倒茶。

胡玲说："安老师，请抽烟！"

安顺儿接过烟说："好！"

刁兰说："安老师，请喝茶！"

安顺儿接过茶说："好！"

接着胡玲给赵平拿了一支，娇滴滴地说："赵哥，抽烟！"

赵平接过烟，用打火机点着，然后给安顺儿点着。

安顺儿说明了来意。

赵平说，他有半年多没有回来，一回来，远近的亲戚朋友慕名来了，待得长的人有十多天，他还专门请来了厨师。

"你是我新交的朋友，在没有任何抵押的情况下，敢赊给我三十吨碳铵，凭这一点就够朋友！"赵平说，"钱没问题，你在这里安心玩，钱我早已准备好了！"

听赵平说钱早就准备好了,安顺儿自然高兴。

安顺儿是稀客,第一次来他家,于是他安排人去买猪、羊、牛肉以及鸡、鸭、鱼,又叫家里人在猎户那里买来熏野兔、野鸡、獾,同时买来好酒。

其他客人陆续走了,安顺儿在赵平那里待了一个星期才回去。

款一汇回去,蒲书记先把食品站的还了,又把政府的还了,除此以外都没有还。他不是不想还,实在是没有钱。

安顺儿一回去,找他要账的纷至沓来,首先是民政所长。民政所长把钱交给综合服务站买碳铵,第一月还不觉得紧,可是过了两三月,那些鳏寡孤独、老、弱、病、残找他要救济款来了,军、红、烈属找他要优抚金来了,每到这时,他都苦口婆心地解释半天。见安顺儿回来了,苦苦地哀求说:"安顺儿,把钱支付给我们一部分吧,我们好救救急!"

"钱都汇回来了,你去找梁站长吧!"

"我去找你们站长,梁站长说,蒲书记把钱全部领走了,听说你在外面收款。"

"我收的款都交给了乡上!"

民政所长还没有走,紧接着,国土所所长和城建所所长来了。国土所所长倒没有说什么,可是,城建所所长不分青红皂白对着安顺儿的脸就是一拳,叫道:"你这个混账东西,害得我们好惨呀!"

只听安顺儿"哎哟"一声。这一拳打得安顺儿眼冒金花,顿时口里流血,左脸肿起来,摇摇晃晃就倒了下去。

见安顺儿倒了下去,口里流血,城建所所长傻了眼。不仅是他,民政所所长和国土所所长都吓出一身冷汗来。

国土所所长说:"赶快把他弄到医院去!"

不知所措的城建所所长,手忙脚乱地去扶安顺儿,民政所所长和国土所所

采购员安顺儿

长都去帮忙。

可是,他们怎么也没能把安顺儿弄起来。恰好何嘉卖肉收摊了,见此情景,不由分说,叫他们走开,她一手抱住安顺儿的脖子,一手抱住他的双腿,像母亲抱自己小孩似的向医院走去。

他们也随同到了医院。

何嘉把安顺儿抱到医院,这个医生看,那个医生看,看来看去,都看不出一个所以然来。有的说是脑震荡,有的说是昏睡,还有的说他已经成了植物人。听说成了植物人,城建所所长听了脸色骤变,心想:这次事闹大了,我下半辈子惨了!何嘉也为其担心。安顺儿的血压、心率和体温,又都是正常的。

院长说:"赶快叫救护车往市人民医院送!"

救护车到毡帽乡要三四个小时。

在等救护车时,民政所所长把情况告诉了梁站长、蒲书记和林乡长。

梁站长来了,也吓得六神无主。蒲书记来了,第一个批评的是城建所所长。他说:"俗话说'冤有头,债有主',你们找他干什么?这些都是我安排的,要钱找我,要打打我!"

城建所所长已经惭愧得无地自容,见蒲书记这么说,更怕了。

蒲书记问:"通知他家里人了吗?"

国土所所长说:"还没有!"

蒲书记说:"这么大的事怎么不通知他家里人呢!"

国土所所长说:"还没来得及!"

正说要通知他家里人,安顺儿出了一口长气,坐了起来,说:"你们这是在干什么?"

第一个惊喜的是城建所所长,问:"安顺儿,你醒了?"

第二个惊喜的是何嘉,眼泪早已填满了眼眶,喊了一声:"安顺儿……"

128

民政所所长说:"安顺儿,你刚才晕倒了,我们几个拿你没办法,是何嘉把你抱到医院来的。"

"谢谢你!"安顺儿看着泪眼婆娑的何嘉说,"女人的心肠就是软!"

城建所所长问:"安顺儿,你没事吧?"

他摸了摸左边红肿的脸说:"你把我打了,怎么说没事?"

城建所所长说:"我是说,你没有大事儿吧?比如说,脑震荡,植物人什么的?"

"我没那么娇气,"安顺儿站起来伸了伸懒腰,说,"大事倒没有,唉,太困了,你们都走吧!"

说了半天,安顺儿是因没休息好引起的。

不仅是城建所所长惊奇,在场的其他人都感到惊奇。

蒲书记说:"安顺儿你现在回来了,就好好地休息一段时间吧!"

林乡长和梁站长也异口同声地说:"对,好好休息一段时间!"

何嘉向安顺儿摆了摆手就走了。

安顺儿太辛苦了,自从两个月前从山西回来没有睡过一次安稳觉。他想把五个车皮的碳铵处理完,日夜操心着。

安顺儿虽没什么大碍,但左边脸肿着,城建所所长还是叫医生给他开了一些消炎药。

城建所所长给安顺儿认了错,说自己打人不对。安顺儿说,他要账是可以理解的。

一波未平,一波又起。安顺儿刚从医院里出来,只见川粮车队的王师傅,带着邓师傅怒气冲冲地走到他面前,说:"老子找了你几十趟,我们先后给你们站上运了几百吨碳铵,连一车运费都没有付,怎么,你想赖账吗?"

"我们没有说不给……"

采购员安顺儿

他的话还没有说完，王师傅就一巴掌打去。本来这一巴掌是要打在他的右脸上，安顺儿头一偏，却打在了左脸上。王师傅是当过兵的，这一巴掌可不轻，比城建所所长那一拳不知厉害多少，打得他眼冒金花，头晕目眩，整个左脸，包括半个头都肿了起来。

王师傅还想去打，邓师傅把他拉住了。王师傅气愤地说："为了给你们站上运碳铵，整个川粮车队都出动了，我与邓师傅运得最多，欠了那么多运费，我们别说发工资，连加汽油的钱都没有。"说着竟委屈地哭了起来。

安顺儿只顾着痛，无法说话。

梁站长刚回站上，有人带信说，安顺儿走出医院又被人打了，比城建所所长打得还严重，又急忙到了医院。

梁站长赶到医院，一群人正在看热闹，只见安顺儿靠在墙壁上，蹲在那里，双手捂着脸。王师傅滔滔不绝地向众人诉说着安顺儿是如何找他们运碳铵，农经农技综合服务站欠他们川粮车队多少运费，站上没钱给，他又是如何找安顺儿的。

梁站长气愤地说："打人的还没走多久，你又来了，要账找蒲书记，找我，找他干什么？"

王师傅："梁站长，我找蒲书记和你，找了无数次，都没有结果，打酒只认提壶人，我现在谁也不找，就找他，是安顺儿找我运的。"

王师傅在那里不依不饶，说今天他与邓师傅要不到钱，就不走。梁站长同意先给两个驾驶员借三千元支付。

听说给他们支付三千元运费，王师傅这才罢休。

梁站长把安顺儿送到医院，在食品站何嘉那里借了三千元，这才把王师傅和邓师傅打发了。

安顺儿在医院里打了三天吊针就回去了。

安顺儿有两个多月没回家了。他一进家门,就闻到一股刺鼻的碳铵气味儿,家里到处都是碳铵,每一间屋里都有,就连空着的猪圈里也堆满了。

不仅他家里是这样,他的大哥家里,二堂哥家里都是如此。

"老三(兄弟中他排第三),"他大哥问,"供销社分了这么多化肥,你们综合服务站又分了这么多碳铵,就是三年的化肥都够了。"

他二堂哥问:"老三,供销社和你们综合服务站把碳铵分给我们,今后该不会要钱吧?"

安顺儿说:"暂时赊欠给你们的,怎么能不要钱呢!"

他二堂哥生气地说:"今年用不完,放到第二年就'化'了,这不是在诚心坑我们老百姓吗?"

大哥说:"我就是不给你们钱,看你们把我怎样!"

二堂哥说:"怎么会向你要呢,在上缴提留款里就给你加上去了!"

大哥说:"加进去我也不缴纳!"

见大哥、二堂哥,对供销社和综合服务站分下来的化肥怨声载道,于是安顺儿就把蒲书记安排他与黄毅、何光廷到山西买碳铵,以及市上向各乡镇分派碳铵的情况向他俩说了。

他大哥和二堂哥听了只是唉声叹气。

晚上,安顺儿一个人睡一间屋,满屋的碳铵味儿,呛得他不能入睡。当他想起去年和今年在山西弄碳铵的情景时,酸、甜、苦、麻、辣的滋味儿一起涌来,泪水不知不觉地填满了眼眶……

二十二

  毡帽乡是本地区十大养蚕乡之一，全年养蚕两千张以上，春、夏、秋三季给蚕消毒的生石灰需要十吨左右，这些生石灰都是外地商贩运来的，价格高不说，质量没有任何保证。乡上的干部是一个五十多岁姓徐的技术员。其他乡镇的蚕桑员都是去广元、旺苍一带亲自采购，由于老徐从未出过远门，胆子又小，加之体弱多病，每年就从商贩手上买生石灰。商贩为了赚钱，净搞些次等的、没有烧过的生石灰。价格高是小事，质量才是大事。记得有一年，由于整车生石灰质量低劣，不仅没有达到消毒的目的，反而使全乡大部分春蚕在三眠期就病死了，那年蚕茧大幅度减产，给蚕农造成了几十万元的经济损失！所以凡是商贩运回来的石灰，徐站长用起来都是提心吊胆的。两年前综合服务站刚建立时，蒲书记、林乡长就找过梁站长和安顺儿叫他们把石灰经营起来，由于那时急于搞种子、农药和化肥，腾不出时间来，加之蚕桑站又没有堆放石灰的地方。养蚕人都清楚，蚕那玩意儿是很娇贵的，稍有不慎，就养不活，尤其是在消毒方面。消毒用的是生石灰。所谓生石灰，那就是自然风化的石灰，不用人工加水。养蚕要非常讲究，既要房屋干燥，还要没有任何污染物。

  安顺儿在家里待了很长一段时间。一天，他在屋里看书，林乡长和梁站长带着乡蚕桑站的徐站长找他来了。

梁站长见到安顺儿调侃地说:"安顺儿,你好清闲哟!"

安顺儿见是林乡长、梁站长和徐站长,连忙放下手中的书说:"哎呀,是你们呀,请坐,请坐!"边说边给他们找凳子。

安顺儿最近看的是《堂吉诃德》。

"这本书我在十多年前看过,"林乡长拿起厚厚的书说,"主人公堂吉诃德,一直生活在诗情画意的虚构想象中,跟风车斗,碰得头破血流,为了追求一个神圣的女人,荒废了自己的一生,找不到公主,却找了一个丑陋的放牛姑娘,真是既荒唐又可笑!"

安顺儿说:"我不这么认为,我认为,堂吉诃德这个人很有趣,是'游侠骑士''狼狈相骑士''狮子骑士'。他一生做事虽然荒唐,不过,他还是很有智慧的,也非常勇敢。他的疯劲儿不可取,但他的勇敢和冒险精神以及他渊博的学识还是可以借鉴学习的。"

林乡长说:"倒也是,仁者见仁,智者见智。"

他们闲谈了一会儿,林乡长就把采购生石灰的事向他说了。

"你在山西采购碳铵受累了,这次采购生石灰又要辛苦你了!"林乡长说。

接着梁站长也说:"在山西采购碳铵,你辛苦了不说,还挨了打,受了委屈,我当站长的很过意不去!"

安顺儿说:"乡政府也是出于一片好心,过去的事就不提了,一切从头开始吧!"

林乡长说:"上次到山西采购碳铵,责任在我们,不在你们综合服务站,也不在你安顺儿。做生意要'天时、地利、人和'我们只占了两个,即'地利'和'人和',还有一个最重要的没有占到,那就是'天时'。我说的'天时',就是上级。如果他们不给我们乡压那么多化肥下来,那四百多吨碳铵,我们早就卖完了,不说亏损,说不定还赚了几万元哩。唉,不说了,说起化肥的事头

采购员安顺儿

都疼！这次祝你好运！"

徐站长连连点头说："安老师，拜托了！"

林乡长、梁站长和徐站长说完就走了。

那是十二月上旬的一天，安顺儿在站上领了一千五百元揣在身上，这钱包括买石灰和运费以及一路上的生活费，他向梁站长和老占打了招呼，就出发了。

安顺儿没有直接到广元、旺苍去，而是到了他亲戚那里。他亲戚在另一个乡，离毡帽乡有十一二里，他要去找两个姓庄的货车司机。司机是父子俩，老子叫庄良，儿子叫庄俭。庄良原来在乡社厂开车，乡社厂解体后，他也回了家，然后廉价买了货车。不仅他开，他还教会了儿子庄俭开。乡社厂卖给他的是一辆解放牌汽车。他把车买回去，在广元、旺苍、南江一带运煤炭、水泥、石灰等，生意还不错。那辆解放牌汽车才跑了一年，他把它换了，买了一辆东风牌汽车。新车买回来，运输生意非常红火。

安顺儿的亲戚离庄师傅家只隔一个村，安顺儿的亲戚住在五村，庄师傅住在七村，相隔只有两三里。因此，安顺儿对于庄师傅父子的情况自然知道不少。他原来准备直接找肖师傅，但肖师傅对于广元、旺苍那边的情况没有庄师傅父子熟悉。安顺儿这个人，做任何事情在没有把握的情况下，他不会盲目去做的。

当天上午他就到了他亲戚家。在亲戚家吃了午饭后，独自一人去了庄师傅家。

庄师傅住在一个叫茶山下塝的半坡上，这里林竹茂密，云雾缭绕，雀鸟争鸣，山水潺潺……他家是一个冬瓜形的房子，由于地势原因，房屋坐东朝西。房屋的右边，有长二十多米、高三四米的石条坝坎。一到屋前就是一道双扇木门。木门外面，左右两边各有一尊石狮。房子是土木结构，包括猪圈、牛棚在内，共计有八九间之多。安顺儿到了他家，见大门没关，他刚一踏进去，一条黑色大狼狗凶猛地朝他扑来，他"哎呀"一声，退出了好几丈远，那牲畜要不是被粗壮的铁链拴着，早就把他咬了。狼狗见是生人，"汪汪"地在那里叫了好一阵子。

主人听到狗叫后出来了。先出来的是一位剪着齐肩短发，慈祥、干净整洁，身上系着围裙的半百女人。紧跟着走出了一位剪着平头，但头发有些花白，身体略胖，方头方脸，面带凶相的五十多岁的男人。之后走出了一位披着长发的美丽少妇，抱着一个三四岁的男孩。孩子手上拿着玩具汽车，见来了人，她把孩子支走了。

男子吼道："黑狮，这是客人，走远点！"

狼狗很听话，随着主人的出现，远远地退到一边去了。

那半百妇人口里不停地安慰着安顺儿："不要怕，不要怕！"随后就把他带进了里屋。

安顺儿一坐下，那位美丽的少妇就十分热情地把一杯茶送到了他身边，轻声地说："师傅请喝茶！"

安顺儿见少妇递过茶，站起来双手接过，感激地回应了一句："谢谢！"

安顺儿问那少妇："他是庄良师傅吗？"

少妇回答："是的，我是庄良的儿媳妇，庄俭的妻子，姓冯，叫冯娟！师傅您贵姓，找我爸有事吗？"

安顺儿自我介绍道："我姓安，叫安顺儿，毡帽乡人。"

于是，安顺儿就把他的来意向她说了。

冯娟见安顺儿是来找庄良父子俩的，就去喊她公爹了。他正在给客人找烟。找了会儿没有找着，他显得有些尴尬。听儿媳说这人是专门来找父子俩的，很高兴。

他俩攀谈了起来。

庄师傅说，以前他们父子俩经常在外跑车，自去年以来，由于自己上了岁

采购员安顺儿

数，眼花了，听力也不好使了，脑子也不够用了，身体大不如前了，熬夜就更不行了。鉴于此种情况，他很少出门，只是偶尔跟随儿子跑一趟。他说，他们的客户很多，总是运不完，从上月起，他们就不接任何货了，现在的货都要运到明年春天才拉得完。好说歹说，庄师傅才勉强答应了他两车的货。他说，庄俭这段时间在从岐坪往广元转粮，回来给区煤炭厂运煤，两三天就可以回来。他是昨天去的，要么今天回来，要么就是明天回来。

安顺儿与庄师傅谈了很长一段时间，见时间不早了，他说明天再来，于是就告别庄师傅。

第二天，他在他亲戚家吃了早饭就到了庄师傅家。说也奇怪，昨天他去庄师傅家，那条大狼狗对他还凶狠无比，今天去了，对他格外亲热，好像安顺儿也是他们家一员似的。

安顺儿来到了庄师傅家，庄师傅正在与另外三人打着川牌。那三人安顺儿一个都不认识。见安顺儿来了，庄师傅叫安顺儿来打，安顺儿说他不会。

安顺儿在旁边无趣地看着。过了一个多小时，庄俭回来了。

庄俭，二十四五岁，一米六七的个子，长得眉清目秀，说话文质彬彬的，这与他父亲那凶相，形成了鲜明的对比。

庄俭一回来就说："爸，我回来啦！"

庄良见儿子回来了，边打牌边对他说："这位姓安的同志，是毡帽乡综合服务站的采购员，昨天就来了，要到广元运两趟养蚕的生石灰，我已答应他了。区煤炭厂的煤暂时少运两趟，这两车留给小安，毡帽乡那边的货我们运得很少，既然小安老师来了，一路上你要好好关照他。"

庄俭说："知道了！"

于是，他与安顺儿打了招呼。

母亲在猪圈里喂猪，他又去问候母亲，两位老人问候完了，这才进妻子

的屋。

他在家里洗了个澡，换了衣服，休息了一个多小时，向父母、妻子打了招呼就与安顺儿走了。

庄俭说现在才十点多，从这里到岐坪一个多小时就开到了，要是十二点以前装不上粮，就要等到下午三点上班后才能装。小庄师傅车开得很快，开到岐坪还不到十一点半。那天来运粮的车很少，庄俭开到就装，约莫二十多分钟粮就装好了。安顺儿问庄俭在哪里吃午饭，庄俭说到苍溪运山。

到了运山已是午后的一点四十了。这里很热闹，停了很多车辆。有从广元、旺苍到云台、巴中方向去的，有从云台、巴中到广元、旺苍方向去的车辆。往来的司机，中午都要停下来休息吃饭，从中午的十二点到下午的两点是吃饭的高峰期。来往的车辆多，自然食宿店就多。运山到处都是食宿店，有三四十家。哪家饭店老板请的服务员漂亮，哪家饭店生意就好；服务员长相不好，即使那家饭店的饭菜可口，价格优惠，也很少有驾驶员会光顾的。所以，这些食宿店老板为了招揽生意，请来了许多年轻漂亮的女子。

20世纪80年代初，很少有年轻人去广州、深圳等沿海城市务工，农村年轻漂亮的女子多的是，要哪种类型的就有哪种类型的。

小庄师傅把车停在了一边，与安顺儿下了车，领着安顺儿向饭馆走去。那些女服务员中相当一部分都认识他，他也认识她们。他对安顺儿说，他跑这条路已有五六年了。改革开放以前，他父亲当时还在乡社厂开那辆解放牌汽车，他初中一毕业，连高中都未读，就跟随他父亲跑这条路了。那时这条街还没有这么多房子，只有六七户居民和零星的几家国营商店。饮食店也只有一家，还是国营的。就是那唯一的一家饮食店来吃饭的人也是寥寥无几，因为那时是凭粮票吃饭。没有粮票，就是有再多的钱，饮食店的人也不卖给你。

采购员安顺儿

小庄师傅领着安顺儿,从这家走到那家,很多饭店老板和服务员向他打招呼,可是,走了十多家都不是他要找的地方。转来转去,小庄师傅把安顺儿带到姓鲁的一家饭馆。这家饭馆生意十分红火,十多张桌子座无虚席,有许多人还在等位。只见四五个穿着时髦的漂亮女子,有顾客来时,她们就热情地、笑容满面地去张罗着。其中有个高挑的,留着一根粗黑长辫,月眉杏眼,高鼻红唇,脸蛋漂亮,上穿玫瑰色线衣,下穿紫色裤子,脚穿中跟红色皮鞋的女子见小庄师傅来了,放下手中的活儿,忙走了过来,笑着问:"庄哥,刚到吗?"

他红着脸回答:"刚到!"

"今天运的什么?"

"装的粮,上广元,回来给这位安老师运生石灰!"

"我今天想回东溪一下,有位子吗?"

"座位倒是有,就看你们老板让不让你走!"

"前几天我们老板又招了几个女子来,我们现在是两班倒,即使一个人有事,也能有人代替的。"

她正与小庄师傅说着话,见边上的一张桌子空了,她急忙叫小庄师傅和安顺儿到那边去坐。

她拿着笔和纸问:"你们点什么菜?"

小庄师傅问安顺儿:"安老师,你吃什么?"

安顺儿回答:"随便,你点就是了!"

小庄师傅说:"那就来一份清蒸肘子,一个麻辣豆腐,一盆酸菜粉丝汤,一人二两酸菜干饭。"

那女子飞快地写着,写完了把单子传给了厨师。随后就给他俩各沏了碗盖碗茶,他俩边喝茶边等饭。

小庄师傅告诉安顺儿,刚才那个女子姓汪,叫汪小燕,是东溪镇人,她时

常坐他的车回去。

不大一会儿,汪小燕把饭菜端来了,说了声:"庄哥,你俩慢慢吃!"就回自己的房间收拾东西去了。

安顺儿和小庄师傅吃了饭,安顺儿付了饭钱,汪小燕提着白色挎包,向老板打了招呼,就跟他俩走了。

二十三

安顺儿坐在窗边,汪小燕挤在中间。东风牌汽车驾驶台比较大,坐在里面宽敞、舒适、明亮。从家里到岐坪运粮,再到运山,小庄师傅放的是战争年代的老歌曲,如《洪湖赤卫队》里的《洪湖水浪打浪》,郭兰英唱的《南泥湾》《老房东查铺》,电影《地道战》《地雷战》的插曲,那些老歌,安顺儿在其他车里都听腻了。这时他换了一盘磁带,都是流行的歌,如《闪闪的红星》里的《映山红》;《小花》里的《妹妹找哥泪花流》;《柳堡的故事》里的《九九艳阳天》;《泉水叮当响》……音乐清新、明快、感人!这些歌听后,使人积极向上,使人心身愉悦!

汪小燕把挎包放在她的脚下,把乌黑的长辫放在胸前,理了理衣服,然后从挎包里取出一个小圆镜边照边与小庄师傅说起话来,问:"庄师傅,我昨天等了你一天,你在干什么呢?"

小庄师傅说:"我前天把煤运回后,又跑了一趟短途,所以昨天就没有来!对不起,让你久等了!"

小庄师傅聚精会神地开着他的车。

这时她与安顺儿说起话来。她问:"请问这位大哥,我怎么称呼您呢?"

安顺儿说:"随便叫什么都行!"

她笑着说："看来您这个人很随和，您与庄师傅是一个乡的吗？"

"不是，我与他隔得很远哩。"

"你们以前认识吗？"

"以前不认识，今天才认识！"

"哦……"

于是她接连问了安顺儿的工作情况，家庭情况，个人喜好，到过什么地方，等等。要是换了另外一个人，他是不会理会的，甚至认为对方神经有问题！正因为她是一个妙龄女子，见过世面的女子，活泼可爱的女子，热情大放的女子，有见识的女子，他才回复。

她问了安顺儿后，她又把她的情况、家里的情况以及在鲁老板那里打工的事向安顺儿说了。

小庄师傅仍然聚精会神地开着车。他的精力全放在了路上和手上的方向盘上。汪小燕讲她家的情况和她本人的事，也许他听了一些，也许他根本就没有听。因为他与她认识已经两年了，她的情况，他的耳朵已经听出茧了。

他们在运山吃的午饭，已经开了近三个小时，现在是下午的五点四十分。当车子开到苍溪县的田菜乡时，堵车了。

小庄师傅对安顺儿和汪小燕说，前面在修路，最近一段时间这里经常堵车，一堵就是一两个小时。据其他司机说，这里已经堵了半小时了。小庄师傅把车停了下来，叫醒了汪小燕，他下了车，安顺儿也下了车，只有汪小燕还在车上。小庄师傅和安顺儿到前边看路况去了。

这一堵就堵了两个小时，天黑了。这里离东溪镇还有二十多公里。这段路在改造，路况极差，还要开一个多小时。当车子开到一道山梁时，小庄师傅把车停了下来，说水箱没水了，他要到离这里不远的堰塘去打水。小庄师傅叫汪小燕跟他搭伴儿，汪小燕去了。小庄师傅左手打着手电筒，右手提着水桶，向

采购员安顺儿

打水的方向走去。他俩去打水,自然就剩下安顺儿一人在那里看车。

"安老师,让你久等了!"小庄师傅提着一桶水说。

安顺儿说:"我在这里等得都快要着凉了。"

小庄师傅加了水就把车开走了。

半个小时后,到了东溪,小庄师傅一看时间,九点过了。他说:"安老师,我们就在东溪吃饭住宿,明日早上走,即使今晚赶到广元,东溪到广元还要开两个多小时,到了那里也十二点了。"

安顺儿说:"随你的便,怎么都行。"

汪小燕跟着说:"这里离我家还有十多里路,我在东溪住一宿明天回家!"

车子被开进了停车场。

小庄师傅把车停好后,就去吃饭订旅馆,三个人的开销全是安顺儿出的。安顺儿与庄俭住一个房间,汪小燕住一个房间。安顺儿到了旅馆,洗了个澡就睡了。

第二天早上五点半,庄俭就叫安顺儿起床准备出发了。

二十四

那天早上的雾很大，五米远都看不到前面的东西，要不是公路宽，简直无法行驶。本来从东溪到广元两个多小时就到了，今天足足开了三个多小时。小庄师傅开到广元粮站快到九点了，卸了粮就到九点半了，他俩在路边饭店简单地吃了点儿东西，就直奔白水乡。

生产石灰的地方叫白水乡。广旺路向右约三公里的公路边，隔一二百米就有一个石灰窑，有几十家之多。那些石灰窑，类似砖瓦窑。小庄师傅一路开车一路看，只见窑里冒着滚滚浓烟，工人正在烧石灰，有的工人正在把矿石往窑里装，还有的工人戴着口罩和手套正在取生石灰。小庄师傅把车开到他原来装石灰的几个窑厂，要么是现成的生石灰卖完了还没有烧，要么就是烧好了还没有出窑。见没有满意的，他继续往前开。要是换了其他人，随便找一家装了就行，但安顺儿要选最好的石灰。小庄师傅也许感觉太对不起安顺儿，把他冷落了不说，还花了他不少的钱，要是生石灰不买好点，就对不起自己的良心了！所以，为了报答他，只好给他选最好的生石灰，他看了一家又一家。他把车开了很远，在一个山包下有一家正在出窑，他把车停了下来，与安顺儿来到了窑边。那窑里还冒热气，窑边热烘烘的，只见几个女子戴着口罩，浑身是白灰，在冒着热气、满是飞灰的窑里出着已经烧好了的生石灰。

采购员安顺儿

小庄师傅捡了几块生石灰，拿在手上掂了掂，对安顺儿说："要想买到好石灰，必须要认识石灰。"

于是他就教安顺儿如何辨别石灰的优劣。他说，他跟父亲跑了几年，给别人拉过不少石灰，怎样识别石灰的优劣，他还是有一定经验的。他说，石灰分散灰和块灰两种。散灰看起来好看，白晃晃的，实际上是人工催化加了水的；块灰看起来不那么好看，有些还带花纹，只要选好了，拿回去后需要自然风化。自然风化的，那是最好的石灰，一般养蚕，就是用这种石灰。不过商贩不会去买块灰，一是块灰价格高，散灰每吨只有三十五元至四十元，而块灰每吨在四十五至五十元。二是块灰不好辨认，怕看走了眼，买回去是石头，无人接手。散灰好选，只要一看，手一摸就会认出来是不是好灰。而块灰就不同。选块灰一是看颜色，表面带有花纹，这就是好灰。二是试轻重。好灰，烧过的灰拿在手上比较轻、酥酥的。三是听响声。好灰，敲起来较软，没有声音，或声音很小，或是有声音也很浑沉，也敲得烂；反之，那些入眼白白的，拿在手上沉沉的、重重的，或拿在手上不轻不重，看起来很好看，敲起来非常坚硬，声音洪亮、清脆，类似这样的块灰那便是石头，或者说是没有烧过的。所以，买块灰要有眼力，买得好就好，买得不好，拉回去就是一车石头，或是没有烧过的石灰。

听了小庄师傅的介绍，此时安顺儿才对石灰有了初步的了解。

"哦，原来如此！"安顺儿拿了一块在手上问小庄师傅，"你看这家石灰怎样？"

小庄师傅右手拿了一块，左手拿了一块，然后放到一边，又随便拿了几块，看了看，对安顺儿说："这家石灰烧得很好！"

"既然你认为这家石灰烧得好，那我们就买这家的。"安顺儿问，"这家老板在哪里？"

随着应声，从窑里走出了一个女子。她抖了抖身上和头上的灰，取下口罩，又用随身带的毛巾抹了抹脸，原来是一个美女，接着又出来了几个女子。美女嫣然一笑，问："先生，您是来买石灰的吗？"

小庄师傅回答："是的，我们买石灰！"

安顺儿问："多少钱一吨？"

美女说："连装车五十。"

安顺儿问："不还价吗？"

"不还价。"

小庄师傅问："四十五行吗？"

"少了五十不卖！"

小庄师傅说："四十八，像这样的石灰，我们在其他地方也是给这个价。"

见小庄师傅这么说，美女看了看他俩，没话说了。

"你把车倒过来吧。"美女问，"装多少？"

小庄师傅回答："五吨半。"

小庄师傅把车倒了过去。车倒好后，小庄师傅从驾驶台里拿了一包烟，给那美女一支，她竟然接了。小庄师傅说："我们买石灰用来给蚕消毒，要优质的，次的不要，不知你这灰如何？如果好，下次还在你这里买！"

美女说："我姓董，我们董家的石灰远近闻名，我家三代都是烧石灰的，新中国成立前我祖父是烧石灰的，之后祖父把这门技术传给了我父亲，公社办企业我父亲又给社办厂烧。祖父烧了一辈子石灰去世了，父亲年老多病不能烧了，我们家没有儿子，都是女子，我父亲就把这个技术又传给了我。改革开放后，私人建窑烧灰，我买的是最好的矿石，烧灰的技术是一流的，如果拉回去有石头或没有烧过的，把数字报来就是了，我全认账。"

小庄师傅说："我长年累月都在跑这条路，经常给各乡镇蚕桑站拉石灰，以

采购员安顺儿

往我是在另一家买的，今天那家没货了，如果你的灰好，以后就在你这里买！"

董美女说："俗话说：'好酒不怕巷子深''猪八戒卖凉粉，嘴好不如货硬'你拉回去用了就知道了！"

小庄师傅说："那好，我就相信你这一次了！"

半个小时后石灰装好了，安顺儿付了石灰款，董美女收了钱，给他开了票，看时间十二点过了。安顺儿上了车，小庄师傅前后左右检查了一遍车，向董老板打了招呼，将车调头就开走了。

他们两点多在卫子区吃的午饭。早上从苍溪出发，卸了粮又到广元白水乡装石灰，这一路都没有看出小庄师傅疲惫的样子。可是午饭后，他感到很疲倦，哈欠不断，萎靡不振的样子。见此情形，为了安全起见，安顺儿叫他休息会儿，他说到了永宁再说。

从卫子区到永宁，一路几乎全是上坡路，小庄师傅开得很慢，他一边开着车，一边打着瞌睡，安顺儿时不时地提醒着他。

离永宁大约二十公里的地方，停了许多辆车，据其他驾驶员说，前面翻了一辆拖斗车，滚到了崖下摔得稀烂。听说前面翻了车，小庄师傅的困意顿时没了，他把车停在一边，与安顺儿下车过去看。只见在前面的不远处，一百二十至一百五十米深的坡下面，翻着一辆带拖斗的东风牌汽车，车上拉的水泥。车子滚下去，由于坡高，又是重车，已经摔得不成样了，车子是车子，拖斗是拖斗，车子四轮朝天摆在那里。拖斗摔得粉碎，没有了拖斗的样子，四周全脱落了，只有底板是完整的，后面四个轮子，两个轮子连在轴上，另外两个轮子，一个挂在半坡上，一个夹在了石缝里。车子翻滚的那一路，坡上到处都是散落的水泥袋子，有的摔得粉碎，有的还是半包半包的，有的还没有摔烂，只是中间或两头裂了，还有的是整包整包的完好无损。那树上和半崖坡上，灌木丛中，凡是车子一路翻滚下去的地方都有水泥。看样子车子刚翻下去不久，因为水泥的粉尘还在四处飞扬，车子一路滚翻的上空烟雾沉沉的。

原来是这么一回事。一个姓郑的父子俩，老子五十多岁了，儿子刚满二十岁，老子年轻时就在部队里学开车，退伍后被安排在一家运输公司开货车。开了二十多年车，后来运输公司破产了，他就给私人老板开。给私人老板开车非常辛苦，没有自由不说，还挣不了多少钱，这时他就想自己买一辆车开。他认为，自己有了车，既能多挣钱，还有主动权，同时还不受别人的使唤和约束，除此以外，还可以教儿子，儿子学会了，父子俩可以换着开。为了筹备买车的钱，他想尽了办法，在银行里贷，向亲戚朋友借，加上自己那点积蓄，东凑西拼，才凑足了买一辆东风牌汽车加拖斗的钱。他把车买回来才开了一个多月，身体就感到不适，心脏不舒服，到医院去检查，诊断是心脏病。他得了这个病后，感到很沮丧，也很悲观。然而，就是自己再有病，也要想办法教会儿子开车。儿子"不负父望"，学得很快，还不到半年就学会了。在其父的耐心教导下，他也能一个人上路给别人接货了。带拖斗的车，如果没有精湛的驾驶技术，不经过磨炼，要想开好不出事故，那是很难办到的。即使儿子学会了，老子还是不放心。每次拉货他都要跟着，生怕儿子有什么闪失和意外。今天一早，父子俩就在嘉川给某建筑公司接了十吨水泥。由于是重车，又是上坡路，车开得很慢。在一个缓坡上，坡度并不大，可以说几乎是平路。儿子聚精会神地开着车，老子在前面盯着路，这时一只巨大的麻黄野兔，突然箭一般地从车子的前轮下跑过。儿子还没注意，可是老子看得清清楚楚！只见那只巨大的麻黄野兔，后腿被碾掉了，正在那里痛苦地痉挛着，艰难地爬向公路旁。老子见状，就叫儿子把车停了。儿子停了车，老子下车去捉受伤的野兔，那只野兔由于伤势过重，流血过多，已不能动弹了，好像是昏死了过去。老子见兔子不动，以为它死了，正当他伸手去捉它时，兔子突然活了过来，使劲一蹬！老子"哎呀"一声，三魂吓跑了两魂，连喊儿子："快下来帮帮忙呀！"儿子听到父亲的尖叫，

采购员安顺儿

说："爹，等着，我来了！"

原来他父亲下来时，他的一只脚是踩着刹车板的，当他父亲喊他帮忙时，真是忙人无计，他什么也没考虑就从车上下来了。正当父子俩捉受伤的兔子时，车子已经向后滑去，父子俩如梦初醒：车子轮胎下没有垫石头！见状，父子俩丢下半死不活的野兔，向车子跑去，可是车子已经滑下了悬崖，接着就是"轰"的一声巨响……父亲见车子掉下了悬崖，凄厉地在那里喊叫着："天啊，天啊！"老子喊叫的声音愈来愈小，愈来愈弱，只见他口吐白沫，脸色铁青，双手痉挛，浑身发抖，四肢无力地倒了下去！

儿子见这样，也顾不了什么，他的第一意识就是抢救父亲要紧！这时正好从永宁的方向来了一辆空货车，里面坐着一男一女，他拦住他们，并哭诉着把出事的前因后果向那一男一女说了。那只野兔，早死在了路旁，不过双眼还看着路人，它好像是在向路人诉说着冤屈！司机很通情达理，二话没说，调头就把他父子俩送往永宁医院，女的留下来看现场，等交警。由于抢救及时，他父亲脱离了危险，小郑在那里伺候他父亲。司机把父子俩送到医院后，去报了警，这才开着车回到了事故现场，与那女的一起看现场等交警。

只要是经过的司机都要停下来看看，问问他俩出事的原因，他俩就如实地说了。那些司机听后，觉得太可笑了，简直是天下奇闻！看了山下跌得稀烂的车子和滚得满坡的水泥后，都要好奇地、仔细地去看看那被车子碾死了的神奇麻黄野兔！有的说，那只野兔幸好收了父子的财，要不然，就出人命了，舍财免灾嘛！但更多的则是同情父子俩。认为父子俩是没有安全意识，马虎、大意造成了事故！凡是经过这里的司机，一个传一个，大家都知道了。小庄师傅开来时，来往的车辆，只有五六辆。前后还不到二十分钟，就有二三十辆了。来看的人越来越多，交通堵塞了。交警来了。还不到十分钟，交警就勘察完了现场。交警疏通着来往的车辆。半个多小时后，交通畅通了。

庄俭师傅开了七八公里路，又打起瞌睡来，看来他已经十分疲惫了。就在他爬一段长陡坡时，从永宁的方向来了一辆超重大卡车，车上装的是化学品。一辆重车上去，一辆重车下来，而且下来的车是一辆超级大车，从车牌上看，是陕西宝鸡的。相距十来米远时，两辆车都停了下来。超级大车里面坐了三人，两男一女，一个男的四十多岁，是驾驶员，一个三十五六岁，可能也是司机，因为长途车一般都是两个驾驶员。女的二十六七岁。车子停着，但发动机还在响，年轻的司机下来了，他在路边找了两块硬石把两个前轮支稳，向车里的司机打了个手势，司机和那女的都下来了。见他们把车停了下来，小庄师傅也把车停了下来，叫安顺儿找两块石头把两个后轮支稳，他熄了火，从车上下来了。

四十多岁的司机操着北方口音说："小同志，我们的车又大又重，走边上怕路基不稳，您让一让行吗？"

小庄师傅说："你们没有看到，我不也是重车吗？你们怕边上路基不稳，难道我就不怕吗？并且我的驾龄才两三年，胆子小着呢！"

一个要求对方走边上，一个又不愿意，双方对峙着。

这时从广元的方向来了一辆货车，见两辆车在那里对峙着无法过去。那司机下来看了看地形，又把两辆车衡量了一下，认为还是小庄师傅走边上安全些，因为两个车比较起来，那辆车载重量在二三十吨，而小庄师傅的车载重量只有十多吨，车与车相比，重与轻衡量，理所当然是小车让大车，轻车让重车，轻车走边上。他对小庄师傅说："这个小同志，不知你贵姓，你的车毕竟比下来的车小些、轻些，你还是让一让，你走边上！"

小庄师傅无奈，只好把车开在了边上。在司机的指挥下，两辆车开始错车了。

广旺路属于国道，都是双车道或三车道，按理说错车是不成问题的，然而，由于两辆车都是重车，尤其是往下开的那辆超大车，它把道路占了三分之二，

采购员安顺儿

小庄师傅叫他靠边点,他怎么也不敢靠近,因为路边的路基是松的。道路被那辆车占了大半,边上的路面就剩得不多了。

小庄师傅壮着胆,但心怦怦地跳着,双手颤抖着,咬住牙慢慢地开过去!当他刚错车时,由于紧张,浑身发抖,双手好像没有知觉似的,本来错车后方向盘要往里打,他却向边打去,靠近路边的一个车轮一下跑出公路,滑到一边去了,车一下失去了平衡,整个车就向后边倾去,这时车上的石灰"哗啦"就撒了一些。在下面指挥的师傅和安顺儿都傻眼了!眼看就要大功告成了,就要走了,就要离开这个陡坡,离开这个狭窄之处,离开这段险境,突然见他这样,以为他疯了,如果再向边打一点儿方向盘,后面两个轮子都会跑出公路,整辆车的重量马上就会向边上倾去,车子、人与货物一下就会掉落悬崖,那后果不堪设想!好在小庄师傅已有察觉,知道方向反了,一下醒悟过来,急中生智地熄了火,干脆坐在那里一动不动了。见车熄了火,大家都喊他下来,这时他已瘫软在了驾驶台里。好半天他才从驾驶台里出来,只见他面带土色,满脸是汗,浑身还在打哆嗦!几个司机和安顺儿把他扶了出来。

几个司机把他扶在一边后,这才去看那辆车。它向旁边倾斜,离开公路的那个后轮死死地顶在一块硬石上,要不是那块石头顶住,一旦后轮下了坡就完了!车子一偏,石灰撒在了坡上,撒在坡上的石灰有半吨多。小庄师傅的车成了这个样,他们不能坐视不管!他们齐心协力地出主意、想办法,他们用三个千斤顶顶起后轮,然后在轮胎下面垫石头,这才把车支平垫稳。这时小庄师傅已经恢复了平静,他上了车,在三个师傅的指挥下,他才慢慢地把车开到正道上来。接着几个人,又把坡上的石灰一块一块地装上车,绝大多数都捡回来了,前后花了一个多小时。这天下午车很少,除了过了几辆小轿车,没有一辆大车经过。几个师傅握手告别。

此时小庄师傅感到非常疲惫,但是再疲惫他也要坚持把车开到永宁。车子

开到永宁后,在那里吃了晚饭,小庄师傅躺在驾驶台里睡下了。这时天已经黑了。

小庄师傅在驾驶台里睡觉,安顺儿就在永宁街上逛。

两个小时后,他们又出发了。

他们到达目的地天已经大亮了。

卸了石灰,安顺儿没有跟随小庄师傅回去,他要休息一两天再上广元。石灰运回来的第二天,安顺儿又去找小庄师傅。

二十五

到了小庄师傅的家里，冯娟在给庄俭洗头，他俩边洗边说着笑话。

冯娟见安顺儿来了，对庄俭说："安老师来了！"她又对着安顺儿说，"安老师，您来了？吃早饭了吗？请坐！"

安顺儿说："吃过了！"见不远处有条长凳便坐了下来。

老庄师傅见安顺儿来了，催促着庄俭快收拾。冯娟给庄俭洗完了头，又用干毛巾给他擦着，她的一举一动都干净利落。

小庄师傅问："你怎么这个时候才来？"

安顺儿回答："有点儿事。"

"爸这次也去，他去结账！"

"哦……"

庄俭向他母亲和冯娟打了招呼，老庄师傅走在前面，安顺儿在中间，后面是庄俭，留着一老一少两个女人在家里。

在驾驶台里，老庄师傅坐中间，安顺儿坐边上，庄俭认认真真、老老实实地开着车，显得很严肃紧张的样子，一路上连音乐都没有放。

车子开到岐坪才十一点，比上一回早了近一个小时。小庄师傅在那里装粮，老庄师傅拿着一沓运单去粮站财务室结运费了。粮还未装完，老庄师傅就把运

费结清了。

小庄师傅见父亲把账结了，胆怯地对他说："爸，给我两百！"

老庄师傅严肃地问："你要两百干什么？你手上不是还有一千元吗？我不信你都用完了！"

"上个月买了一对新轮胎，花了七百多……"

"那还有两百多呢？"庄良问安顺儿，"上次的运费你给他结了吗？"

"结了。"安顺儿说。

庄俭不但没有要到钱，反而遭到父亲的一顿臭骂，脸红红的，使着性子钻进了驾驶台，抱着方向盘睡觉去了。

不一会儿粮被装完了。

一路上小庄师傅阴沉沉地开着车，老庄师傅坐在中间眼睛似闭非闭、似睁非睁，安顺儿好像做错了什么事似的，心里很是不安。驾驶台的气氛简直窒息得要命！

当车子开到运山时，已经是一点十分了。来往司机停在这里吃饭的，还是像上一次那么多。小庄师傅开到那里，好多女子都向他招手，他一个也没理，继续往前开，当开到鲁老板的饭店时，汪小燕见是小庄师傅的车，高兴极了，把刚端起的菜盘交给一名服务员小姐，就向小庄师傅的车跑来。此时的小庄师傅好像不认识她似的，仍然开着他的车，继续向前开去，丝毫没有停下来吃饭的意思。见车子开走了，汪小燕在那里气得直跺脚，把长辫一甩，噘着红红的小嘴儿，眼泪流了出来……

小庄师傅没有把车停下来吃饭，一直开到快到东溪的一家小食店，每人吃了三两面。

晚上他们在广元住宿，住宿和晚饭钱都是安顺儿结的账，第二天粮卸完，车子开到嘉川，安顺儿把买石灰的钱和运费交给了小庄师傅，叫他们父子俩把

采购员安顺儿

石灰运回去，他要去嘉川，就不一道回去了。

父子俩同意了。

在白水乡与嘉川分路处安顺儿下车了，本来小庄师傅想把他直接送到嘉川，安顺儿无论如何也不干，他说这里离嘉川不远了，他随便搭辆三轮车就行了，小庄师傅见他固执己见，也就罢了。

他们开走以后，安顺儿在那里等了好久都没有遇到三轮车，他只好沿着公路向嘉川方向走去。这里离嘉川还有十五六里路程，如果没有客三轮从这里经过，他也只好步行到嘉川。

安顺儿一到了嘉川火车站就径直到了"运春雨来"旅社。薛雨来对安顺儿说，她家的旅社已经住满了，那些旅客百分之八九十都是原来的常住顾客。他问樊刚，她说樊刚早就不在这里住了，薛雨来告诉他，樊刚在煤铁厂。

薛雨来还是那么年轻，那么漂亮，那么迷人，对人还是那么热情。

她惭愧地对他说："对不起，安老师，如果稍微能腾出来，我就会给您想办法的！"

安顺儿见她为难的样子，只好说："没关系！"

安顺儿在薛雨来那里吃了午饭，与薛雨来闲谈了一会儿就去了第二家。

第二家是一个姓谭的人开的，离"运春雨来"旅社只隔三四家，六七十米。这家也不错，干净卫生，服务态度都还可以。安顺儿住在二楼中央的一个小房间里，房间里安放了两个床铺。奔波了大半天，他也觉得有些累了，今天就不准备去找樊刚了，打算明天去找。

他睡了一下午，六点多的时候，他又到薛雨来的饭馆里吃了晚饭。晚饭后，见雨来闲着，与她摆了一会儿龙门阵，就回旅馆了。

二十六

安顺儿七点起床,他乘了一辆三轮车到煤炭铁厂去找樊刚。

煤铁厂占地约两平方公里。厂房纵横交错、一排排、一座座到处都是;一根根烟囱耸入云霄,滚滚的浓烟向天空升腾、弥漫。煤铁厂上空没有晴天,没有白云,也看不到一只鸟飞过,整个上空都是烟雾沉沉的。那里空气混浊,厂房里面到处都是隆隆的机器声,混浊的空气和隆隆的机器声,使人感到要窒息,极不舒服。据当地人说,这里有两个省级企业,一个是炼铁厂,一个是水泥厂。这两个厂有两千工人,这两千人中,除一部分管理人员外,全是劳改犯。一些劳改犯刑期满了,走了,新犯人又来了。也有改造好的、有技术的老犯人,刑满过后不愿意回去,留在厂里当了工人。安顺儿在厂房周围转了一个上午都没有找到樊刚。

煤铁厂周围全是乡镇企业和私人办的焦煤厂。安顺儿去年做化肥生意时就听樊刚说过,他以前就是在煤铁厂做焦煤生意。安顺儿心想:既然樊刚原来做过焦煤生意,有可能他就在这一带。

他走出了煤铁厂,顺着煤铁厂外围公路向山上走去。走了一百多米,翻过一条山梁,在有数百私人小型焦煤厂的一个坦弯下面找到了樊刚,激动地对他说:"哎呀,樊老板,我找你找得好苦呀!"

采购员安顺儿

樊刚见到安顺儿又惊又喜，问："安顺儿，你什么时候来的？"

他说："来了几天了，薛雨来说，你有很长一段时间没去住了，她还说你在煤铁厂，在那里没有找到你，就到这里来了。"

樊刚问安顺儿山西碳铵销售得怎样，安顺儿说糟透了，他现在给乡上采购石灰。

樊刚庆幸自己没有听蒲书记的。他把他这一年多来在这一带做煤炭、焦煤生意、水泥生意的情况向安顺儿说了。见安顺儿来了，他很高兴，他又有合伙做生意的好搭档了。

樊刚把安顺儿带到一个小焦煤厂，老板姓侯，看上去五十来岁，小个儿，大耳小脸，箭眉凤眼，眼睛挺有神，他戴着紫色鸭舌帽，上穿劳保服，下穿蓝色裤子，脚上是一双洗得发白的胶鞋，看起来挺有精神。

樊刚说："这位老哥是我多年的老朋友，他姓侯，叫侯天晓，是嘉川煤铁厂一带的知名人士，我在这里做煤炭和焦煤生意，全靠他关照！"

安顺儿与侯天晓握了握手，相互认识了。午饭时间到了，他们没有到别的地方去，而是在侯老板的焦煤厂与工人一起吃的，那顿饭是豆腐炖肉，饭虽简单，但安顺儿却吃得津津有味。侯老板办了三个小型焦煤厂，每个厂一次能出十来吨焦煤，三个厂加起来，一次能出三十多吨焦煤。一个焦煤厂，只有四五个工人。说是厂，实际上与白水那边烧石灰的窑大小相差无几。侯天晓说，麻雀虽小五脏齐全。他那三个厂虽小，厂长、会计、出纳、采购是设齐了的。他是厂长，他那厂里四五个人，每个人都有一份职务。他说，他招工人与其他厂招工不同。其他人招工，只要能干活就行，而他招的都是有文化的，他们不仅能干活，还会搞管理，他给工人的工资与其他厂给的也不一样，都比他们给得高。那些工人见老板会待人，给的工资高，自然为他出力，献计献策。侯老板的焦煤百分之八十都是樊刚给他卖出去的。常言说：没有永远的朋友，只有永远的利益！侯老板生产出来的焦煤，樊刚长期包销。樊刚在嘉川做了三年焦煤生意了，三个片区二十多个乡镇，各机关每年烤火用的焦煤都是他供应的，三年来，少说也有两百多吨。一个私人小厂，三年给他销了那么多，侯老板自然对樊刚是感激不尽的，因此，他就像对待上宾一样对待他，樊刚吃住都在侯老板家里。

下午，侯老板也没什么事做，就带着樊刚和安顺儿到了他家里。侯老板家离他的焦煤厂还有一里多路。他家是个砖木结构的砖房，一共有七八间，从那些檩棒、椽子、门窗看出，是近几年修建的。一走进屋里，墙壁也是精细粉抹过的；每一间屋里都是用上好的青石板装饰的，做工相当精细。厨房里三口锅的灶面全是用瓷砖贴的。两个卧室里，摆放的全是新的席梦思床，高矮组合家具；客厅里放的是全套的黄色真皮沙发；三个客房都是新的席梦思床，床上的被子和枕头都叠放得整整齐齐的，每间屋里窗前都有一张书桌，桌上放着一盏台灯，所有的房间都打扫得干干净净的。

侯老板把樊刚和安顺儿带进屋里，只见一个年纪三十四五的高挑而不乏丰韵的俊俏女人，老远就热情地打招呼。侯老板告诉安顺儿，那是他妻子。他妻子姓姜，叫姜莉莉，芳龄三十三岁。她把客人带到了客厅里，接着就给他们沏茶。

姜莉莉给客人沏了茶，招呼了樊刚和安顺儿就出去了。侯老板与樊刚、安顺儿就闲谈着。

在接触中，安顺儿对这个短小精悍、年过半百的侯老板有了较深的了解，他智慧超群，见多识广，同时在很多方面还有独到的见解。

土地承包的第二年，改革开放了，他利用当地的煤炭资源，做起了煤炭生意，又利用煤铁厂的熟人关系，倒卖一些水泥，做水泥生意。他做生意赚了钱后，不像有些人拿去挥霍浪费，吃喝嫖赌，而是用来搞发展，在一年内先后办

采购员安顺儿

起了三个小焦煤厂。由于他头脑聪明，善于经营管理，三个小焦煤厂都见了效益。他几年就富了起来。他说他这个房子，从地基到修建，再到装修包括买家具在内，共计花了七万多元。说致富，他在他们这一方还算一个，要说他家怎么富裕还说不上，这里比他富裕的人多的是。

整个下午侯老板都在滔滔不绝地说着，安顺儿听得津津有味，对眼前这个貌不惊人的侯老板肃然起敬、刮目相看。安顺儿极欣赏和佩服他那绝伦的口才，聪明的头脑。

晚上，姜莉莉做了一桌丰盛的晚饭，侯老板不饮酒，只有樊刚和安顺儿喝点。主人不喝酒，也就没人劝酒，樊刚和安顺儿一人喝了三小杯就没有再喝了。饭后，姜莉莉准备了洗脚水，叫樊刚和安顺儿洗了脚，点燃了焦炭炉子，灰白色的大块焦炭，在炉子里很快就燃起来了，焦炭火很硬，没多长时间，整个屋子就暖和起来了。他们围着那旺旺的火，包括姜莉莉在内，边烤火边摆龙门阵，烤了一晚上火。

二十七

第二天吃了早饭，侯老板说要到煤铁厂去找一下杨科长，叫樊刚和安顺儿同去。侯老板的家离煤铁厂只有三里路程，十多分钟就到了那里。

他们一走进煤铁厂的水泥销售科，办公桌前坐着一个年纪三十二三岁，剪着平头，浓眉大眼，肥头大耳，一米七五以上的英俊男子。侯老板说，他就是水泥销售科科长——杨少雄。

他们先后坐在长藤椅上。侯老板说："杨科长，今天又来打搅您了！"

杨科长回答："有点儿忙。"他看着安顺儿问，"侯叔，你们来了，有事吗？"

"我来介绍一下，"他指着安顺儿说，"他是樊老板的朋友，姓安，叫安顺儿，是一个乡单位的采购员，也是樊老板多年的朋友，您是知道的，樊老板是我结交多年的老朋友了，他既然是樊老板的朋友，那自然也是我的朋友，嘿嘿，既然到您这里来，无事不登三宝殿嘛，想想看，除了想在您这里搞点儿平价水泥，那还有什么事呢？"

"哦，我明白了！"杨科长说着，握了握安顺儿的手说，"幸会，幸会！"

安顺儿回敬说："幸会，幸会！一回生二回熟嘛！"

侯老板说："杨科长，好长时间没有来找您了，平价水泥最近有没有货？如果有，我们想大干一场，这位姓安的可是一位财神爷！"

采购员安顺儿

　　杨科长走到侯老板面前，神秘而轻声地在他耳边，说："有是有，不过这几天没有，等几天吧！如果有消息，我通知您！"

　　他们正说着话，有人来了，杨科长只好应付对方。他们仨向杨科长打了个招呼，就走了。

　　他们仨离开了水泥厂，侯老板领着樊刚、安顺儿朝他的小焦煤厂走去。

　　侯老板照管他的焦煤厂去了，樊刚和安顺儿在一边闲聊着。

　　樊刚说，他在这里除了做焦炭生意外，还与侯老板合伙做些水泥生意。水泥生意很好做，不过，做这生意，不但在水泥厂要有关系，同时还要有大本钱。侯老板是一个很了不起的人，在嘉川一带，从火车站到各个厂矿，左右逢源，都吃得开。

　　侯老板与杨科长相交了六年之久，杨科长还是水泥厂职工的时候他俩就认识了。初识杨少雄时，杨少雄才二十五岁，侯老板家里有什么事都要请他来吃饭。前些年水泥紧张，杨少雄靠朋友关系把水泥偷偷地弄到外面去，侯老板把这些水泥卖了。后来，由于杨少雄工作突出，很快由一名职工晋升为销售科科长。被提为科长后，侯老板与他的关系更加密切了。通过他与厂长的关系，要求订货方多订些，他就把钱直接交给订货方，订货方直接把货提出来交给他，然后他找侯老板高价卖出去。但做这生意要的是本钱。初期由于侯老板本钱少，倒过来的也少，后来遇上了樊刚，两个合伙来做。二人联合起来的本钱多，做得也大了。樊刚说，那生意太来钱了，又不担任何风险，利润还高。他与侯老板做了近两年，一人分了两万多元。樊刚说："只要有本钱，在这里很好赚钱，那次一百多吨的平价水泥，侯老板跑了一周多，千方百计才把款凑齐，你来了更好，我们做这生意就不愁没本钱了！"

　　樊刚与安顺儿边走边说着话，不知不觉就来到了侯老板的焦煤厂。

　　"明后天要出焦煤了，你把车准备好！"侯老板对樊刚说。

"知道了!"樊刚对安顺儿说,"我去找车,你就待在侯老板这里!"

"不,我与你一道去。"

樊刚和安顺儿去联系车了。

他俩在嘉川供销社找了两辆车。联系好了后,他俩中午在嘉川吃的午饭,下午在嘉川场上游逛了一下午,晚上他俩才回到侯老板家里。焦煤装完第二天没有走,第三天才走的。安顺儿与樊刚回去了。安顺儿这次回去主要是筹钱。

樊刚把焦煤拉回来就随着车走了。安顺儿没有随车去,因为来不及。关于做水泥生意,他还要与梁站长和老占商量一下。说是商量,其实只是向他们说明而已。他们相信安顺儿。

听说安顺儿回来了,蚕桑站的徐站长喜出望外地来找他。他见了安顺儿,二话没说,拉起安顺儿的手,笑着说:"小安,太感谢你了,你采购的养蚕石灰,是我自从当蚕桑技术员以来,见过最好的石灰,第一车没有称,第二车我是一笔一笔过了秤的,少了一百多斤,不过这没关系。"

"难道庄师傅父子没有装够?"安顺儿想。他说:"那一百多斤就算我们的吧。"

他问梁站长:"账给徐站长算了吗?"

梁站长说:"还没有,等你回来算!"

梁站长问安顺儿:"价格怎么算?"

安顺儿说:"我们拉这两车石灰非常不容易,车子紧张不说,第一车差点儿出了事。"

于是安顺儿就把上次小庄师傅在广元永宁错车的事向梁站长、老占和徐站长讲了。

他们听了都感到惊讶,在广元买两车石灰实属不易。安顺儿经过核算,除去买石灰的钱、运费、生活费和住宿费,成本每斤在五分钱左右,块灰贩子在其他乡给各春蚕桑站算的是九分,但还没有这个石灰好,安顺儿对梁站长说,

采购员安顺儿

两车石灰每斤按八分结账。梁站长和老占同意他的意见,梁站长问徐站长,徐站长没说什么,乐意地接受了。两车石灰的钱,徐站长预先就准备好了,只等安顺儿来算账。安顺儿经过详细核算,两车石灰,除去一切开支,净赚五百多元。徐站长把两车石灰钱交给老占后,安顺儿把从购石灰以来的费用全报了,接着他在出纳老占那里领了三万元现金。

安顺儿领完钱,隔了两天才走的,这次他是随肖师傅去的广元。肖师傅是给食品站何嘉站长往广元运猪,回来在嘉川给本乡酒厂拉煤。上午十点开始装猪,走时已经十一点多了,到广元交完猪已是晚上十点多了。从毡帽到广元足足开了九个多小时。

卸完猪,他俩就去住宿了,第二天一早去的嘉川。肖师傅说,他拉煤的地方,离嘉川还有十多公里。肖师傅把安顺儿送到嘉川就拉煤去了。安顺儿下了肖师傅的车,在一家银行把提的现金存了,身上只带了几百元钱,请了一辆三轮车,去了侯老板的焦煤厂。

安顺儿到了焦炭厂,侯老板没在那里,问工人,他们说侯老板还没来。叫他等着。大约晚上十点多,侯老板来了。侯老板对安顺儿说,樊刚拉焦炭走了。自从那次他与安顺儿拉了两车焦煤回去后,接着又拉了一趟,这是第三趟,他现有的焦煤就售完了。

樊刚走了,他就在那里等他,第二天中午樊刚才来。

安顺儿对樊刚说:"我把钱带来了。"

他问:"带来多少?"

"三万,我存在嘉川了。"

他说:"太好了,等我把这两车焦煤卖了,专门做这个事!"

一个小时过后,两车焦煤装好了,侯老板给樊刚办了交接,叫安顺儿在那里等着,坐着其中一辆焦煤车走了。

樊刚拉完焦煤后,他们三人出资搭伙,做了一冬一春的水泥生意,交易额达六七百万元,除去一切开支,共计赚了十多万元,安顺儿把赚了的钱,连本带利六万多元拿回去支付了川粮车队的运费和各个站所的化肥款。给川粮车队送钱时,王师傅没在家,是邓师傅接的。没几天,王师傅回来了,专门开车到毡帽乡给安顺儿赔礼道歉,说:"上次催账太鲁莽了,对不起!梁山弟兄,不打不相识。今后如果有货,姓王的随叫随到!"

安顺儿握住王师傅的手,诚恳地说了一句:"好兄弟!"

支付了川粮车队的运费和各个站所的化肥款,安顺儿的名声比那年搞种子还大。

后来杨科长调到了生产科,生产科就不像销售科那样了。杨科长不在销售科,也就搞不到平价水泥,他们这个生意也就结束了。

樊刚继续做他的焦炭生意,安顺儿回来了。

采购员安顺儿

二十八

安顺儿赶一个离毡帽乡十多公里的鹤峰场，在街上遇到高中同学雷文学。他是修理钟表的。雷文学二十七八岁，稍高，长得很结实，皱额头，稀眉羊眼，歪鼻子，然而，他却有一口洁白而整齐的大牙。这人看起来敦厚老实，却挺有心计的。修理钟表是他的主业，闲暇之余，他还做一些转手买卖，例如小猪生意、粮油生意、药材生意和木材生意，等等。他交际甚广，认识的人也多，这个人就是一个十足的生意人。他说，南江的木材弄回来才三百多元一方。

说者无心，听者有意。安顺儿从嘉川回来好几个月了，闲着无事，正想做木材生意。他把这个想法告诉了梁站长，他同意了。

十月下旬的一天，他找到了雷文学。

雷文学说，"到南江采购木材，其实他也没有去过，不过，他有个可靠的消息。去年他在鹤峰场摆摊，认识了姓罗的两兄弟，一个叫罗汉，一个叫罗广，巴中郑庙乡人，他们有个哥哥叫罗勇，团级干部，三年前转业到西南伐木场，在那任科长。今年四月份，郑庙乡修学，还托他买过木材回来。雷文学还说："我舅舅在场镇上修房子，想找人买车木料，借此机会，我也想做做木材生意，可就是没本钱。舅舅对我说，只要能替他买到合适的木料，他愿意借给我一车木材的本钱。我舅开饮食店，儿子又在信用社工作，有的是钱，我准备哪天去找一找那两兄弟。没有想到，你单位想做木材生意，正好有个伴儿。我们哪天一道去找一下姓罗的两兄弟。"

安顺儿问："郑庙乡离这里有多远？"

雷文学说："郑庙乡离这儿大约二十来公里。"

这天中午，安顺儿请雷文学吃饭。

下午下雨了，第二天又下了一整天，第三天才放晴，不过天气还是阴沉沉的。一早，安顺儿又去找雷文学了。

雷文学与安顺儿到郑庙乡去找姓罗的两兄弟。他们走了四个多小时，在郑庙乡八村六组找到罗氏兄弟。

罗氏兄弟住在一个坪上。这里土地肥沃，物产丰富，村民富裕。一眼望去，视野辽阔。在一个偌大的四合院里，只住着姓罗的一家。

雷文学走在前面，安顺儿跟在后面，过一个水田埂，就到了他们家。他俩走在院坝边时，见到一个三十五六岁、平头、长脸大鼻的高大男子，雷文学一眼就认出来了，他就是罗汉。

雷文学激动地说："老罗，我们终于找到你了！"

"哎呀，是雷老师呀，屋里坐，屋里坐！"罗汉握住雷文学的手，看着他后面的安顺儿问，"这位同志……"

"毡帽乡农经农技综合服务站的采购员，姓安，叫安顺儿，也是我的同校同学。"

罗汉握了握安顺儿的手说："稀客，稀客！"

雷文学和安顺儿刚坐下，这时从对面走来了一个三十三四岁的男子，瘦高个，蓄着刘海儿，喜眉细眼，上穿灰色中山装，下穿紫色裤子，脚上穿着布鞋。雷文学说，他就是罗汉的弟弟罗广。他与雷文学寒暄过后，雷文学把安顺儿介绍给了他。

随后从一间屋里走出来一个七十多岁的老太婆，穿着淡红色绸缎长衣，头

采购员安顺儿

包黑色丝帕，罗汉说，这是他母亲，今年七十三岁了。老太婆很健谈，走出来就问雷文学和安顺儿吃饭没有。雷文学说，他们是吃了早饭从鹤峰出发的，走了四个多小时，还没有吃午饭。这时罗汉马上叫在园子里割猪草的妻子做饭。

罗汉的妻子是一个矮胖的女人，见家里来了客人，从园子里回来，笑容满面地向雷文学和安顺儿嘘寒问暖，她走进了灶房，做饭去了。

他们边等饭边与罗氏兄弟谈起木材生意的事。他们两兄弟说的，与雷文学跟安顺儿说的大相径庭。

安顺儿说："还是去看一看木材，问问木材的价格。"

罗汉说："你们要去，吃了饭去。我与罗广带你们到郑庙乡学校去看一看，这里离郑庙乡只有两三公里路程。"

不一会儿，罗汉的妻子就把饭做好了。这时雷文学和安顺儿肚子都饿了。这天中午，桌上有酒有菜，他俩饱餐了一顿。

午饭后，罗汉、罗广把他俩带到郑庙乡学校去看木材。

罗汉、罗广在学校找到校事务部主任，主任姓魏，四十多岁，高高的，瘦瘦的，戴着眼镜，他见是罗汉、罗广，客气地打着招呼。罗汉、罗广告诉他来意，于是魏主任就把罗汉、罗广、雷文学和安顺儿带到木材存放处。只见那里横七竖八地堆放着长五六米、直径在一百至两百厘米的巨大木材，那些木材长短基本一致，粗细不等。

安顺儿问："这是什么木材？"

魏主任说："他们说是桦木，具体什么木我也不怎么清楚。"

安顺儿又问："多少钱一立方米？"

魏主任回答说："三百七八十元，不到四百元。"

雷文学说："真是便宜，我们这里松柏每立方米要六七百元。"

魏主任说："这些木材在中南江上面很远的地方，都接近陕西的汉中了，那

山好大好高哟，山上山下全是类似的树，我们学校今年三月份就是托罗勇帮的忙。"

看了木材，问了木材的价格，安顺儿和雷文学放心了。他们只觉得那木材树皮凹凸不平，木质黄澄澄的，没有当地松柏木好看，没有卖相。

罗汉说："这木材长在崇山峻岭上，经历过数百年的风霜雪雨，虽然不好看，但木质硬，做出来的东西耐用，比我们当地的松柏还好。"

不管好不好看，做出来的东西耐不耐用，安顺儿和雷文学决定要做这笔生意。

罗汉、罗广、雷文学和安顺儿向魏主任告了别，就离开了学校。

回到了罗汉、罗广他们家，已经是下午五点了。安顺儿是一个不怕吃苦受累的人。他出生在农村，从小到大，不知挨过多少饿，受过多少冻，吃过多少苦，受过多少累，当了两年多的专职采购员，不知担过多少惊，又受过多少怕。这些都不说，今天走了一整天，脚也痛了，腿也酸了，实在是太累了。雷文学累得动弹不得。还好罗家人好客，迎来送往都是笑容满面，没有一点儿怠慢的意思。这天晚上，又是好酒好菜招待他俩。酒足饭饱后，雷文学和安顺儿在他家用热水泡了脚，洗了澡。罗家很讲究，屋里收拾得整整洁洁。铺里垫的是新稻草，盖的是新棉絮，铺的是干净床单。安顺儿这天晚上睡得特沉、特香。

第二天，四人商量去南江购买木材的事。

罗汉说："现在还是农忙，暂时走不了，等把庄稼收割以后才能去。再说，去南江买木材，我们还没有与大哥联系。"

雷文学说："还要多长时间才有空闲，什么时候与你哥联系？"

罗汉说："农忙至少还要一周，等农忙一过，我到乡上打电话跟大哥联系。"

罗广说："你俩先回去，做好准备，到南江买木材是不成问题的。"

木材生意有了着落，雷文学和安顺儿就回去了。

二十九

隔了一周多时间，雷文学和安顺儿估计罗汉、罗广的庄稼收完了。

果然他兄弟俩的庄稼早收完了，关于购买木材的事也与他大哥联系好了。他大哥说，木材不限量，要多少有多少。去时叫他们在家里不要请车，到了南江县城再找车上山。他兄弟俩一切准备好后，就在家等候雷文学和安顺儿。

雷文学和安顺儿两人各筹备足了两车木材的款。一切准备好了，他俩就到了罗汉、罗广的家里，当天下午，他们就去买了到巴中的车票。在巴中住宿了一夜，第二天六点多又乘车去南江。

从巴中到南江的方向，都是大山，公路就沿着大山的脚下顺着河边一直往前走。当班车到了沙河地界时，沿路生长着古柏。这些古柏，高大挺拔，郁郁葱葱。传说是张飞路过时栽下的。天下人，谁人不知，哪个不晓，桃园三结义，三国时期蜀国的五虎大将排行第三的张飞？他身躯魁梧，相貌吓人，黑脸粗须，龇牙咧嘴，怒目圆睁，有胆有识，疾恶如仇，使一把丈八蛇矛，一生忠君仗义，在阆中驻守七年。不知过了多少朝代，老百姓都还没有忘记他，还在传颂他。这说明他为官清廉，给老百姓做过不少好事。其实，通过栽树这件小事，道出了一个再简单不过的道理：不管哪朝哪代，当官只要为民做主，老百姓是会记在心上的，他的形象就像这古柏一样高大常青。

安顺儿一行四人，乘班车到南江县城已经是中午的十一点半了，他们一下车就去找旅馆。他们四人除了安顺儿是采购员外，其余都是农民。农民出门就不大讲究，吃好吃差，穿好穿差，住好住差，都无所谓。安顺儿是一个很随和的人。他认为，出门只要不受冻、挨饿就行了，住旅馆，只要清洁卫生，住得舒服，旅馆价钱高低，他不太考虑。雷文学、罗汉、罗广要住便宜的旅馆，他没意见。他们找来找去，找了一家"交通旅馆"。这家旅馆没有单人房间和双人房间，都是三人房间或四人房间，要么就是大铺。他们来时只有三人房间。本来他们四人住一个房间是最合适的，见没有四人房间，只好住一个三人房间。雷文学、罗汉、罗广三人住一个房间，安顺儿就住在另一间三人房里。三人房间，才两元五角一个人，很便宜，大铺更便宜，才一元五角一个人。旅馆安排好后，他们才去吃饭。午饭他们吃的是清蒸山鸡。午饭后，他们几乎把南江县城转了个遍。

　　南江县城很小。这个城市，算得上是半个山城，地势不好。一条街在山与河之间，这是主街，县政府和一些单位就在这条街上；一条通向半山腰，车站和一些加工企业就在这条街上；另一条在河边，农贸市场就在这里，挨着一座大桥。这河比较宽，但河里没有多少水，净是一些礁石和鹅卵石，河里的水清澈、湍急。桥对面就是高耸入云的大山，山的左侧是一条深深的壑沟，安顺儿他们就是从那条沟壑过来的；山的右侧是一条深深的壑沟，那壑沟云雾重重……

　　他们四人中，没有哪一位来过这里，因此，他们对这里都很陌生。不过这里的人淳朴，也很热情、善良。还有这里山果、野味多。这里的山果主要有核桃、板栗、猕猴桃、山楂，还盛产花椒、胡椒；野味有山鸡、野兔、獐、麂子……优质的山核桃才五角钱一斤，板栗两三角钱一斤，大红袍花椒七八角钱一斤，饮食店里一碗清蒸山鸡或野兔肉才两元五角一碗。他们中午一人买了

采购员安顺儿

碗清蒸山鸡肉,那清蒸山鸡,香气扑鼻,味道鲜美,就是这样的饭菜,一人才花了三元五角钱。

下午四点多,他们就把两条街道逛完了,到山上那条街去了,主要是想联系车辆。在这里他们找到了货运公司。货运公司很大,车也多,一位驾驶员说,他们公司有一百多辆车。因为南江地处秦巴山脉,不仅矿产资源丰富,而且森林资源也丰富。矿产资源,如煤炭,南江的无烟煤是闻名遐迩的。除此以外,还有铁矿、磷矿等;森林资源主要集中在上两那边,西南伐木厂的一个分厂就设在南江县上两区。罗汉、罗广的大哥就在那里工作。

南江货运公司虽然有一百多辆车,然而,由于货物充足,总是没有空闲的车,尤其是到了下半年。安顺儿他们在车站里转了半天,只见有的车回来了,有的车又开走了。那些回来的或开走的车,有的是空车,有的则是装得满满的货物。有的装的是煤炭,有的装的是铁矿石,还有的装的是其他东西,却没有看见一辆车装的是木材。

安顺儿他们来到了调度室。调度室里人来人往,只见一个四十来岁的男子,中等个儿,不胖不瘦,正忙得不亦乐乎。下午五点多钟了,调度室里面的人渐渐稀少了,这时他们来到办公桌跟前。

罗汉问:"不知这位领导贵姓,我们是从巴中那边过来的,想租几辆车运木材,请问有没有车?"

调度虽然疲惫,但还是和颜悦色地回答说:"我姓王,这几天车很少,等一等吧。"

安顺儿期待地问:"大概要等多久?"

王调度一边收拾着办公桌上的东西,一边回答说:"这说不准。"

不难看出,王调度准备下班了。

安顺儿他们离开了调度室回到了旅馆。第二天他们吃了早饭又跑到其他单

位去找车，找来找去仍然没有着落，最后不得不回到货运公司。他们十点多去的，这时的车还没有昨天下午多，不过调度室还是人来人往，王调度还是那么忙。

安顺儿挤到王调度跟前，央求道："王调度，我们来一趟不容易，如果有空车也给我们考虑考虑吧！"

王调度说："等一等，只要有空车，我就会给你们安排的！"

于是他们只好在那里等，一直等到王调度下班。

安顺儿与大家商量，说："为何不给王调度送点儿礼！"他这个建议被大家采纳了。送什么好呢？他办公室里那么多人，怎么好送呢？大家考虑来考虑去，认为送烟比较好，在他要下班时，趁办公室里没外人送去。

下午安顺儿他们买了一条"碧鸡"牌香烟，装在罗汉的提包里，由他去办这件事。

下午四点多钟，安顺儿他们又去了调度室。那天正好是星期六（那时还没有兴双休），调度室里只有稀稀拉拉几个人。王调度没在调度室办公，经多方打听，说王调度到公司开会去了，要不了多久就会回来的，于是他们只好在那里耐心地等。等了还不到一个小时，王调度果然回来了。这时调度室里，除了王调度和他们四人外，没有其他人。

当王调度一坐到办公桌前，罗汉眼疾手快地硬把那条烟塞进了王调度的抽屉里，激动地说："我们来了几天了，请王调度帮我们想想办法吧！"

王调度丈二和尚摸不着头脑，也许这是他参加工作以来，第一次遇到这种情况。他一时不知如何是好，边推辞边尴尬地说："这怎么要得！"说着颤抖地把抽屉推上了。

王调度惊恐未定地看着罗汉问："你们需要几辆车？"

罗汉说："有四辆就行了！"

采购员安顺儿

安顺儿也跟着罗汉说:"对,四辆!"

王调度说:"四辆没有,两辆倒是没问题!"

安顺儿感激地说:"两辆就两辆,我们也不能难为您!"

王调度说:"那你们明天早上六点半来吧!"

见明天有两辆车上山了,安顺儿他们高兴得乐不可支,一一向王调度握手致谢,离开了调度室。

直到安顺儿他们走出了调度室,王调度还怔怔地呆坐在那里。

这天晚上,他们很高兴,说要去看场电影。雷文学、罗汉和罗广都到电影院去看电影了,只有安顺儿没去,因为他身上带有大量现金。

他们走后,安顺儿一个人在旅馆里看书,他看的是托尔斯泰的《安娜·卡列尼娜》。当他正看得入神时,服务员带进了一位旅客。只见那位旅客右手抱了一卷狐狸皮,左手提了一个洗得发白了的帆布包,六七十岁,瘦高个儿,一身北方人装束:头上包着白帕,穿着羊皮背心,灰色裤子,脚穿平口布鞋,古铜色的脸上布满核桃般的皱纹,高挺的鼻梁,他说话带着北方口音。

他在屋里看了看,朝安顺儿笑了笑,谦和地说:"请别见怪,我这山货是处理过的,没有多少膻臭味!"说着,他揭起床单就把那卷狐狸皮放在了床下,然后把那帆布包放在茶几上。他见安顺儿手上拿着一本书,说,"这位小同志,你出门带着书,说明你是一个爱好学习的人,爱好学习的人,知书达理,有志向!"

这人一进来,安顺儿感到好奇,经他这么一说,对他顿时产生了好感,他把书放到一边,问:"这位大伯,看你这身穿着,听您说话的口音,好像不是本地人,您是哪里人?贵姓?从哪里来?到哪里去?来南江有何贵干?"

"年轻人,看来你的眼力不错,我的确不是本地人,我是陕西汉中人,是做皮货生意的,从汉中过来,与我同路的还有我的孙女。"

老伯正说着，突然走进一位少女。她稍高的个儿，苗条的身材，白净的瓜子脸，月眉凤眼，挺秀的鼻子，红红的嘴唇。她上穿花布对襟衣，微微隆起的胸脯，给她那苗条的身材增加了魅力；下穿天蓝色裤子，脚上穿的是一双平底红色皮鞋。她一走进屋里，朝安顺儿看了看，视线移向了那位老伯，说："爷爷，您早点儿休息，我也准备睡觉了！"

"丹丹，你快去睡吧，不要管我。"

名叫丹丹的少女，不仅长得美丽，而且声音也好听，清脆而圆润，一口标准的陕北话。她向爷爷点了点头，又看了看安顺儿，于是便轻轻地走了出去。

那姑娘如此纯朴，如此美丽，安顺儿感到惊讶！见姑娘投来热切的目光，他有些不知所措了。

老伯见安顺儿在那里发愣，说："刚才进来的那个姑娘是我孙女。"

老伯正说着，突然吱的一声，半截身子陷进了床里，随后就是一阵痛苦的呻吟声。

安顺儿急忙下床来到老伯床前，问："您怎么啦？"

只见老伯脸色骤变，半天爬不起来，他说他的腰伤了。安顺儿见状，小心翼翼地把他扶起来。老伯虽然一时没法说话，但他心里明白，见安顺儿把他扶起来，感激地对他点了点头。原来是床杠子断了三根。

安顺儿气愤地说："这家老板也太不像话了，床朽到这个程度还在使用，真是缺德，害人不浅！"

他把老伯扶到另一张床上，让他躺着，去找店老板和老伯的孙女。

不一会儿，店老板和老伯的孙女来了。店老板见状，很过意不去。不过，老伯是常客，又不好说什么。丹丹见他爷爷伤成那样，急得六神无主。好在老伯这时能说话了。老伯叫孙女把帆布包里面的膏药拿出来。店老板和安顺儿将老伯的衣服撩起，这时丹丹就把跌打损伤膏药给她爷爷贴上。那膏药真灵验，

采购员安顺儿

贴上还不到五分钟就不觉得痛了，一会儿他就能起来走动了，真是神奇！见老伯无大碍，大家都各自回房间去了。

事后，他俩便攀谈起来。

"这位小同志，你真是一位助人为乐的好心人，我想问你一下，你贵姓？是本地人吗？做什么工作？"

"我姓安，叫安顺儿，是四川云台市人，来南江伐木厂采购木材，与我同路的还有三个伙计，他们仨看电影去了，一会儿就回来，我们前天就来了，在这里等车，这里的车实在是太紧张了！"

"什么？你到伐木厂采购木材？哪个伐木厂？是不是陈家岭上面那个枣园伐木厂？如果是那个伐木厂的话，离我们汉中就不远了！"

安顺儿不知道有几个伐木厂，只听罗家兄弟说上两有个伐木厂，这位老伯说的陈家岭枣园伐木厂，是不是上两区那个伐木厂？

"您说的陈家岭枣园伐木厂，是不是上两区那个伐木厂？"

"肯定是，不可能有第二个伐木厂。"

安顺儿在与老伯交谈中，了解了山上的基本情况，山上冷，上山时要多带点避寒的衣服，要注意安全，越往上走，山越陡峭，要时常提醒驾驶员路上要多加小心，等等。在交谈中，安顺儿知道了老伯姓寇，叫寇奉成，他孙女叫寇丹丹。他今年六十六岁了，他说，今年是个顺年，孙女才十六岁，他长期在南江做皮货生意，他孙女是第一次来南江。

安顺儿正与寇老伯聊着，这时雷文学、罗汉、罗广他们仨回来了，安顺儿便把他们介绍给了寇老伯。等雷文学、罗汉、罗广睡了后，他俩还在谈，一直谈到深夜一点多钟。

第二天一早，他们告别了寇老伯祖孙俩，到货运公司去了。他们到了那里，王调度早就在那里等着了。可是令人不快的是，王调度说，今天只有一辆车，

并且下午才回来，今天下午回来的车，明天才能上山。听王调度这么说，安顺儿他们感到很失望，于是他们只好回到旅馆等。

寇老伯祖孙俩还没离开旅馆。

寇老伯听安顺儿说，今天还是没有车上山。见他们焦虑的样子，他想帮这个忙，因为他有个朋友的儿子在南江矿务局工作，据说还是一个不小的领导，如果找到了，搭着安顺儿他们上山的车，还可以把他的皮货顺便带到陈家岭，这是两全其美的事，既帮了别人的忙，又把自己的事办了，何乐而不为呢？寇老伯把这个想法向安顺儿他们说了，安顺儿他们当然是求之不得。正好他们需要四辆车，如果再找两辆那就更好了。

于是他们在一起吃了早饭。这时安顺儿他们才发觉：寇丹丹竟如此美丽！她比昨晚更加美丽迷人！而且她的声音也好听，浑圆、清脆、甜美！不仅如此，她还活泼、大方，很有礼貌。只要有寇丹丹在，大家都感到很快乐。原来寇老伯准备把孙女寇丹丹留在家里，可是寇丹丹怎么也不答应，无论如何她也要去，寇老伯没有办法，只好把她带上。

安顺儿他们租了一辆面包车。

矿务局是朝货运公司的方向去的，一路都是上坡，但路面很宽，全是水泥路面，走了有七八公里的路程，到了矿务局。

这里高山耸立，溪水潺潺，云雾缭绕，好像是进了人间仙境！矿务局设在两山之间，面积约有半个南江城那么大，二三层或四五层，修的全是楼房。面包车把他们送到后就开走了，他们几人在外面等着，寇老伯和他孙女寇丹丹就去找他朋友的儿子了。等了四十分钟，他们高兴地出来了。寇老伯说，矿务局有的是车，今天要也行，明天要也行，他说他还有点儿货没有联系好，干脆就明天八点，他们在大桥上等。

寇老伯给他们找了两辆车，安顺儿他们真是感激不尽，接连说了几声：

采购员安顺儿

"谢谢!"

寇丹丹见她爷爷给他们找到了车,心里很高兴。她笑了,笑得很自然,也很美丽、甜蜜!她就像这大山里的一朵即将绽放的美丽而芬芳的鲜花!

车落实以后,安顺儿他们和寇老伯及寇丹丹准备回城了,这时正好有一辆空车要去南江城。安顺儿给了驾驶员一包烟,驾驶员同意后,他们都上了车。驾驶台里坐不下,安顺儿让寇老伯和寇丹丹坐驾驶台,他与雷文学和罗家兄弟进了车厢里。回到城里后,寇老伯和他孙女就去收拾他的货了,安顺儿他们又回到了旅馆。

下午,安顺儿他们听寇老伯说山上冷,在百货商场每人买了一套毛衣毛裤,放到旅馆后,又去了一趟货运公司。王调度说,车已落实好了。两辆车,一个是"南货#2",一个是"南货#36",车晚上才能回来,叫安顺儿他们明日一早来就是了。再说寇老伯爷孙俩正忙着收拾皮货,一直忙到晚上十点钟才回到旅馆。

三十

第二天一早，他们就起床了。他们是这样安排的：安顺儿和雷文学到货运公司去请"南货#2"和"南货#36"，罗汉、罗广与寇老伯和他孙女寇丹丹就在大桥上等矿务局的那两辆车。

"南货#2"和"南货#36"是两个年轻驾驶员驾驶的，"南货#2"驾驶员姓何，叫何勇，身高在一米六左右，瘦瘦的身材，稀疏的黄头发梳向右边，左脸耳朵下面有块烫伤的痕迹，活泼，爱说爱笑，他说他今年二十三岁，曾在部队里当过三年兵。当兵时学的开汽车，来南江货运公司已有两年了。"南货#36"的司机姓袁，叫袁旭，约一米七五，结实的身材，剪着平头，浓眉大眼，满脸的青春痘，话不多，性格有些内向，刚满十八岁，初中毕业就去读了驾校，是顶他父亲的班才进的货运公司，他父亲原来也是驾驶员。袁旭虽然只有十八岁，但已有三年的驾龄了，驾驶技术还算过得去。除了何勇和袁旭两名年轻驾驶员外，公司还派了一名师傅。也许公司觉得这两位年轻人太年轻了，上山的路不熟悉，经验不足，所以才派了个老师傅跟着。老师傅姓马，至于叫马什么，不清楚。他五十五六岁，不胖不瘦的身材，中等偏上的个儿，头发剪得不像是圆头，又不像平头，头发是竖起来的，里面掺杂着少许白发；半边脸上和下巴周围布满不长不短的胡须。那胡须生得奇怪，脸上

采购员安顺儿

和嘴角两边都没有白的，唯独下巴上的胡须全白了。他相貌平平，说话还有点结巴，声音也不是那么好听，有些沙哑，类似母鸭叫的声音。从穿着上看，极普通，像个老实巴交的农民。他穿着蓝色的中山装，衣领已经换过，整个衣服洗得发白起毛了。

马师傅向安顺儿和雷文学问："'南货#2''南货36'，是你们请的？"

安顺儿说："是我们请的！"

"听王调度说，你们一共四人，还有两个呢？"

安顺儿回答："昨天上午，我们托人在矿务局找了两辆车，另外两人在那两辆车上，今天一道上去！"

"二位贵姓？"

"我姓安，安全的安，叫安顺儿，顺利的顺，儿子的儿。他姓雷，叫雷文学，打雷的雷，文化的文，学习的学。"

马师傅见袁旭在擦驾驶台的玻璃，何勇坐在驾驶台里抽烟，催促他俩说："何勇、袁旭，你俩动作快点儿，今天上山的路还远，不要拖拖拉拉的！"

何勇说："我们还没有加油！"

"你们昨天回来那么早，明知道今天要上山，不把油加上，预先在干啥子，今天才说去加油？年轻人真是不懂事。"他朝着何勇大声地吼道，"要加油，快点！"

何勇和袁旭见马师傅批评他俩，心里好像有点儿不大舒服，不过回头一想，他说得有道理，没有与他一般见识，于是便倒车加油去了。

安顺儿和雷文学他俩还没有吃早饭。趁着两个师傅加油的工夫，安顺儿和雷文学去吃早饭了。过了半个多小时，安顺儿和雷文学把早饭吃了，何勇和袁旭加完油也回来了。

马师傅和安顺儿坐何勇的车，雷文学坐袁旭的车，何勇在前，袁旭在后，两辆车开进南江县城，走河边街，过南江大桥。当他们经过大桥时，罗汉、罗

广寇老伯和他的孙女寇丹丹在那里守着一大堆打着捆的山羊皮和狐狸皮以及其他野兽皮，在等矿务局的那两辆车呢。

何勇和袁旭等不了，对他们说："我们先走，你们随后跟来。"

过了桥后，这两辆车就向那深深的沟壑里开去。车越往前面开，沟壑越深。当车走到最狭窄处时，天好像突然阴暗下来了，车往前开着开着，狭窄处甩在了后面，前面的两边山又分开了，这时的天突然又晴朗起来了。一个多小时后，袁旭和何勇两辆车到了上两区。

四天前，安顺儿他们从巴中到南江城过下两区场镇时，他们所看到的下两区是在一条大河边上，公路从下两区的上面通过，下两区地势宽敞，四周也很开阔。可是上两区与下两区就迥然不同了。上两这个地方，山大，山也高，场镇建在两山之间的一条深沟里，车子从场镇的中间直接穿过。上两区场镇很长，有五六百米，总之车子开了很长时间才过完。场镇一过，汽车就沿着盘山公路往山上转。当车子开到半山腰一个平坦又宽敞的地方时，他们在那里等后面的车。安顺儿从车上下来，向远处看去，只见这里大山小山，山挨山，山重山，山叠山，山里包山，山外有山……它们的形状各异，有玲珑挺拔的，有圆腰尖顶的，有穿云锁雾的……安顺儿走了不少地方，还从来没有见过这样的山，这么大的山，这么多形态各异、奇形怪状的山。他们等了四十来分钟，矿务局的两辆货车跟上来了。罗汉、罗广坐在前面一辆车，寇老伯和他孙女坐在后面一辆车，只见罗汉在驾驶台向安顺儿和雷文学他俩招手，寇丹丹嫣然一笑，向安顺儿招手。他们下了车，休息了几分钟，约定在陈家岭吃午饭，于是又开始上路了。

这时还是货运公司的两辆车走在前面，矿务局的两辆车跟在其后。何勇和袁旭的车距一直只保持在两三米的距离，马师傅曾多次提醒袁旭，车与车之间的距离一般不能小于二十米。可是袁旭就是不听，一路与何勇挨得很近，二人

采购员安顺儿

不时还说着话,把马师傅的话当耳边风。他们的车速说不上很快,但也说不上很慢,时速一般保持在三四十公里,上坡还没有这么快,时速只有二十至二十五公里。前面的车刚把一段陡坡爬完了,又出现了一段缓坡,在转弯处,突然来了一辆空货车,速度相当快,走在前面的何勇,由于在缓坡上没有看到前面有车,双方都是空车,车速自然快,前面来的车又没按喇叭,转弯过来的空货车突然来到面前。说时迟,那时快,何勇稍微向路边打了一下方向盘,才没有撞着,真是命悬一线,差一点儿两辆车就撞上了。车错过后,双方都来了一个急刹车!可是前面躲过了,后面却没有躲过,紧跟在后面的袁旭,由于跟得近,前面的何勇来了一个急刹车,袁旭的车撞在了何勇车的后车厢板上了。这一撞,当时就把何勇车的后挡板撞烂了,他车前的保险杠也撞弯了,靠近保险杠部分撞凹进去了,左前车灯被撞歪了,要不是他反应快,那就惨了!

马师傅对袁旭严厉地批评说:"你跟那么近干啥子?跟你说了多少遍了,我看没有血的教训,你是不会醒悟的!"他看了看,一辆车后挡板被撞破了,另一个车只是车前凹下去了点,左前灯只是破损了,还能用,两辆车没多大损坏,大家虚惊了一场。他对这两个年轻人嘱咐道,"越是往上走,山越高,路越陡,越窄,千万要小心才是!"

矿务局的人,见前面的车出了事,他们也停了。他们下来看了看,见无大碍,又上去了。

马师傅让矿务局的车先走,他们随后就来。寇老伯告诉大家,这里离陈家岭还有四十多公里,叫货运公司的车在后面慢慢开,他在那里卸货,等他们。矿务局的车一走,货运公司的车就跟了上去。不过,马师傅却叫袁旭走在了前面,何勇跟在后面。有了袁旭的教训,何勇与前车的车距始终保持在三百至五百米。从上两往上走的公路极其险要,那些公路都是从悬崖峭壁上修下来的。要不是南江本地的司机,恐怕外地司机是不敢开进山的。车子越往陈家岭的上面开，海拔越高，山越大，路越陡、越险。从南江往上两走，从上两去陈家岭的路上，安顺儿一路看到的都是翠绿和茂密的森林。当车子开到陈家岭时，森林没有了，全是光秃秃的山，偶尔能看到一些落叶。

陈家岭到了。一到了陈家岭，气候与其他地方就有差别了。西北风呼呼地吹着，寒气逼人，好像空气也稀薄了许多，他们每个人到了这里，都要加上御寒的毛衣毛裤。安顺儿他们穿上了从南江买来御寒的衣服。陈家岭甚是险要，它比其他山要大得多，高得多。陈家岭所处的位置十分重要，从陕西汉中到南江方向去的车也要从这里经过。

货运公司的车一到，矿务局的车刚把寇老伯的皮货卸完。大家在这里一起吃了午饭。本来寇老伯打算把货寄放在这里，等从南江来的空车把货带到汉中去，可是寇丹丹硬要爷爷带她跟安顺儿他们一道去伐木厂，等从伐木厂回来以后，再回汉中。寇老伯犟不过孙女，只好依从。安顺儿他们见爷孙俩要与他们一道到伐木厂去采购木材，真是乐不可支！

马师傅对安顺儿他们说："这里离伐木厂还有上两到陈家岭这么远的路程。"

过了陈家岭，车沿着盘山公路一直往下开，越往下开，树木越多了。这些树木与上山时看到的树木不一样。那边是以松柏为主，而这边是以桦树和橡树为主。那边没有原始森林，而这里漫山遍野全是原始森林。半坡上、公路边、山涧里到处都是树，有的甚至都枯朽了。从陈家岭到伐木厂，虽然只有四五十公里路程，全是下坡路。路窄，路陡，弯多，就是这段路的基本情况，所以驾驶员开车尤其要小心，时速只能开到三十至三十五公里。

他们到达目的地时，已经是下午的五点多钟了。这里的气温还很低。从陈家岭下来，他们把毛衣毛裤都穿上了。

伐木场这个地方，地势宽敞。虽然地处深山老林，但是这里却修了大片房子。这些房子都不高，绝大多数只有一层，只有少部分是二层或三层。有的是

采购员安顺儿

瓦木结构，有的是砖瓦结构，从那些陈旧的房子中可以看出，至少也有二三十了。这片房子，前面是木材加工厂，离加工厂约三百米处，是西南伐木分厂的办公地点，楼房全在这里。这些楼房都是砖木结构。这里的房子比加工厂那边的房子好多了。办公地点的前面是职工宿舍。大山里黑得早，五点天就黑了。在马师傅的安排下，四辆车直接开到了伐木厂的一个操场里。马师傅、寇老伯和他孙女寇丹丹以及四位驾驶员在那里休息，罗汉、罗广、雷文学和安顺儿就去找罗勇去了。

在伐木厂办公室里，他们很快就找到了罗勇——罗科长。罗科长四十二三岁，身材高大，肥头大耳，络腮胡。他见两个弟弟来了，乐此不疲，他说他这几天日夜都在等他们，问罗汉、罗广他们五天前就从家里出发了，为什么现在才到呢？罗汉、罗广说他们在南江等车，车不好找，所以才拖延了这么长时间。之后两兄弟就把安顺儿和雷文学介绍给他大哥。罗汉、罗广就把他们这次买木材的事向他大哥说了。

罗科长告诉他们说："自从上次接到罗汉、罗广的电话后，我就把这事记在心上，并将此事向领导说了，领导同意后才叫你们来的。"

罗科长还告诉他们，西南伐木分厂，有三个伐木地点，一是桃园，往汉中去的方向，离这里只有两三公里；另一个是二工区，离这里有五六公里。这两个工区在二十世纪六七十年代，伐木厂刚建立时就开始伐木了。经过一二十年的砍伐，那两个地方的木材被伐得差不多了。桃园已经停产了，只有二工区还在继续砍伐。另一个就是近几年新开辟的三工区。三工区是来时向左走的方向，约十四公里，那里的路不大好走，路窄、坡陡，不过那边的木材好，明天就到那边去装。这里的木材分三个等级，每一个等级的差距相当大。

安顺儿问罗科长："一立方米大概需要多少钱？"

罗科长说："一立方米二十至二十五元就够了。"

安顺儿和雷文学商量，连收购木材，包括一切费用在内，每立方米卖一百五十元。

罗科长说："这个价出得有点儿高。"

安顺儿说："高点儿没关系，算点儿辛苦费在里面也是应该的。"

于是安顺儿和雷文学当场就把四车木材款交给了罗科长，罗科长给安顺儿和雷文学分别打了两车木材款的收条。一切谈好后，为了避嫌，罗科长叫走了两个弟弟，离开时，再三忠告罗汉、罗广不要声张，这事只有他们厂里个别领导、会计和检尺员知道。晚上他就不出面了，明天上午，他找人来联系。罗汉、罗广恋恋不舍地告别了大哥，与安顺儿和雷文学走了。

安顺儿他们，前后待了有一个多小时才回到伐木厂，这可把寇老伯、寇丹丹、马师傅和四个驾驶员等着急了。寇老伯、寇丹丹、马师傅见他们回来了，都走出了操场。安顺儿告诉他们，一切准备就绪，只等明天装货了。随后大家到饭馆里就餐去了。他们请大家大吃大喝了一顿。那顿饭，一共花去了一百多元。即使花了那么多钱，安顺儿也不心疼，觉得值！晚饭过后他们住进了职工宿舍。

三十一

第二天吃过早饭,大约七点钟,安顺儿他们正往停车的地方走,这时来了两个人,高个的四十二三岁,矮个的三十七八岁,穿着劳动布工作服,右手拿着公文包朝他们走来。

矮个的问:"谁是罗汉、罗广?"

罗汉、罗广回答:"我俩就是!"

矮个的检尺员说:"我姓张,是检尺员,他姓冯,是会计,我俩受罗科长的委托,到三工区去装木材,走,把车子开上!"

矿务局的两辆车还是走前面,张检尺员坐在矿务局的车里,在前面带路,随他坐的有罗汉;第二辆车坐的是寇老伯和他的孙女寇丹丹;第三辆是袁旭车,驾驶台里有马师傅和罗广;最后一辆是何勇的车,驾驶室里有安顺儿、雷文学和伐木厂的冯会计。除了雷文学胖点外,其他三人都比较瘦,大家不觉得有多挤。车子向三工区开去,开了近三公里,才向右开去。到三工区的路没有来时的宽,也没有那么好走,走了三四公里平路后,接着几乎全是相当陡的下坡路,这十多公里,开了足足一个半小时。

三工区在一个半山腰里,一字形四五套工房,横竖错落建在那里,在几十平方公里的原始森林里,人们偶尔看见有那么几套房,感到格外亲切。房里住

的全是伐木工人以及他们的家属。这里天高云淡，谷深林茂，百鸟争鸣，空气清冷，山水哗哗……见车开来了，六个壮实的伐木工人爬上了车，检尺员将六人中的负责人喊到一边，边说边递给他一张发货单。那个负责的人拿着发货单，爬上车，车子就向伐木地点开去。

矿务局的两辆车装完就到十二点了，工人们该下班了，只好吃了午饭再装后两辆车。午饭他们都在三工区吃的。这可能是罗科长特意安排的，要不然近十个人的饮食，在这深山老林里一时怎么安排得了？午饭是白米饭，鹿肉烧土豆，木耳粉丝汤，这些饭菜都非常可口，大家吃得不少，寇丹丹吃了两大碗。吃了午饭，工人们都没有休息，就去装车了。临走时，矿务局驾驶员就对货运公司两个驾驶员说，他们前面先走着，叫他俩在后面慢慢开。本来罗汉、罗广、雷文学、寇老伯及他孙女寇丹丹都可以坐前面两辆车走的，可他们谁也不愿先走，没有办法，罗汉、雷文学、寇老伯先走了。安顺儿、罗广和寇丹丹留了下来。

这个地方的好木材都被运走了，剩下的都是一些次等的木材，要想装到好木材，只有等到第二天用机械从山上往下运，显然他们是等不到第二天的，所以只好换个地方装。何勇和袁旭装货的地点与前面那两辆车装货的地点只隔一二百米的距离。别看只有这一二百米距离，可是装货地点的难易，却有天壤之别。前两辆装货的地点，地势宽敞，车也好倒，公路边上也没那么陡，伐木工人装起来也容易，由于地势好，所以两辆车还不到两个小时就装好了。可是现在这个地点，地势狭窄不说，公路边是万丈深渊，同时路面也不平整，坑坑洼洼的，车不好进，倒进来非常吃力。就是那些开了几十年、经验十足的老驾驶员，见到这个场景都有些棘手！袁旭走在前面，见那阵势，有些害怕，犹豫不决，不敢向前。马师傅见状，只好叫袁旭退出来，何勇上去了。何勇毕竟比袁旭年长几岁，又当过兵，驾驶技术熟练。何勇真是好样的，没有任何畏惧，几

采购员安顺儿

下就把车倒拢了。只见张检尺员,很熟练地把一根根好木材量了尺报给冯会计,冯会计飞快地记着,伐木工人将巨大的木材一根一根地装上车。不一会儿,一车木材就装满了。木材一装满,何勇就把车开过来了。见何勇那样,袁旭不甘示弱,他也要上去,马师傅不让他去,可是袁旭怎么也不同意,他认为,别人都能,他为什么不能?他脱下了外衣,只留了一件衬衣。须知,这里的气温只有五六度,马师傅见他那样,也只好依他。于是就在那里,十分小心地给袁旭指挥。他在那儿倒呀倒,倒了足有半个多小时。那惊险的场面,使在场的所有人无不为他捏一把汗,尤其是安顺儿,心怦怦直跳,半天缓不过神来,吓得身子都在打哆嗦!他终于倒拢了!车虽倒拢了,可他脸上都是汗,头发就像用水浇透了似的,全身湿透了。车一倒拢,他才拿出随身带的干净衬衣,换下了已被汗水浸湿了的脏衬衣。不多久,他的车也装完了,他很顺利地开了过来。张检尺员和冯会计很快就把四车木材算出来,一共是二十四方木材。冯会计把两张发货单一张交给了罗广,另一张交给了安顺儿,一切准备好了,何勇在前,袁旭在后,两辆车满载着长短不一的木材,像蜗牛似的爬出了伐木工地。

他们一看时间,快到五点了。

大山里天黑得早,五点影子就下地了。他们要赶在天黑之前离开三工地,要不然,晚上开这段路很危险。袁旭的车跟在何勇车后面,马师傅和安顺儿坐在何勇车上,罗广和寇丹丹坐在袁旭的车上。当车开到三工区宿舍时,袁旭一不小心,方向盘稍微抖了一下,车子的后轮滑到了沟里,他在那里怎么也开不起来。由于是重车,车子越动,车轮就越往下陷,越往下陷,车子就越起不来,他只好停在那儿不敢动了。见车子开不走了,他从驾驶台里下来,看了看陷在沟里的车轮,呆在那里。

何勇将头伸出驾驶室问:"袁旭,怎么啦?"

袁旭无可奈何地说:"车后轮陷在沟里了!"

何勇从驾驶台里出来，这时马师傅和安顺儿也跟着出来了，向袁旭的车走去。

他们走拢一看，后轮陷得并不深，马师傅从袁旭车上取下钢丝索，叫何勇把车倒回来。袁旭握住方向盘，何勇把钢丝索一头拴在袁旭车的前面，然后将另一头拴在自己车的后面，在马师傅的指挥下加足马力。可是拉了好一阵子怎么也不济事，而袁旭车的后轮原本陷得不怎么深，这么一拉就更深了，车子倾向一边。马师傅见状，急忙喊："停，停！停！"

从工区的宿舍里开出一辆生活车，说是要到伐木厂，张检尺员和冯会计正愁没车回去呢！他俩向罗广、安顺儿打过了招呼，就上车走了。这时天已经黑了，他们只好回工人宿舍，等明天再想办法。

六点工人们就吃饭了，车陷在那里，安顺儿知道走不了了，想到他们要在这里吃饭住宿，工人们又给他们安排了生活和住宿。晚饭很简单：每人三两酸菜面。这里的住宿与伐木厂那边几乎一模一样，一个大屋里面安了许多床铺，就是十个人也睡得下。他们五个男人，被安排在一个屋里。这里不像伐木厂那边，设有女工房间，由于条件有限，就没有设。没有女工房间，寇丹丹只好跟伐木工人的妻子搭铺。

七点多钟的时候，突然刮起大风来。大山空谷里刮风，风吹得遍山树木哗哗地响，既像是山洪暴发，又像是大海滚滚怒涛……

工人们说，大风一起，就要下雪了。又过了半个多小时，外面果然下起了大雪……辛劳了一天，大家一躺下就呼呼地睡着了，然而，只有马师傅一人翻来覆去地总是睡不着……

三十二

第二天一早,他们起来一看,白茫茫一片,外面的雪有五六寸厚,雪仍然下个不停。

马师傅第一个起来,开门说:"糟了,你们快起来,昨天晚上下了一夜雪!"

接着安顺儿、罗广、何勇和袁旭先后起来了。

何勇愁眉苦脸地说:"糟了,昨天晚上下了这么大的雪,我们今天走不了了!"

马师傅说:"谁说走不了了?今天就是下得再大也要走,困在这里咋办?"对何勇、袁旭吼道,"小伙子们,看样子,雪是一时停不了的,不然,把我们困在这里,十天半月都出不了山!"

马师傅说着就往外走。除了寇丹丹还没起床外,大家都跟他出去了。只见两辆车上的木材全被雪掩盖了。

马师傅看着歪在一边的袁旭的车说:"我认为,只有把车上的木材卸下来,车子才起得来!"

安顺儿也说:"看来只有这样了!"

大家都同意马师傅的意见。这时寇丹丹也来了。当她看着那漫天飞舞的雪

花和外面银白的世界时，感到好新奇！至于困不困在这山上，走不走，她没有考虑。她想：有这么多勇敢而又有智慧的好男人在这里，也不是她这个少女考虑的事！好玩，太好玩了！

卸木材不是一件轻松的事，他们几个显然是做不了这事的，于是他们只好去请伐木工人。伐木工人们来看了看，讲价讲到七十元。如果在平时，最多二三十元，今天出了双倍多的价，然而，这有什么办法呢！

他们来了六个人。那六个人就是昨天下午给他们装车的那些人。别看那些人个儿不高，可干起活来个个都生龙活虎的。这些人由于活干得好，又有使不完的劲，所以被称为"山老虎"。那些"山老虎"拿来撬杠和杵子，很快就把袁旭车上的木材卸完了。这时袁旭和何勇坐在车里，马师傅拿来钢丝索，就找何勇的车拉。只轻轻地一拉，袁旭的车就起来了。车被拉上来后，工人们很快又把木材装上了。原以为要很长时间，没有想到前后还不到一个小时就完成了。装好后，早饭都没来得及吃，马师傅就催着大家上车。马师傅和安顺儿坐在何勇车上，罗广和寇丹丹还坐在袁旭车上。何勇仍然走在前面。路上的积雪足有五六寸厚，公路有的地方甚至达到一二尺厚，雪仍然在下……何勇挂着一档小心翼翼地向前开去，袁旭尾随其后。

马师傅将头伸出车窗外招呼说："上坡了，要小心，沿着前车车辙跟上来！"

到了上坡路，由于公路窄，公路前面是望不到头的悬崖峭壁，公路边往下看是万丈深渊，何勇载着比车厢还长一至二米的木材，像蜗牛似的缓慢地、艰难地向上爬着，他的一举一动都十分小心！然而，即使再小心，由于路上的雪厚，岩沟与公路上的雪是平的，分不清哪儿是沟，哪儿是公路。他开着开着，车的后轮还是滑到了沟里，接着前轮也跟着滑了进去。

见车滑到了沟里，何勇无可奈何地看着马师傅说："糟了！"

马师傅说："你在上面等着，我下去看看！"

采购员安顺儿

还好是石沟,不是泥沟,要是泥沟就糟了。他叫何勇踩住刹车,他在公路的雪堆里找了一块石头把后轮支稳,以防车往下滑。车支稳了,何勇下了车。

见前面的车停了,袁旭知道事情不妙,便找了一个平稳的地方将车停下,向何勇的车走去。

马师傅前后左右看了看地形,又看了看后轮,对何勇说:"你上去开,袁旭在后面看着,我在前面指挥!其他人走开!我喊走,你就走,喊停,你就停,喊向左,你就向左,喊向右,你就向右!"

于是他们仨各司其职。

在马师傅的指挥下,没有费多少事就把车从沟里开上来了。

前面的路越来越陡,雪越下越大,有了前次的教训,他们再也不敢粗心大意了。为了避免类似的事再次发生,马师傅没有回驾驶室,他在前面探路。

"小伙子们,不要怕,这算什么?"他边走边慷慨地讲道,"当年,也就是三十年前,部队里修营房需要木材,我带领一个车队上山去伐木,也是遇到了下大雪,我们在雪地里走了一天一夜才走出大山,回到营地。一路上,风比这猛,雪比这大,山比这高,上山的路也比这险,但是我们没有畏惧,没有退缩,因为我们是中国人民解放军。解放军是不怕任何艰难险阻的!今天,我们中也有两个当过兵的,何勇就是其中的一个,另外一个,那就是我!我虽然老了,但是当年当兵的那种'一不怕苦,二不怕死'的大无畏革命精神还在!何勇,你勇敢些,跟着我来,大家不要怕,只要有我在路上,就会保证你们的人身安全。现在我们走的这条路,昨天来时我是看好了的,只有几公里的上坡路,虽然路比较窄,比较陡,但路面还是比较好的,刚才下的新雪,路面并不滑。何勇、袁旭,只要你们胆大细心,沉着迎战,就不会有问题的,这样,我们就会走出这段路,只要走出这段路,前面的路就好走了,到了陈家岭就更不用说了,小伙子们,走啊,跟我来,我们到陈家岭吃中午饭,我们的目标是陈家岭!"

何勇高声地应和道："是的，我们的目标是陈家岭！"

大家也跟着说："是啊，我们的目标是陈家岭！"

这声音在漫天飞雪的山谷里回荡！

西北风呼呼地咆哮着，漫天的雪花飞舞着，马师傅在何勇车前引路。在雪风中，他面对着缓缓而来的车，丝毫不敢懈怠，走在路中央，脚下踩着几乎过膝的雪，边后退边挥动着双手，不停地喊："往前走！往前走！"走着走着又喊："停！"见路上没危险时，又喊："走！"当车开到转弯处时，他又喊："向左！"或喊"向右！"这样反反复复地喊了好几公里。走着走着，当走到比刚才路段更险的一段时，由于坡度太陡，木材太重，加上车短木材长，车一上坡，重心向后，成了头轻尾重，上陡坡时自然要加大油门，就在油门加大的一瞬间，车头突然抬起来了，两个前轮悬起来，在空中飞转，马师傅见状，及时喊："停！"何勇还未缓过神来，车头一下摆向了公路边，车尾的木材顶在了公路上。须知，公路边是万丈深渊！在驾驶室里的安顺儿吓得脸色骤变，何勇坐在那里双手握住方向盘，不知所措。在这千钧一发之际，马师傅叫何勇沉住气，不要乱动，听他的指挥，只要不动，上面暂时还是安全的。在马师傅的指挥下，安顺儿和何勇安全地从车上下来了。何勇看了看车，找来石块支稳后面的两个轮胎，敏捷地、毫无畏惧地又上去了。在悬着的车上，他泰然自若地、临危不惧地把车开到了公路中间。两个前轮着地后，后面的木材也就起来了，一切都恢复了原状。

马师傅说："看来，车头轻了，车尾重了，车的前面要增加重量，不然车子是爬不上来的。如果继续开，还有可能像刚才那样，这样太危险了！"

何勇敢问："那怎么办呢？"

马师傅说："来几个人，站在车的前面，前面的重量只要一增加，车开起来自然就平稳了！"

采购员安顺儿

于是安顺儿、罗广、寇丹丹和袁旭按照马师傅的吩咐，都走到何勇车的前面来了，他们毫无畏惧地站在了驾驶台上，紧紧抓住驾驶台上的铁栏杆。外面风雪交加，本来大家为了照顾寇丹丹，叫她在袁旭车的驾驶室里好好待着，因为那里既温暖又安全，可是她偏不。见安顺儿、罗广和袁旭那样，她也争着要上去，挨着安顺儿站着，学着他们的样儿，全然没有畏惧感。暴风雪无情地向他们袭来，寇丹丹昂着美丽的头，一头秀发随风飘扬，任凭暴风雪肆虐！她这一举动，使在场的所有男人，包括马师傅在内，都被眼前这个弱女子的行为所感动了！

何勇开车，在马师傅的指挥下，车子发动了。

车子一发动，所有人都是提心吊胆的！

这个办法真好，车子稳稳地爬上去了。

何勇的车子开上去后，袁旭又去开他的车。袁旭的车是一辆东风牌汽车，没有费吹灰之力就开了上去。他们用同样的办法，过了一个又一个陡坡，经历了一次又一次危险！

像个雪人似的马师傅，走在公路中间信心百倍地给大家鼓气说："大家努力啊，胜利就在眼前，快到陈家岭了，陈家岭离我们不远了，到了陈家岭就是胜利！"

马师傅的话，增强了大家战胜暴风雪、走出险境的信心！

这时大家才看出，马师傅不是一般人，更不是一个平凡的人，他是一个超凡的人，是一个英雄，是大家的救星！之前，他是那么平凡，跟一个农民差不多，看不出他有任何过人之处。俗话说："人不可貌相，海水不可斗量。"想起这些，想起一路的经过，大家对他肃然起敬起来！

何勇记得，这已是爬的第六道陡坡了，见马师傅这样说，他万分激动地说："马师傅说得好，艰难的雪路我们就要走完了，马上就要到好公路了，马上就要

胜利了！走，到陈家岭相会！"

听说险路就要走完了，大家高兴得简直要疯了！

车子足足走了七公里上坡路，最陡的有三公里。上坡路走完后，就是平路和下坡路。这边的雪比那边小多了，天上只飞着小小的雪花，路上也没那么厚的积雪，充其量只有三寸厚，同时这边的路也比那边的路好走多了。马师傅上了平路，就抖掉了头上和身上的积雪，何勇把车停下，他就钻进了驾驶室。他坐在里面，笑了笑，深深地出了口长气，半天也不说话，整个人就像瘫痪了似的。这时大家才感觉有些饿了，一看表，差十分钟就到十一点了，不到十公里的路，足足开了近四个小时。

又开了二十多分钟，就上了主路。车子在主路上好跑多了：路宽敞，坡度和弯度也小，路上虽然也有积雪，但比起三工区那边的积雪薄得多。由于来往的车子多，雪早就被碾化了，路上相当滑。

马师傅向后面的袁旭打招呼说："袁旭，雪化了，路面湿滑，要小心，时速保持在二十至二十五公里！"

两辆车装载着沉重的木材，上面落满了厚厚的雪，一前一后，时速不快不慢，向陈家岭驶去……

车子开了一个多小时，陈家岭终于到了！他们一靠近陈家岭，只见寇丹丹的爷爷寇老伯，如一尊雕像似的站在陈家岭饭馆前。当他看到是安顺儿他们的车时，喜形于色地伸出右手使劲地挥着！

安顺儿向寇老伯激动而大声地喊道："我们回来了！"

不仅前面车上的安顺儿、马师傅、何勇看见了寇大伯，后面车上的寇丹丹、罗广、袁旭也看到了。当安顺儿向寇老伯喊"我们回来了"时，前后车上的人齐声喊道："我们回来了！"

大家喜悦的心情是无法用言语来形容的。

采购员安顺儿

寇丹丹一下车，就向她爷爷跑去，激动地喊了声："爷爷！"就扑在老人怀里哭了起来。一天一夜没有见到爷爷，就像隔了十年似的。

这时大家的眼角都湿润了，只是想哭，但又哭不出声来，半天，还是寇老伯打破了这尴尬的场面，说："大家辛苦了，快到屋里坐！"

在屋里，寇大伯把他昨晚等待的过程向安顺儿他们说了。事实是这样的：昨天下午矿务局的两辆车在三工区把木材装好后，他们从三工区到陈家岭只开了两个小时，到了陈家岭才四点多。矿务局的两辆车走了后，他就在那里等。他等啊等，一直等到天黑都没见货运公司的车回来。白天等不到，他晚上又等，他等呀等，车子还是未见回来，这时他急了，心想车没有回来，有两种情况：一种情况是车坏了，另一种是出事了。这两种情况在他脑子里交织着！他希望前一种情况出现！晚上九点，刮起了大风，十一月的天，北方的人都知道，只要一刮大风，那是必下大雪无疑的。昨夜刮了整夜的风，那风大得吓人！他几次起来到外面看，只是风刮得大，刮得猛，但雪下得并没多大。他祈求上天保佑，但愿不要下雪，如果下起了雪，车子一时是出不了山的。要等到天晴了，雪化了，路干了才能走。据这里的伐木工人说，这里只要一下大雪，十天半月出不了山，那是常有的事。他担心他们会被困在山上。第二天十点多钟的时候，从汉中方向过来的车，他问司机那边雪下得怎样，他们说昨天晚上那边雪下得很大，路上积雪厚的地方有七八寸。听了驾驶员的话，他忧心忡忡，心想，如果真的是车出了毛病，希望尽快修好，趁着刚下的新雪，路还不滑时走出大山。寇大伯带着一颗虔诚的心，祈祷着，愿他们平平安安地回来！为了等他们回来，他预先就烧好了一堆旺旺的柴火，安排了一桌丰盛的午餐。

寇大伯说完了，安顺儿就把昨天下午袁旭陷车，昨天晚上下雪，今天一路上的经过一五一十地讲给了寇大伯。

当听完了一路上的经过时，寇大伯握住马师傅的手感慨地说："姜还是老的

辣！这次要不是您在里面，车子困在山上是必定无疑的！我代表大家，由衷地感谢您！"

马师傅乐呵呵地说："用不着谢，你我这个年纪，任何人在那个情况下都会这样做的！"

一路上，他们冻坏了，饿坏了，吓坏了，到了陈家岭，大家简直是又乐惨了！大家在屋里烤了烤火，就吃饭去了。在一片欢声笑语中，大家边吃边谈着，一会儿称赞马师傅如何指挥得好，一会儿称赞何勇驾驶技术如何了得，一会儿夸奖袁旭如何勇敢，一会儿又说寇丹丹如何临危不惧……大家吃饱喝足后又准备出发了，不能在这里久待，因为他们还有很长的路要走。

在出发之前，安顺儿要了寇老伯的地址，同样寇老伯也要了安顺儿的地址。寇丹丹见大家要走了，她真舍不得，一双清澈、美丽的眼睛，依依不舍地看着每一个人，最后把目光留在了安顺儿身上，对安顺儿说："希望我们还会相会！"

寇老伯再见了！寇丹丹再见了！陈家岭再见了！

一离开陈家岭，天上仍然在下雪，那密集而坚硬的雪，打在车的玻璃上"嗒嗒"直响，打在人的脸上，生疼。一下了陈家岭，安顺儿想看外面的风景，就摇开驾驶室的玻璃，见雪打在脸上，他又把玻璃摇上了。

天上密密麻麻下着雪，路上很滑，从陈家岭到下两区，虽然一路都是下坡，但由于路面湿滑，车速只能开到二十至二十五公里。坐在何勇车上的马师傅，时不时地叮咛何勇和袁旭要加倍小心！开了两个多小时了，这时，从前面开来了一辆载重货车，那货车见前面来了两辆木材车，老远就停住了。

一个三十五六岁的中年男驾驶员说："师傅，你们要小心呢，前面河坝里翻了一辆车，连驾驶员在内，驾驶室里的四个人全部遇难了！"

马师傅叫何勇和袁旭把车停下，问："师傅，是什么时候的事？"。

"三个小时以前！"

采购员安顺儿

听说前面翻了车，又死了那么多人，何勇和袁旭陡然紧张起来，安顺儿和罗广听了，心怦怦地乱跳，不说他们，就连经过许多世面的马师傅听了，也有些不安起来。

货车走了，马师傅见两位年轻驾驶员露出胆怯的神态，对他俩说："你们不要怕，三工区那么险的路我们都开过来了，从陈家岭下来，一路过来，那么滑的路我们不是很顺利地开过来了吗？小伙子们，我们要继续发扬一路过来的那种精神，再接再厉，现在离目的地只有几公里了！"

在马师傅的安慰下，何勇和袁旭又重新鼓起了勇气，向前开去。

离上两区有十来公里时，在一个河沟的沙坝里，翻着一辆东风牌汽车，车体全部变了形，车子滚下来的地方，乱七八糟、七零八落地散落着一些加工好了的层板，那些层板，有的还是完好无损的，有的已经残缺不全了。河坝里和上面的公路上都没有人，只有那变了形的车和货物。下面的情况，只有马师傅、安顺儿和罗广三人看得清楚，看得真切。何勇和袁旭根本就没看，为了不给他俩增加压力，马师傅不准他们看。

他们顺利地到了上两区，当车子到了南江县城时，天已经黑了，他们在南江县城住了一晚上，第二天一早才向安顺儿的家乡开去。

三十三

安顺儿从南江采购回来的木材,询问的人多,然而买的人却寥寥无几。除了一个老板买了四根做房屋柱子,一位教师死于脑出血,家人买了一立方米做棺材外,就再也无人问津了。

改革开放后,农民的温饱算是解决了,随之而来的是住房问题。其现状是:一家三四个人上,挤在一间或两间的房子里,而且大部分是茅草房,这些房子,住了几辈人了,相当一部分已经成了危房。要解决这些问题,几乎每家每户都要建新房。建房需要木材,主要是檩棒、板桷,其次是做门窗和家具所需要的原木。安顺儿从南江运回来的木材,既不能做檩棒,又不能改成板桷,原因是成本太高了,拿来做门窗或桌椅板凳,木材的质地硬,容易出现裂缝。

这些木材不好销售,但有几种木材很好销售,而且需求量还大,那就是檩棒和板桷。那些买木材的人不问别的,就问安顺儿有没有檩棒和板桷。鉴于此种情况,梁站长、老占与安顺儿商量,既然做木材生意,就要把木材品种做齐,不仅要做原木生意,还要做檩棒和板桷生意。

十一月上旬,也就是安顺儿回来的第十天早上,他又去了南江。

到了南江已是下午了,安顺儿订的还是上回那家旅馆——交通旅馆。

安顺儿问店老板,寇大伯爷孙俩最近来南江没有,店老板说,没有见到他

采购员安顺儿

们爷孙俩。没有寇大伯爷孙俩的消息，安顺儿很沮丧。他也不去想了，专心致志地做事。他跑遍了全城，终于在一家乡办企业找到了一家木材加工厂。这家木材加工企业不大，总共才有七八个人。他们什么都加工，棺材、家具、楼板、板桷，等等，就是不成规模，什么都没有做好。安顺儿只是看了一下，问了问板桷的价就走了。不过，他在与工人们的交谈中，得知两个大型木材加工企业，一个是南江县林业局，一个是南江县乡镇企业局。林业局木材加工厂在南江大桥对面，顺着河边走一公里就到了。

安顺儿走到林业局木材加工厂，那里有办公楼、厂房、职工宿舍、木材市场等。他先到了木材市场，那里各种木材堆积如山，既有本地的松柏木，也有从上两区运过来的桦木、橡胶木，还有从外地运来的杉木、红松等。从外地运过来的木材，直径都在八九十厘米，长度在二到五米不等，除了这些大型的原木外，还有半加工的方料。其次是长四五米，直径在三厘米左右的小檩棒。他没有去看那些大块的原木和半加工的方料，而是注意到了那些小檩棒。

安顺儿在木材市场转了一个多小时，就来到了林业局木材加工厂办公室，他在那里打听了各种木材的价格，以及购买这些木材还需要办理什么手续。工作人员告诉他，他们没有批发，全是零售，原木每立方米价格在四五百元，方料五六百元，那些檩棒，每根二十元至二十五元，如果买的多，每根二十元都可以买到。同时还告诉他，在他们这里购买的木材手续齐全，一路上畅通无阻，如果在其他地方买原木，还要办理木材砍伐证和准运证，没有这两个证，是运不走的。安顺儿只是随便问了问，并没打算买。他想，如果檩棒每根在十五元至十八元之间，价格合适，还可以买一车回去试试，见价格太高了，也就放弃了。他们家乡那样的檩棒，最高每根也就能卖到二十五元至二十八元，就按每根二十元计算，运杂费（每根运杂费要四到五元）太高，几乎赚不到钱。

下午他又到了乡镇企业局木材加工厂。

乡镇企业局木材加工厂，也是从大桥过去，林业局在河的下游，而乡镇企业局在上游。安顺儿租了一辆客三轮。乡镇企业局很大，仅次于林业局，林业局靠近河边，地势比较宽敞、平整，而乡镇企业局离公路很远，约一百五十米，地势狭窄不说，还全是砍坡。从大公路的分岔向右，沿着一条不足三米宽的水泥路上去，就是乡镇企业局木材加工厂，所有的厂房全在那里，一共四层，鳞次栉比的厂房布满了半山腰。

三轮车师傅只把安顺儿拉到厂房门口，他只好步行。当他走到第一层时，里面关门闭户，冷冷清清的，走到第二层时，还是与第一层一样，走到第三层才遇到一个三口之家。这家男人三十六七岁，中等个儿，正在打扫卫生。一个不难看的中年妇女在洗菜，旁边一张洁白的、厚实的旧方桌旁坐着一个十二三岁的姑娘在做作业。那小姑娘美丽得简直令人称奇！她嫩白、柔软的皮肤如绸似缎，蓄着披肩的秀发，那头发乌黑发亮，简直就像是一头飘逸的乌金；她的脸蛋儿嫩白泛红，用鲜桃来比喻是再恰当不过了；浓浓的卧蚕眉下面，一双美丽动人的大眼睛，比南江河还清澈透明；她的鼻梁，她的嘴乃至她的耳朵，简直就像是画似的。

安顺儿一时看呆了。半天想：这南江竟有如此美丽的人儿！

那小姑娘见来了一个陌生俊俏男子，那男子又那么专注地看着她，她很害羞，怪不好意思的，把书和作业本放到一边，转身站了起来，离开了桌子，向屋子里一瘸一拐地走去。原来小姑娘是个残疾人。在惊叹她的美丽时，见她是个残疾人，安顺儿感到十分怜惜！刚才还在惊叹南江竟有如此美丽的人儿！当他看到她是个残疾人后，又觉得天老爷竟然对她如此不公！

安顺儿说："请问大哥大嫂，一层二层怎么没人呢？"

清瘦的中年男子放下扫帚说："这里一、二、三层原来都是库房，已关闭几年了，闲置着呢。"

采购员安顺儿

"请问这位大哥，你们木材加工厂现在还加工吗？"

"现在还加工，只不过现在私人加工厂多了，我们国有企业就走下坡路了，原来我们加工企业好红火哟，十多台大型机器，一天加工上百方木材，效益非常好，现在只有三四台机器在生产，效益很差。每天只能加工二三十方，原来光工人就有三四百人，现在有二三十人了，我看照此下去，这二三十人都难保住了。"

安顺儿与清瘦的男人交谈着。他俩说着话，那洗菜的女人见安顺儿站着，热心地将小姑娘原来坐的小板凳端给了安顺儿，让他坐下，随后给他沏了杯茶。安顺儿向她道了谢，边喝茶，边闲谈。

从交谈中安顺儿了解到，这户人家主人姓郭，名大，今年三十八岁了，他妻子姓李，叫李冬衫，今年三十五岁。那小姑娘，是他们的独生女儿，叫郭明霞。今年十二月就满十三岁了，读初二，成绩很优秀。不幸的是，去年三月二十七日七点多钟，她与四个同学搭乘一辆三轮车去县城上学，在大桥上与迎面而来的货车相撞，车上的三名学生，包括驾驶员在内，当场就被压死了，她还算运气好，保住了性命。郭明霞在那场车祸中，右腿粉碎性骨折，由于本县医疗条件有限，没有得到很好的医治，才造成了她终身残疾。

郭大讲述着女儿那次车祸的遭遇，他妻子听了伤心地哭了起来。见母亲那样，郭明霞也跟着哭泣起来。

"如果我们那时经济宽裕，或者说能够借到足够的钱，明霞就能到大医院去了，到了大医院，她就会得到很好的治疗，就不会落下终身残疾。"李冬衫哭诉着，看了看女儿说，"明霞，我们当父母的无能，对不起你！"

郭明霞站在屋里只是将头伸出门外，见母亲这样说着，她边抽泣，边使劲地摇头。

郭大说："要不是那次车祸，今年该读初中三年级了，耽误了她一年的

学习!"

　　除了谈女儿那次车祸外,郭大夫妇还谈了他们家的情况。他说,他是这个木材加工厂的一名职工,单位三年前就在大量裁员,一直到去年,从原来的三四百人,减到现在的二三十人了。本来他去年就该下岗的,由于去年女儿出了那场车祸,为给她治腿伤,家里欠下了近万元的账。女儿出了车祸,他又下岗,真应了那两句俗语:"福无双至,祸不单行!""屋漏又逢连夜雨。"在他走投无路万般无奈之下,他找到厂里的领导,乞求恢复他的工作。厂领导见他家里确实有困难,出于怜悯,这才恢复了他的工作。他原来在厂里是一名机手,回到厂后,没有当机手了,领导安排他看守厂房。工资还是原来那么多,一个月一百零三元五角。他说,他就靠这一百多元钱来养活一家三口,除此以外,还供明霞读书和还账,现在仍有七八千元账没有还清。

　　听了他们家的遭遇后,出于对小姑娘郭明霞的同情,安顺儿从身上掏出了三十张十元的票子,共计三百元钱,给郭明霞。郭明霞怎么也不接,还是她妈妈替她收下的。

　　郭大一家人,见安顺儿给了他们那么多钱,真是感激不尽,这三百元钱,差不多是他三个月的工资啊!

　　郭大问他到这里来有什么事,于是,安顺儿就把想买板桷的事向他夫妻俩说了。郭大放下手中的活儿,就带安顺儿去木材加工厂。走时安顺儿说,困难是暂时的,日子会慢慢地好起来的。他又安慰郭明霞,夸她是天生丽质,要她珍爱生命,只要活着,就要好好地活,腿残疾了不要紧,只要心没有残,长大了照样能为社会做事,照样能做大事,要她向张海迪姐姐那样,身残志坚!最后,鼓励她要好好学习,争取将来考个好大学,有了知识比什么都强!

　　安顺儿走时,母女俩噙着感激的泪花。

　　郭大把安顺儿带到厂房。这里加工生产的板桷,全是从上两区那边运过来

采购员安顺儿

的，这些木材没有安顺儿在上两区拉得那么大，那么长，那么好。那些板桷，有的是用弯树锯成的，有的是用破损木材锯成的，不过用端正树锯成的还是占多数，这些木材加工成板桷后，好孬搭配，长短排队，工人们将其扎成一捆一捆的，这些板桷宽十厘米，厚三厘米，长都在二米五以上，很标准，有卖相。安顺儿一看就满意。问价格，价格也比较合理，每尺二角六，运回去加上运杂费最多不超过三角。安顺儿看了后，没有任何犹豫，就提着现金到财务科去开票。票一开，厂方叫他过几天来提货。

安顺儿从木材加工厂出来就十一点了。

郭大说："安老板，如果您不嫌弃，就到我家吃了中午饭再走吧！"

安顺儿是个随遇而安的人，见他这么说，高兴地对郭大说："我也是农村人，不讲究，那就麻烦你了！"

三十四

安顺儿到了郭家，郭大的妻子和女儿忙前忙后做午饭，住在山上的人用柴火方便，没有多久，饭就做好了。午饭虽然简单：腊肉炖萝卜，木耳粉丝汤，但吃起来格外可口。

见安顺儿吃得开心，一家人很高兴。郭大说："安老师，你跟我一不沾亲，二不带故，给了这么多钱，简直不可思议！我们一家感到惭愧，但也感激不尽！如果你不嫌弃，就在我家里吃住，我妻子李冬衫也是一个贤惠的人。您就在这里安安心心地等，反正我闲着也没事，下午我陪你去灵岩寺去看一个一百一十多岁的名叫如法的老和尚，然后再陪您到仙女山我表妹那里转一转！"

接着他妻子也说安顺儿是个好人，菩萨会保佑他发大财。

安顺儿说："我拿出一点钱来帮助你们一家，感到很高兴。我在你们家吃住，那就劳驾你们一家人了！我这个人最爱看稀奇的事，也喜欢听故事。你们这里还有一百一十多岁的老和尚？你表妹是尼姑，姓什么？多少岁了？她为什么要去当尼姑？法名叫什么？"

"那和尚可不是一般的和尚，等到了山上我给你讲他的故事。我表妹姓齐，名红莲，法名慧月，今年二十三岁，是个才女，长得很美，熟悉经文，又爱好阅读，是我们南江城少有的才女和大美人儿。她当尼姑，既不是婚姻问题，也

采购员安顺儿

不是其他原因,她是宗教学校毕业的。她博学多才,思想开放,对人热情,眼光极高,一般人她是看不上的,不过,像安老师长得这么帅气的小伙子,既有本事又有钱,我想她准能看上您的!"

午饭后,郭大带着安顺儿沿着一条蜿蜒曲折的小路走了六七百米,翻过一座小山,往下看,有一条深沟,深沟里是一条湍急的河流,下游两个渔夫带着鱼鹰和水獭各自乘着一艘独木舟在捕鱼。河上面是一架吊桥,吊桥有一两百米高,吊桥对面的山上有一座庙。

吊桥上面人来人往,络绎不绝,那些来往的人是对面山上来县城买东西的。

郭大、安顺儿来到吊桥前。吊桥由几根巨大的铁锁链连着,桥面铺的是木板,木板下面也是铁锁链,两边各有三根铁索,来往的人只要扶着一边的铁索就安全了。

桥上的男女老少在上面大摇大摆地走着,尽管吊桥来回摆动,但他们没有丝毫畏惧。

"安老师,走中间,不要往下看。"郭大走在吊桥上给他壮胆。

安顺儿壮着胆,战战兢兢地上了吊桥。郭大在前,安顺儿紧紧地抓住郭大的肩膀,心惊胆战的,一点儿都不敢往下看。

安顺儿提心吊胆地过完了吊桥。

吊桥出口有三条路,两边是通往山里的,中间是通往灵岩寺的。通往灵岩寺的路全是石阶,那些石阶,凹凸不平,不难看出,这是千百年来那些信男善女走出来的。

通往灵岩寺的路,弯弯曲曲,有的较陡,有的较缓,有的平整。陡的地方和缓的地方什么也没有,平整的地方都有一座小庙,庙里不是供奉土地爷爷,就是关帝爷、孔夫子、观音菩萨。

不知不觉来到了大庙前。大庙侧边一个和尚在卖草纸、香烛、鞭炮。

进入寺庙，几座真人大小的石菩萨在庙堂正中，整个寺庙里面烟雾缭绕。一个老和尚坐在其中一尊佛像面前，口里念着经。郭大说，他就是如法和尚。

　　郭大用随身带的打火机，点燃草纸，又点燃香烛，将香烛插在香炉里，然后在寺庙门外放鞭炮。放完鞭炮后，郭大回到香炉前对着菩萨虔诚地鞠了三躬。

　　安顺儿带着好奇，仔细看如法和尚：他双脚盘坐如一口钟，眯着双眼，一对白眉毛有两寸长，光光的头，一张标准的国字脸，脸上没有皱纹，却布满了老人斑。他五官端正，面带慈祥，尤其是那两个耳朵，厚实而下垂，极有福相，活脱脱一尊弥勒菩萨。

　　安顺儿看了约十分钟，见郭大在外面等，才依依不舍地离开。

　　他俩走出了寺庙。

三十五

第二天，郭大把女儿送到学校，就带着安顺儿向仙女山走去。

郭大说："去仙女山，坐车一个多小时就到了，走路要两个多小时，不过，坐车远，要十多公里，走路只有三四公里。安老板，您说是坐车还是走路？"

安顺儿说："还是走路吧，走路不仅省钱，还能看风景。"

前面是一条夹沟，郭大说，走过去就是仙女山。

走进夹沟，一条湍急的河流奔涌而下，河水冲击着河里的礁石，发出哗哗的声响，水獭不时从清亮的河里钻出来，悠然自得地边吃边晒太阳，见有人来了，又叼着鱼躲在了石缝里。那里不仅有水獭，三三两两的翠鸟和黑雀也在那里觅食。他们开始是在河的右边走，走着走着，前面就没有路了，出现了一座拱桥，清亮而咆哮的河水从下面流过。过了拱桥又向河的左边走，走着走着，又没路了，前面又出现了一座拱桥，这样过了五六座拱桥，这些拱桥不知是哪个朝代修的。走完了约两公里的窄小河道，前面开阔了，天也出现了一部分，河两边全是光滑的石头，石头与石头之间是干了的茅草，当风吹来，茅草种子满天飞舞，像漫天的雪花。两岸高高的青山把蓝天遮住了，只留了一个带子形状的天空，一些鹰，就在上面盘旋。

他们又走了约一公里，两边的山也没那么高了，天渐渐地开阔起来。走出

了夹沟，河也拐了弯，向另一条深沟奔流而去。过一座小桥就爬坡，郭大说，爬三四百米高的坡，绕过这座山，就到仙女山了。

仙女山高高耸立在群山众壑之中，海拔在一千二百米左右，山上云雾缭绕，天空白云飘飘。从山脚到山腰的石壁上都有岩洞，洞里雕的是佛像，有的石壁上还有诗文。山顶上是尼姑庵。

说是尼姑庵，其实上面并没有大面积的建筑群，只有零星几座。郭大说，过去这里全是尼姑庵，后来被毁了。

郭大带着安顺儿向有房子的地方走去，那里聚集了很多人，来来往往，进进出出，几乎全都是尼姑，有年老的，有年轻的，她们身上都挂着一串佛珠，穿着灰色的布衣，脚上穿的是青色棉布鞋。

郭大说："我表妹就在里面，走，去找她！"

他找了好一阵子都没有找着，他问住持。

郭大问："请问施主，慧月施主在家吗？"

住持是一位和蔼可亲的中年尼姑，说："慧月施主出去还没有回来。"

见表妹不在，他俩很扫兴。他俩从那里出来，有两个小尼姑在贴海报，海报上写道：

广大人民群众：

巴中女子剧团，于十一月二十日至二十三日晚上八点在仙女山义演，义演的钱全部用于修建仙女山尼姑庵。每张门票：五元。

另外：凡捐款五十元以上，免门票，并赠送一日食宿，欢迎广大人民群众光临！

南江县仙女山尼姑庵筹备委员会
某年某月某日

采购员安顺儿

安顺儿好奇地问郭大:"巴中女子剧团是怎样的一个剧团?"

郭大说:"全是女子组成的一个剧团,在我们这一带很有名气。"

安顺儿说:"老郭,海报上说,捐款五十元免门票,包一人一日食宿,我俩何不多交点钱,一来看看演出,二来等你表妹回来。"

郭大说:"听我表妹说,有一个姓李的老尼姑,是她的师傅,曾经在这里当过住持,她的经历不平凡,咱们可以去找她聊聊天。"

安顺儿说:"试试运气吧!"

他俩来到售票处,安顺儿慷慨地从身上拿出三十张十元的票子和乡政府的介绍信,交给售票员说:"我们捐三百元。"

郭大见安顺儿拿了那么多钱,心里怪过意不去的,说:"安老板,您一个人开支怎么行呢?"

安顺儿笑了笑说:"没关系!"

售票员收了钱,登了记,给他俩发了三晚的住宿票和六张戏票,一个小尼姑带着他俩去房间,并告诉了他俩吃饭的时间和地点。

安顺儿有生以来第一次在尼姑庵吃了一顿饭。一人一小盘土豆丝,一小盘胡萝卜丝,一小盘白菜,一碗酸菜粉丝汤,一碗米饭。

那天晚上演的是传统戏《穆桂英挂帅》。演戏的都是一些二十岁左右的女子,扮演穆桂英的竟然是一个十七岁的妙龄少女。她那美丽的脸蛋儿,优美的身段,清脆而甜美的嗓音,再加上精湛的演艺,博得了下面观众阵阵掌声。

郭大的表妹一直都没有回来。第三天,戏还没有演完,他俩就走了。

等到第四天安顺儿才开到票。

票一开,他就告别了郭大,乘着一辆货车回到了南江县城。

回到了县城,安顺儿就去找车,他的目标仍然是货运公司。

他去找了王调度,顺便问了问马师傅、何勇和袁旭的情况。王调度说,这

一段时间的车非常紧张，三五天都没有车。马师傅自从上次回来，回南方老家休假了，何勇和袁旭到山上运煤去了。提起上次去上两区运木材的事，王调度说："何勇、袁旭自从上次回来，吓坏了，累坏了！在家里休养好几天，才把身体养起来，精神调整好，他俩说，那次上山拉木材险些丧了命，至今想起来都心有余悸，从此以后，再也不上山拉木材了。"听了王调度的话，安顺儿只是笑，不过，他心里有些沉重，也有些惭愧，但更多的是感慨和酸楚！

找不到车，安顺儿只好走了，又到其他单位，找来找去还是没有着落。于是他在邮电局给梁站长打了电话。电话里说，桷子已经买好，这里车辆紧张，叫肖师傅和王师傅来，要是他俩来了，在南江的交通旅馆找他。梁站长说，肖师傅今天给食品站往广元运猪，要去也得三天以后。王师傅最近往城里转粮，他可以随叫随到，但他一个人是不会去的，去也要与肖师傅同路。他打完电话，在书店买了一本书，回到了旅馆。

三十六

安顺儿一住下就打听寇大伯爷孙俩的消息。店老板说,前几天他们还来过。安顺儿心想:说不定我在这里还能遇到他们。他给寇丹丹写了一张纸条,交给店老板说:"如果寇丹丹来了,就交给她!"第三天吃了午饭,安顺儿正沉浸在书中,郭大带来了一个尼姑。

尼姑背了一个与她衣服一样颜色的包袱。

"安老师我表妹回来了!"他对表妹说,"红莲,这就是安老板!"

尼姑彬彬有礼地说:"安施主,您好!"

安顺儿连忙放下手中的书,让出凳子叫郭大和他表妹坐。

因他订的是单间,房间里只有一个凳子,安顺儿只好让他们坐在床上,他坐凳子。

郭大的表妹长得清秀。她一米六七的个儿,没有戴佛珠,穿着灰布长衫,戴着僧帽。不过,她留着短发,裤子也是灰色的,脚穿一双崭新的草绿色布鞋。尽管她穿的是一身道服,但青春少女的魅力显露无遗。

红莲看着眼前这个男子,身高不说,无论四肢,还是身段儿都很匀称,尤其是那张脸,像刀砍斧削似的,剑眉下一双眼睛炯炯有神。

"安老师,您跟表妹聊,我还要回去上班!"他又对表妹说,"红莲,好好

陪陪安老板!"

"知道了表哥!"

他俩很谈得来,谈了整整一下午。

从交谈中得知,齐红莲确实是一个才女。安顺儿不懂经文,但说到阅读方面,她读的书比安顺儿还多,尤其是文学方面的。

通过交谈,齐红莲对安顺儿非常有好感,他不仅人长得高大、帅气,而且很有见识,知识也丰富。

齐红莲提出,如果安顺儿愿意,明天请他到仙女山来,请他到女儿谷去泡温泉。安顺儿当然是求之不得。

见时间不早了,齐红莲说:"安施主,今天暂且谈到这里吧!"

安顺儿依依不舍地说:"那好吧!"

他把她送出了门。

第二天,他俩没有经过二郎岭,而是从另一条路到的女儿谷。

女儿谷的温泉像一口大锅,冒着热气。

齐红莲把他带到一片树林里。那里有一个地方叫"三堆石",三个石头中间生长着一棵参天松树,据说那棵松树有三百多年了,当地人把它称为神仙树。离三堆石不远处有一口不起眼的小井,里面的泉水清澈透明。齐红莲用瓶子装了一瓶子,扬起美丽的头,咕嘟咕嘟地喝了。

"这水既能解渴,又能消除疲劳!"

"真的?"

"真的!不然怎么叫它神仙水呢!不信,您喝,很好喝,喝了就会精神焕发!"

齐红莲给他装了满满的一瓶水,安顺儿拿起喝了一小口,觉得很不错,就像瓶装矿泉水,不过瓶装矿泉水没有这么好喝,他扬起头咕嘟咕嘟地喝了,接

采购员安顺儿

连喝了两瓶。

太阳快要落山了。

齐红莲微笑着说:"我们回寺庙吧!"

"好吧!"

走出了女儿谷,齐红莲又换上了尼姑的衣服。

回到寺庙里正赶上晚饭。午饭与上几次几乎一模一样,全是素菜。

安顺儿捐了两百元,有专门房间。安顺儿没有去房间,齐红莲把他带到她的房间里。

齐红莲的房间有一个大书橱,书橱满满的,主要是宗教方面的书,但也有天文、历史、哲学、文学等方面的;一个梳妆台上有一些化妆品。从这些名贵的化妆品可以看出,齐红莲不是一般的尼姑,她很有来头。至于她究竟是什么人,安顺儿不想也不愿去打听。

那天晚上,齐红莲与安顺儿几乎谈了一通宵,从宗教到天文,从历史、哲学到文学等,无所不及。

第四天肖师傅和王师傅才来,到时都下午五点多了。他俩还带来了一个女人——何嘉。何嘉非常疲惫,不说也知道,她是坐车坐累了。肖师傅说,何嘉个子大,驾驶台坐不下,她找了一个大箩兜,里面放了一床棉絮,把箩兜放在车厢里,一路颠簸来的。

听了肖师傅的说明,又看着何嘉那副狼狈相,安顺儿真觉得好笑,王师傅也咯咯地笑了起来。

"安顺儿,听梁站长说,你在南江做木材生意,今天肖师傅上来,我就搭了他的车,没有想到南江的路这么远,看把我累的。"何嘉疲惫地说着,打了一个哈欠。

安顺儿说:"委屈你了!"

安顺儿给他们安排了食宿。安顺儿不仅给何嘉订了单间,还特意吩咐店老板给何嘉找了一张大床,以防床杠子不牢,店老板又在床下垫了一些砖,上面搭了两块木板,然后才铺上棉絮和篾席。

两个驾驶员开了一天的车早已累了,吃了饭就睡了。何嘉更不用说,累得动弹不得,是安顺儿把她扶到床上去的。

第二天一早他们就把车子开到装货的地点。货是现成的,车开拢就装,不到两个小时,两车板桷就装好了。

车子开到县城吃的早饭。

肖师傅、王师傅走了,留下了安顺儿和何嘉。

安顺儿送走了两个驾驶员,又回到旅社。他去敲何嘉的门。何嘉开了门,见是安顺儿,说:"进来吧!"

看样子,何嘉精神状况很好,她笑眯眯地坐在床边。

安顺儿进去了,问:"你吃饭没有?"

"昨天把我累坏了,不想吃东西,今天早上吃了十五个大包子,三碗稀饭。安顺儿你吃了没有?"

"吃了!"安顺儿坐下问,"你这次来真的是买木材吗?"

"不是。"

"那你来干什么?"

"看你!"

安顺儿感到疑惑,问:"我有什么好看的?"

"你好看呗,我喜欢你,真的!"她说着就哭了,眼泪像断了线的珠子簌簌地流了下来。

安顺儿既感到茫然,又不知所措。

安顺儿并不讨厌她,从她叫他买牛鞭,到那次抱他到医院,现在又跑这么

采购员安顺儿

远来找他。

他感激她，但他并不爱她。

见安顺儿那样，她的情绪一下崩溃了，双手捂住脸哭着说："安顺儿，难道我就这么让人讨厌？"

"何嘉，你不能这样说……"

"我乘下午南江至巴中的班车，然后乘班车回云台，你就别管了！"边哭边走出了屋。

安顺儿心里很不是滋味儿，愣了半天，才记起去喊何嘉。可是何嘉早已走出了旅馆。

肖师傅和王师傅第二天回来了，安顺儿坐着肖师傅的车回去了。

三十七

安顺儿把板桷运回去后,根据市场价,按照每一尺三角五出售,比标准的松木板桷每尺少了三分至五分钱。虽是杂木板桷,但由于板桷尺寸标准,价格又合理,来买的人还真不少。

不过上月在南江上两拉的那两车原木料,只卖了四分之一。堆放木材的房子是租的,租房时认为木材好卖,只租了一个月,现在租房的时间早到了,对方催得紧,木材又卖不完,一时又租不到合适的房子,鉴于此,安顺儿与梁站长商量,没有卖出去的那些木材,按进价内部处理。他这一建议,得到站上人的一致赞同。要不是他提出来,包括梁站长在内,还没有朝这方面想。原因在于,他们站上人,谁个不知道,安顺儿在南江采购木材,差点把性命都搭上了。原来梁站长打算,把这些木材卖完以后,有了利润,站上从利润中拿出一部分来奖励安顺儿,没有想到木材滞销。如果是按人分下去,那就亏了安顺儿,占便宜的是站上的人,他作为站长,这样处理不公呀!再说,自从农经农技两站合并以来,单从经营角度来说,两年来,所经营的种子、农药、化肥、石灰、水泥,到目前的木材,除了山西碳铵亏了外,还没有哪一样亏过。不过,到山西采购碳铵,这不能怪安顺儿,主要责任在乡政府。站上的积蓄像滚雪球似的,越来越多。站上有了丰厚的利润,大家的待遇也提高了不少。有几个月,甚至

采购员安顺儿

超过了工资的三四倍，就连蒲书记和林乡长看了都红眼，更不要说乡上那些乡干部了。这些利润的取得，当然离不开采购员安顺儿。安顺儿这个人，是一个顾全大局、不拘小节的人。他认为，只要单位积蓄多了，大家的奖金福利提高了，是好事，同时也是大家所期盼的。有句俗语说得好"锅里有了，碗里才有"。站上是锅，站里每个人都是碗，他也不例外。既然都是站上的人，就要一视同仁，不能搞特殊，即使他在外面辛苦一些，危险一些，但在家里搞经营的人，早出晚归的，天天守在那里也不轻松！当他提出这个意见，梁站长感到对他有些不公时，他说服了梁站长。于是梁站长只好把剩余的木材，平均按人分了下去。

梁站长把分到的木材拿回去，做了门窗，因为他家正在建新居。老占养了两个千金，大女儿十九岁了，早订了婚，小女儿在读小学，大女儿离出嫁也要不了几年了。安顺儿的家里开了一个小副食店，他父亲早就催他做货架，分的这些木材正好派上用场，遂了他父亲的心愿哩。这些木材，可以说，对他们站上每个人都是必不可少、求之不得的。站上分了这些木材后，从站长到从业人员，没有哪一位说这样做是不对的，或者说是不应该的。为了把木材生意做好，尤其是板枋生意，他们找蒲书记，把乡上礼堂空了出来，准备堆放板枋。

见运回来的板枋有人买，原来不好销的木材又处理了，安顺儿在老占那里领了现金，又准备出发了。

当天下午，当他正在家里准备行李时，生产队一个姓胡的，名叫胡文义的裁缝领着他的亲家找安顺儿来了。

胡文义，中等个儿，长得较俊秀，四十二三岁的年纪。当他十二三岁时，就跟一个姓李的著名裁缝学艺。自小就学得一手裁缝手艺。他手下有五六个徒弟，那些徒弟，在集体生产时就跟他做手艺，改革开放后，仍然跟着。他一边做手艺，一边经营布匹，很快就富了起来。他的亲家于辉，年纪比他小两岁，所以在称呼上，于辉喊胡文义亲家哥，而胡文义则喊于辉亲家弟。于辉比胡文义个子高，块头也比他大。他肌肤白皙，冬瓜头，葫芦脸，前额高而宽，细眉大眼，高鼻，嘴大齿白，他是于家湾的一名社长。他家境不错，父亲是一名教师，安顺儿小时候，还在他父亲的班上读过三年小学。他父亲叫于超，曾经抗击过日寇。他母亲是安徽人，他上头还有两个姐姐，下面一个弟弟，两个妹妹，弟弟顶了他父亲的班，两个妹妹均已成家，两个妹妹嫁的都是吃国家粮的。他们家无论是男还是女都长得很标致。他姐夫是某区供销社的一个经理。前几年，他凭着他姐夫这层关系，倒卖化肥赚了不少钱。他亲家哥修房子，需要板椽，想找安顺儿帮帮忙买点便宜的。这事十多天前就与安顺儿商量过。他知道，亲家哥既是生意人，又是手艺人，虽然精明，但没有出过远门，这次想跟随安顺儿买一车板椽回来，自己用不完还可以卖一些做做生意。

胡文义说："安老弟，听说您做生意很能干，我修房子需要点儿板椽，又想赚点钱，预先和您没商量，听你们站上梁站长说，您明天又要出门去南江那边买板椽，我请来亲家弟与我同路，一起与你上南江那边去买车板椽，我想安老弟不会推辞吧？"

于辉说："我亲家哥只是想买点自己用！"

"反正你帮了忙，我胡文义是晓得的！"

他俩突然来访，安顺儿没有想到。他俩要跟随他到南江去买板椽，他也没有想到。前面说过，安顺儿是个大方的人，不说是本队的，就是不认识的人，叫他带一带路，也是无所谓的，多两个人同路，热闹，并且路上还安全。

安顺儿笑着对他俩说："你们说哪里话哟，这又不是外人，给带一下路，那有什么关系呢？"

说好了以后，他们从安顺儿家出发，在附近的观音场搭车去仪陇，因为于辉在仪陇县城他姐夫那里还要取一笔钱。

采购员安顺儿

第二天五点多钟的时候，安顺儿、胡文义和于辉从观音场乘班车到了仪陇县城。

于辉在他姐夫那里取了钱，他们仨就进了一家茶馆，当他们走进茶馆时，遇到了在本乡做木材生意的廖老板——廖广湘和他结拜的小兄弟赖川。廖广湘一米七八的个子，魁梧的身材，方头方脸，剪着圆头，浓眉大眼，高鼻大嘴，年龄五十岁左右。他上穿紫色毛料中山装，里面是蓝色毛线衣，下穿灯芯绒裤子，脚上是一双军用牛皮鞋，皮鞋亮亮的。从外表上看，他就不是一般的人。

的确，他不是一般人。他曾经在部队里当过几年侦察兵，野外生存能力极强，还会一些武术，如擒拿术等。退伍后，曾在村上当过十年的民兵连长，改革开放后，他弃政从商，主要从事木材生意。

那个名叫赖川的人，既是他的小徒弟，又是他的帮手，二十七八岁，蓄着齐肩的头发，上穿灰白色衣服，里面穿蓝色毛线衣，裤子是早就不流行的喇叭裤，一双尖尖的劣质皮鞋，鞋油擦在上面像墨染的一样，看起来极不舒服，一副二流子相。他们想，廖老板那么能说会道，那么有声望，什么人不可以交往，偏偏交往了他这个人？于辉还是习惯叫他连长，因为他们都在村社当过多年的干部，经常在乡上开会，这样称呼已经习以为常了。

"哎呀，是你们三位哟！"廖广湘连忙站起来分别握了握他们仨的手，叫服务员泡茶，问，"你们三位到这里有何贵干？"

"我与安老师同路，"于辉说，"帮胡老师买点板桷。廖连长，木材生意您做过多年，算得上是行家里手，真人不说假话，我想问您一下，您那里板桷行情如何？"

廖广湘听说他们仨到南江那边去买板桷，是安顺儿带路，感到好笑。心想：安顺儿才几年的娃娃，他走了几个地方，竟敢在南江一带做木材生意？他上次在南江那边采购的木材无人问津，现在又做什么桷子生意？这不是闹笑话吗？

再说，木材生意这个行道，水深得很。他鄙夷不屑，半是讥讽地问："小安同志，你什么时候去的南江？那边的木材生意好做吗？是你自己去的，还是跟谁去的？"

安顺儿见他那样，显然是不会跟他说真话的，不过，在木材生意上，他确实什么都不懂，在这个久经商场，经验十足的廖广湘面前，显然不能与他相比。"做木材生意，尤其是板桷，我是一无所知，或者说是知之甚少，也可以说是一窍不通，还得请廖老板指教指教！"安顺儿谦虚地说。

"不是我姓廖的夸海口，"他说，"木材生意这个行道，在通、南、巴一带，我算不上老大，也要算个老二老三，凡是做木材生意的大小老板，哪个不知道我廖广湘？"他大声豪爽地对他们仨说，"你们要做木材生意，跟随我来，包你们满意，檩棒十厘米以上的二十元一根，由你们选，松木板桷达标的，每尺不超过三角。"

听他这么一说，大家都傻了，包括安顺儿这个善于动脑筋，不轻易相信好事随便就到手的人在内。

胡文义第一个提出来说："那我们就跟着您，向您学学，拜您为师！"

胡文义是个见利忘义的人，安顺儿说，他运回来的杂木桷子每尺都到三角了，听他这么一说，当然是求之不得。

当过几十年干部，又做过化肥生意的于辉问："安老师，我们跟他去，你的意见呢？"

安顺儿对胡文义和于辉说："我无所谓，既然廖老板这样说，那我们就跟他走一趟！"

胡广义见安顺儿都同意了，欣喜若狂地说："对，跟他走一趟，他是做木材生意祖师爷！"

"走一趟，就走一趟嘛。"于辉也跟着说。

采购员安顺儿

　　大家都是本乡人，但有些事情又不得不说明，比如一路上的开支。要不乱，先说断。他们还订了一些口头协议，一路上的生活费、住宿费、车费及其他费用，暂时按照三股下账，等桄子采购好了，根据购买的多少，多买的多摊点，少买的少摊点，不斤斤计较，但也要把账算明白。

　　廖广湘说他在仪陇还要办点事，今天不走了，住仪陇，明天一早，从仪陇乘班车到巴中，在巴中直接到南江下两区，他俩这次就是到那里。

　　晚上，安顺儿、胡文义和于辉住了一个房间，廖广湘和赖川住了一个房间。

三十八

于辉在他姐夫那里提款耽误了时间,第三天才动身,早上六点二十分的班车。大家都准备走了,可赖川还没起床。廖广湘痛骂了他一阵,半天他才从睡梦中醒来,急急忙忙地穿上衣服,见廖广湘走了,抓着旅行包跑步跟上去。

他们到了巴中刚过十点,一下车就买票去了。从巴中至下两区没有班车,只有巴中至南江的班车,不过,从巴中到南江要路过下两区。从巴中至南江的发车时间是下午两点半。

他们见时间还早,找了一家茶馆坐了下来。喝了两个多小时的茶,廖广湘就领着大家到一家饭馆去吃饭。

这家饭馆开在河边上,取名叫"望江楼饭店",不是在闹市区,而是开在一条比较清静的街上。店面朝着街道,后面是碧波荡漾的巴中河。这家饭店比较大,有四层,每一层面积在一百平方米以上。第一层是库房,第二层是厨房,第三层和第四层才是饭堂。饭堂里的桌椅,全是用南江上两那边山上生长的竹子做成的,那些桌椅做得精巧别致,既大方又庄重,既朴实又豪华。这家饭馆,是一个姓吴的老板开的,生意极好。可以说是巴中县城数一数二的餐馆,如果要论星级的话,至少是三星级以上。他家的特色菜是清蒸鲢鱼。这个店有六个绝色的女子,都是吴老板用重金聘请来的。饭店地处河边,环境优雅,独特的

采购员安顺儿

菜肴，再加上几个美女服务员，顾客多，生意自然好。

吴老板见廖广湘五人热情地招呼道："来客请到楼上坐！"

接着就来了一个年轻、美丽的女服务员，她拿着笔和本子，微笑地问廖广湘："请问，先生，你们点什么菜？"

"既然来到你们店里，那自然是点你们这里的特色菜，来三条清蒸鲢鱼、一个肘子、一个青椒炒肉丝、一个木耳炒肉片，另外来一个三鲜汤。"他点完了问安顺儿他们，"伙计们，你们说够了吗？"

大家见有这么多的菜，异口同声地回答说："足够了！"

当他们谈笑正欢时，三大碗热气腾腾，香气扑鼻的清蒸鲢鱼被端了上来。

那女子声音清脆、娇滴滴地报着菜名说："这是清蒸鲢鱼，也是我们店里的一道招牌菜，鲢鱼就是这河里自然生长的，请老板们慢慢享用！"接着五个绝色的女子把廖广湘所有点的菜端上桌，极有礼貌地依次报着菜名。赖川看着那一个一个长得漂亮的女子，眼睛都直了。

廖广湘吃着鲜嫩、可口的鲢鱼对赖川说："赖川，美色是看不饱的，什么都是假的，只有肚子饿了才是真的，快吃饭，吃了好赶路！"

直到几个女子都离开了，赖川还未回过神来，见廖广湘说他，他半天才拿起筷子。

三十九

　　吃完饭，大家坐上了开往南江方向的车。

　　班车到了下两区就四点半了。下两区，巴中到南江的公路从新场中间穿过，从老场的背后翻过。老场是一条古老的街道，街道全是石板路，上面有深浅不一的凹槽，不难看出，这是千百年来人们走出的痕迹。再说街道两边的房子，绝大多数是瓦木结构，只是极少一部分是砖瓦结构和土木结构的瓦房，这些房子，最早的估计都要上千年了。整条老街都靠近河边。古街上头，从巴中方向，有一条宽约两米、长约十米的石阶梯，一直下到河边。阶梯的上面，那里有一棵巨大的榕树，那树盘根错节，枝叶葳蕤，不仅遮住了几家居民的房子，而且还把河面遮了一部分。石阶梯下面，停了一艘木船。下两区这条河流比较宽，水也较深，满满的一河水清清的。河对岸是山，山脚下有一条公路，那公路，一头通向河的上游，另一头通向河的下游。

　　廖广湘一下车，他就领着安顺儿他们从新场来到老场，从榕树左边往前走，拐个小弯，过了四五家，来到了姓刘的人家。他们走了那么多户，从这边到那边，前后左右，都是古朴的房子，唯独这一家，是近几年改建过的。

　　廖广湘告诉他们，他说，他在这里有个亲家，也是他在下两区落脚的地方。这家男的姓杨，女的姓刘，男的是个泥瓦匠，女的叫刘珊珊。刘珊珊在一家饭

采购员安顺儿

店打工，男的父亲是个教师，现已退休了，但没在这里居住，刘珊珊长相不错，对人热情、大方。

廖广湘敲门问："刘亲家在家吗？"

这时大门开了，只见从屋里走出了一位三十五六岁，稍高的女人来。她上穿玫瑰色花布袄，下穿乳白色裤子，脚上是一双敞口朱色皮鞋，里面套的是蓝色袜子，她剪着齐肩的头发，椭圆形的脸上涂了薄薄的粉，只有走近才能看出，远处是看不出来的。她容貌秀丽，生着一对双眼皮，岁月不饶人，眼角已起了轻微的鱼尾纹。她的眼睛说不上迷人，但还算美丽，要是岁月倒退十至十五年，那时的她绝对是一个远近闻名的美人，不过，现在她还是那么风姿绰约，风韵犹存。

她见是廖广湘和赖川说："哎呀，才是廖老板哟！"那三位她不认识，她笑着问，"请问这三位贵姓？"

"他姓安，是我们乡农经农技综合服务站的采购员，这位姓于，他既是一个社的社长，又是老板，那位姓胡，是裁缝师傅兼做布料生意，你别小看了我们这三位兄弟，他们都是有身价的，这次上你们南江下两区来，是想做几笔木材生意，你可别怠慢了他们哟！"

她说："不会的！有不周到的地方，还望廖老板多多包涵！"

说罢就给他们沏茶，然后就去给他们找旅馆了。

不大一会儿，就把他们五人带进了一家旅馆。她把这五个人的来意告诉了旅馆老板，老板很快就把他们安排进去了。这家旅馆与其他旅馆不同，它是一个上百年全木质结构的房屋。墙壁、门窗，包括桌、椅，都是古色古香的。给人一种清静、优雅、舒适的感觉，住在这里，好像置身在那已逝去的年代里。

她说："这家店老板姓杜，原先这是区供销社的招待所，最先是一个地主的豪宅。这家旅馆，可以说是我们下两区最好的，两年前，供销社改制后，才卖

给他的。好了，大家路途劳顿，好好休息，我走了！"

他们五人，安顺儿、胡文义和于辉他们三人在一个房间里，廖广湘和赖川在另一个房间里。

"我们现在商量一下，这样安排大家有没有意见，"廖广湘把赖川叫到安顺儿他们的房间里，他坐在安顺儿的床上说，"我们派一个人，你们派一个人到山上去看看板桷，上次我与赖川到那里买过檩棒，没有看到板桷，据他们冷厂长说，他们那里的板桷也不错。今天大家辛苦一下，我们这边赖川去。"他对着安顺儿说，"你们那里看派谁，我想，还是于社长去一下。"他又对着于辉说，"你毕竟在生意上跑过多年，板桷的质量如何，我们这次买得多。如果板桷的质量、数量、价格都合适，你们把厂长请来吃个饭，一道把合同签了，大家看如何？"

大家都说没意见。

安顺儿对于社长说："那就辛苦于社长了！"

于辉和赖川走了以后，廖广湘与安顺儿、胡文义交谈了起来。

他们正谈着，刘珊珊走进来笑着问廖广湘："廖老板，你们晚上吃什么，我好准备！"

廖广湘说："等一等再说，我们两个伙计上山看板桷去了，如果落实了，双方还要签合同，今晚人不少，我算了一下，我们几个和那边的人，加起来有一大桌。他们若来了，酒菜备好备齐，今天晚上我们要大吃大喝一顿！"

廖广湘正在与刘姓的女人说着，于辉和赖川二人回来了。

廖广湘问赖川："情况如何？"

赖川说："很好！他们厂里要来人写合同收订金。"

廖广湘对赖川说："好，你去休息吧！"

于是赖川就回房间休息去了。

采购员安顺儿

廖广湘又对于辉说:"于社长,辛苦你了,好好睡一觉!"

说着他就对刘珊珊说:"那你去安排吧!"

刘珊珊去安排了,他也回房间休息去了。

一个小时后,对方来了。对方来了四个人:厂长、出纳、会计和采购员。厂长姓冷,叫冷漠,是一个瘦小的中年男子,那三个也都是男性,年纪都在四十岁以上,从外表看,他们好像都是老实巴交的农民。

听说冷厂长他们来了,廖广湘他们全都起来了。

冷厂长见到廖广湘走向前握住他的手说:"哎呀,好久没有见到廖老板了!"

廖广湘回敬地说:"我也好久没有见到您呢!好想您哟!"

双方各自做了介绍,冷厂长那方想把一切事情商量好了,合同写了然后才去吃饭,而廖广湘非要把饭吃了以后再办那些事,冷厂长没有办法,只好依了廖广湘,于是双方说说笑笑就入席了。

这天晚上,刘珊珊在廖广湘的安排下,在她帮工的那家饭店准备了一大桌好酒好菜。廖广湘一入席就开始劝酒,在酒席上,冷厂长四人哪是廖广湘这方的对手。从酒量上看,冷厂长四人每人酒量充其量在半斤左右,而廖广湘这方,光廖广湘一人,五十三度的白酒,量都在一斤半以上,还不说赖川有六七两的量,于辉有一斤的量,胡文义有七八两的量,就是安顺儿再不饮酒,要是劝起来也有半斤的量。那四人只有两斤酒量,显然冷厂长四人是喝不赢他们的。他们已经喝了四斤多白酒了,按理说,冷厂长他们已经够量了。然而,廖广湘还在劝,接连又喝了一斤多,把个冷厂长他们四人喝得喊天叫地的,再三苦苦求饶,说还要签合同,廖广湘这才罢休,要不然他非要把他们四人喝趴下不可。

他们这顿饭吃得好长哟,从九点二十分,一直吃到十二点半才下席。在冷厂长四人恍恍惚惚的情况下,由廖广湘执笔,起草写下了双方的板栀买卖合同,写完后,廖广湘把合同念给他们四人听了。合同的主要内容是:乙方要求甲方板桷长度二米五起检，宽度不得低于十厘米，厚度不得少于两厘米，松柏木板桷不得少于百分之八十，杂木板桷只能在百分之二十之内，如果达到这个标准，每尺价格一角八分；如果达不到这个标准，三尺折一尺。三尺折一尺还是用汉字小写写的，没有用大写，仅这一条，他重复念过多次，念过后问他们对这一条有什么意见。他们都说没有意见。合同初稿写完后，廖广湘给双方誊写了一份。一份交给了冷厂长，一份自己拿在手上。冷厂长接过合同，由于酒喝得过多，他盯着合同的内容模模糊糊地看了看，看后，又分别让另三位看。那三位的酒量还不及他们的厂长，他们的厂长一半还是清醒的，而那三位纯属是喝醉了，接过合同只看着上面密密麻麻全是字，根本看不清里面的内容，再说他们的厂长看了都没有说什么，他们自然也就没有什么话说了。最后，双方谈了一下交货地点，就在凉水乡靠近公路边。

廖广湘问："合同有没有问题？"

醉醺醺的冷厂长问比他喝得还醉的三人："你，你们说呢？"

其中一个人摆着手说："没，没问题！"

其他人喝醉了，趴在桌子上睡着了。

冷厂长对廖广湘说："我想这合同可能没多大问题，就是这订金……"

这么大的一笔买卖，双方一旦签订合同，买方（乙方）支付给卖方（甲方）百分之五至百分之十的订金，这是起码的行规，而廖广湘既没有写进合同，又没有支付。

廖广湘安慰地说："哎呀，冷厂长，我与你这么好，交往又不是第一次，历来都是现钱现货，还交什么订金？这订金算起来麻烦，就免了吧！"

"廖老板，这……"

冷厂长还想说什么，却被廖广湘打断了他的话头。他说："时间不早了，你们还要回去，我们也要休息了，明天一早还要回去请车来。"

采购员安顺儿

冷厂长无奈，只好把两份合同签了，拿了他们那份，颤颤巍巍、恍恍惚惚地装进了公文包里，带着三个喝得醉醺醺的伙计，打着手电筒，跌跌撞撞地走了。

冷厂长他们走后，廖广湘安排明天的事，他们是这样安排的：廖广湘、赖川、胡文义明天就回去请车，安顺儿与于辉就在这里等候。一切准备完了以后，廖广湘说，他的钱不多了，他要在他们几个当中借三千，等把柚子运回去卖了，钱一出来就还上。安顺儿他们仨，只有于辉钱带得多，这三人中，廖广湘与于辉最熟，当然，他也只好向于辉借了。于辉没说什么，爽快地答应了。廖广湘写了条子，于辉接过条子，看了半天才把钱数给他。一切准备完后，大家就去睡觉了。

晚上，大家都进入了梦乡。然而，有一人翻来覆去总是睡不着，那就是于辉。于辉这个人，他既精明，又老练。廖广湘向他借钱，还说他与廖广湘相识多年，又都在生意上跑过，抬头不见低头见，不借给他，面子上过不去；借给他吧，从这一路的经历和他所交往的人，尤其是赖川，他大致看出了廖广湘这个人，好不到哪里去。廖广湘与冷厂长签订合同，从他把冷厂长他们灌醉，写合同不支付订金，他就猜想廖广湘没有安好心。刚才他借钱，应该打借条才对，而他却给他打了个收条，这借条与收条能是一码事吗？这一连串问题一想起来，对廖广湘这个人，他要提防点儿，所以，才使得他一整晚睡不着觉。

他接连喊了几次："安老师，安老师，你睡着了？"

安顺儿醒了，问："什么事，于社长？"

"对不起，打扰您了！"他翻身下床，衣服都未穿，只穿了个背心和裤衩就来到安顺儿的床前，手里拿着廖广湘写的条子说，"我请教您一下，廖广湘从我手上拿了三千元钱，他应该给我写借条才对，他怎么给我写了个收条呢？为这事，我一晚上都睡不着！"

安顺儿肯定地回答说:"你说得有理!"

安顺儿不得不佩服于辉的老练和精明。

这时他亲家哥胡文义也醒了。

于是他们仨穿上衣服去找廖广湘重新写条子。

廖广湘被于辉喊醒,醒来后,见他们仨来到了他跟前,于辉把找他的事由说了,廖广湘撕毁了原来的条子,又重新给于辉写了个借条,于辉这才放心。

四十

第二天一早,醉广湘、赖川和胡文义三人,乘班车回去找车去了,安顺儿、于辉第二天睡到九点才起床。他们起床后就到刘珊珊打工那家饭店吃早饭去了。

刚吃完早饭回到旅馆里,只见昨天晚上喝醉的那个冷厂长,领着昨天晚上喝醉的几个人,怒气冲冲地在外面大声地吼道:"廖广湘在哪儿?快出来!我们双方协商的是:不够标准的板桷'三尺折一尺',你给我们灌醉了,在合同上做了手脚,故意把'三尺折一尺',写成了'三尺折二尺',篡改了合同,把'一'写成了'二',这一改,我们几千丈板桷不就白白地送给你了?廖老板,廖广湘,你在哪儿?你给我出来!"

于辉出去回答说:"什么事,冷老板?廖老板今天早上六点钟回去请车了!"

他说:"昨天下午,是你与小赖来看的货,看的时候你们并没说不合格,你们看好了,才叫我们厂方来吃饭,签订的合同,你们不能这样整我们老实的山里人呀……"说着就把昨天晚上写的合同交给于辉和安顺儿看,像小孩似的泣不成声地诉起苦来,"我们昨天晚上回去后,就动员了全社男女老少一百多人,四公里多的路,来去八九公里,几乎全是爬坡上坎,搬运了一个通宵,到今天上午九点钟才运到凉水乡靠近公路的地方。昨天晚上,我们四个人喝醉了,今天一大早,大家都搬运得差不多了,我们四个才醒来,是会计看合同才发觉的,当我把合同从会计手中接过来仔细一看，顿时就傻了眼……天啊，我们的货已经搬运到了指定的地点。这时才知道，我们上大当了！这个挨千刀万剐的，没安好心的，上下两区，不，全南江，不，全四川，不，全中国，全世界，最大，最大，最最大的骗子廖广湘，他把我们骗得好惨哟！"

安顺儿安慰着冷厂长，说："既然你们的货合格，即使合同上有误差，双方坐下来还是可以商量的！"

于辉说："冷厂长，我们与廖老板不是一家的，即使他不要你们的货，你那一两千丈板桷，安顺儿和我，都可以接了你们的货，你这么着急干啥呢？"

安顺儿接着说："于社长说得对，只要你们的货是按双方约定的，质量过得了关，不说于社长，就是我们一个单位都可以全接了你们的货。货在哪里？走，你们带我们去看一看！"

安顺儿说着就叫冷厂长他们带路。他们面面相觑，极不情愿地带着安顺儿和于辉走了。

走了三四公里平路，也就是安顺儿他们来时走过的，那个地方叫凉水，是属下两区管辖的一个乡。安顺儿与于辉走拢一看，只见公路两边堆满了一人多高的板桷，仔细一看，百分之六七十是杂木板桷，尤以桤木最多。桤木板桷，几乎占了一半以上，除桤木以外，还有刺槐树和皂角树，松木和柏木，占百分之二十左右，同时这些板桷，除长度够标准，宽度只有七八厘米，有的甚至只有六厘米，离规定的十厘米，差了二三厘米。不仅是宽度，厚度也不足。按合同规定，厚度不能低于两厘米，可是这些板桷，绝大多数只有一点七八厘米。安顺儿看了这些板桷，心都凉了。

安顺儿把于辉叫到一边问："你们昨天下午是怎么看的？"

于辉说："昨天下午我们看的那些板桷，看起来还好，怎么搬运来就成了这个样子呢！也许昨天下午没看清楚。"

采购员安顺儿

于辉他们昨天没有仔细看货，马虎地回来，双方出现这种僵持的局面，造成这么大的损失，虽然主要责任不在他们，但他俩有一定的责任，因此，他感到自责和惭愧。

安顺儿对冷厂长说："冷厂长，你们现在正在气头上，我也不好多言，不过说几句公道话，你口口声声地说，廖老板整了你们，骗了你们，难道你们自己就没责任吗？你们明知道自己的板桷不符合标准，不够尺寸，就不应该动员老百姓往这里搬运。"为了避免与冷厂长的矛盾升级，发生不必要的冲突，对其他人说："你们劝一劝冷厂长，也不要着急，等廖老板来了，我们坐下来一起商量商量。"

他们佯装去买东西，悄悄地离开了凉水。

安顺儿在去往下两区的途中对于辉说："那些桷子，太次了，如果运回去，根本就没有市场！"

于辉红着脸自惭地问："那怎么办呢？"

安顺儿气愤地说："这叫自作自受，自食其果！如果冷厂长与廖老板双方都带着诚意，既为自己着想，又为别人考虑，我想，不至于这样，不会有今天这个结果，真是害人又害己！"

他俩回到下两区后，结了旅馆的账后，就去找刘珊珊。

他俩把刘珊珊叫过来，将板桷的事向她原原本本地说了。刘珊珊听后，半天没说话。为了避免冷厂长找他们麻烦，她把安顺儿和于辉喊到家里，把他们藏了起来。

下午五点多钟，廖广湘、赖川和胡文义找了两辆货车来了。当他们走到凉水乡时，看到公路边堆满了板桷，他们知道是冷厂长他们搬来的，于是叫师傅把车停下了，下去看了看。当他们看到那批板桷时，都皱起了眉头，廖广湘当场就骂赖川，昨天下午看板桷，眼睛是不是进了石灰？胡文义当场就说，这些

板桷就是送他都不要。他们也猜到，安顺儿和于辉没有在这里等他们，可能是看了板桷不好，不想买才走的。

这里有几个看守板桷的老头，以为廖广湘他们仨是买板桷的，问他们买不买，如果买，他们就去通知冷厂长。这几个老头当然不认识廖广湘他们。廖广湘对那几个老头说，他们只是看一看，说完就上车走了。他们到旅馆去找安顺儿和于辉，店老板说他俩走了，于是廖广湘就去找刘珊珊。刘珊珊说安顺儿和于辉在她家里。他们见了面后，一致认为不要那些板桷，至于在家乡请的两辆车，反正又不是外人，他们说，南江这边有的是货。于是那两个驾驶员就到南江运煤去了。两辆车支走以后，廖广湘五人委托刘珊珊，在下两区找了一辆面包车，便仓皇地离开了。

他们五人悄悄地离开了下两区，或者说逃离下两区后，又回到了巴中。到了巴中，安顺儿就不想再跟廖广湘走了，他还是想到南江上次买板桷的地方去，然而，一时又不好说出口。

"伙计们，常言说，胜败乃兵家常事，商场如战场。战场上，有打胜仗的时候，也有打败仗的时候。商场上也是如此，有赚钱的时候，也有赚不到钱的时候，甚至赔本的时候都有。我们这次不算是失败，冷厂长那几个人，仗势他们是当地人，来忽悠我廖某，姓冷的太嫩了。他在货上使手段，我只能想尽办法把他们几个灌醉了，在合同上做点手脚，只用了一个数字之差，就够他受了！"廖广湘得意扬扬地说。

"廖老师，您真有才呀，我赖川一辈子都学不完您这些本事！"

赖川其他本事没有，他除了调戏女人外，就是不遗余力地奉承、讨好他的主人。

本来廖广湘想把一肚子气发泄到赖川身上的，见他说了一些恭维的话，也就算了。

采购员安顺儿

晚饭后，廖广湘问："伙计们，下一步怎么办？"

安顺儿干脆地说："怎么办，散伙，各自回去了！"

于辉和胡文义没有说话。

"我们几个堂堂男子汉，难道就这样回去了？我们在仪陇出发时，大家一路跟随我，都是抱着一颗发财的心来的，现在一无所得，空手而返，我对不起大家！"他对于辉和胡文义说，"伙计们，黑了东方有西方，南方不亮有北方，南江的下两区不顺，那我们明天就去巴中的恩阳！"

廖广湘虽然这样说，但大家都无动于衷。这几人之中，最为难的是于辉。他想，不跟他去吧，借的那三千元，怎么收得回呢？跟随他去吧，是不是像他说的那样呢？于辉为难了，胡文义又不得不考虑亲家的难处。本来亲家是来给他帮忙的，没想到反而拖累对方了，他感到有些过意不去。

"廖老板，我们要是跟随你去了，有没有把握？"胡文义问。

"胡老师，"他笑了笑说，"你怎么这样小看我姓廖的？我廖广湘，在通、南、巴三县混了七八年，什么人没有结交过？什么事没有经历过？就说那姓冷的厂长吧，他算什么东西？竟敢忽悠起我来了。你们信不信，等我把这次生意做完了，我还要亲自去南江，拿着合同找他算账，现在不找他，就是怕他伤害了我们这些伙计。要是我不把这事摆平，我就没法在南江县一带混了，也就对不起刘珊珊了。于社长，你放心，我姓廖的，船烂了还有三千钉，瘦死的骆驼比马大。怕什么哩，你那三千元，不是我廖某吹牛，两趟木材生意就给你赚回来了。大家安心睡觉吧，愿意跟我的，明天跟我到恩阳，不愿意去的，也不勉强！"

"廖老板，请原谅，"安顺儿说，"我出来这么久了，我在南江还有点事。于社长、胡师傅，我也不好多言，至于你俩跟谁，好好考虑。"

这天晚上，他们把来时一路的生活费按三股平摊了，每股一百三十多元，

安顺儿爽快地拿了两百元。

第二天，廖广湘、赖川、于辉和胡文义四人去了恩阳镇，安顺儿一人上了南江。

廖广湘与赖川带着于辉和胡文义到了恩阳后，又去了他原来买木材的地方，跑了几个地方都因价格问题，买卖没有达成，后来到青木，还是落了空，最后到渔溪，以不菲的价格买了两车檩棒和两车柏木方料。然而，当过渔溪检查站时，因没有巴中县林业局颁发的"木材砍伐证""木材准运证"被渔溪镇林业检查站查封。当廖广湘想尽一切办法打通关节时，四车木材已经花去了近一半的木材本钱了。一个檩棒比当地价格高出了五至七元，柏木方料，一个立方米多了一百四五十元。在这次购买木材中，胡文义还抽了一些本钱出来，可于辉本钱不但没有抽出来，还倒贴进去了三千。廖广湘向他借了三千元后，之后也没还他，他讨了三年的债。这个斤斤计较、爱占小便宜的胡文义，原本想找亲家弟跟着安顺儿去买点儿便宜的板桷，却遇到了廖广湘，不但自己没有占到便宜，包括一切费用在内，还损失了近两千元的本钱，这还不说，还连累了亲家弟！他悔恨交加，为这事还害了一场大病。

安顺儿来到了上次买板桷的地方。在郭大的帮助下，买了五车板桷，其中，两车是赊欠的，每尺二角二，比原来二角六少了四分钱，当然这是郭大起的作用。安顺儿为了酬谢他，每尺给他返了二分钱，郭大自然是感激不尽的。

齐红莲自从那次回来后，就再也没有回过寺庙，问郭大，他也不知道。安顺儿经多方打听，说红莲没有走远，就在县城。

安顺儿在县上找到了她，她住在招待所里。尽管她住在招待所里，仍然穿着尼姑服装。

齐红莲微笑地问："你怎么知道我在这里？"

安顺儿激动地说："打听来的！"

采购员安顺儿

"今后你不要来了,这里非常危险!"

"我知道!"安顺儿极不情愿,但又无可奈何地说。

那一冬,直到第二年的三月份,安顺儿前后在那里买了十一车板桷,仅这一项,就赚了一万七千多元。

寇大伯爷孙俩,一直没有来南江,安顺儿也不去想他们了,然而,他一直想念着齐红莲。

附：南江行（叙事诗）

一九八五年十一月十七日，
两辆货车向南江的上两区方向开进，
车子到了伐木厂第三工区，
已是下午四点二十分。
开车的是两个小伙子，
一个叫何勇，
一个叫袁旭。
一个年方二十，
一个才满十八春。
他俩从学车到开车还不足三年，
上山的路不说他们，
就是有经验的老师傅也畏惧三分。
小何已经把货装好，
当车子在爬一个小坡时，
他加大油门，
突然车子像受惊的野马，

采购员安顺儿

车头高高地扬起,

两个前轮在空中飞转,

此时才发觉,

原来是车短木头长,

尾重头轻!

车右是万丈深渊,

车左是望不到头的山顶,

小何关掉了油门,

从驾驶台里下来,

把周围的环境看了看,

回到驾驶台轻轻地转动方向盘,

车头才慢慢地落地。

何勇开过去了,

接着就是袁旭。

小袁师傅不在同一个地方装货,

还隔着一道山岭。

路边是二三尺高的碎石,

装货的地方比小何还差:

车上的木材长短不一,

地势凹凸不平。

装好后他就在那里倒车,

倒呀倒,

要不是一根木材挡住,

车子早就落下悬崖粉身碎骨。

伐木工人喊他下来，

不听！

最后终于倒好了，

此时，他已经累得筋疲力尽！

两辆车装完木材，

夜幕已经降临，

小袁负重的车，

后轮碾压出一个坑。

小何套着钢丝绳去拉，

一次，两次，三次，毫无动静！

夜黑得伸手不见五指，

高山上的风，呼啦啦地吹着，

前不巴村，后不着店，

喊天，天不应，叫地，地不灵！

你看着我，我看着你，

个个都急得六神无主。

看来，

也只好等到第二天。

那天晚上，

我们在伐木工人那里住宿，

那天晚上，

刮了整夜的风，下了整夜的雪，

第二天起来，

大地茫茫好似一片白银。

采购员安顺儿

惨了，这倒霉的天气，
我们怎么启程？
只见小何的车被埋在雪地里，
已经没了踪影。
风，还在呼呼地吹，
雪，还在漫天飞舞下个不停。
怎么办？
我们主意不定。
有名的"山老虎"，
七八个伐木工人，
他们说办法只有一个，
那就是把车上的木材卸下。
原来是用机器装车，
现在全靠人力搬运。
木材卸完，千斤顶顶起，
车拉人推，一齐上阵。
车从沟里爬出，
再把木材装上。
足足几个小时，
我们饥寒难忍。
这样冷的天，
咋个支撑？
来时穿得单薄，
冷得实在可怜！

此时此刻，

我们是走是停？

要说走，

这样猛的风，这样大的雪，

路上的积雪，

还有坡上结的冰。

路上的雪，

分不清哪里是路，

哪里是坎，哪里是坑？

是停，这两辆车不就冻坏？

这雪何时才化尽？

是停，是走？

是走，是停？

几双眼睛看着两个年轻司机，

司机无奈也感到无力！

"小伙子们，我给你们带路，走，启程！"

蓦地有人闯阵。

我们循着声音望去：

只见那人年过五旬。

他不高不矮，不胖不瘦，

花白的头发，满脸的皱纹。

其貌不扬，但却让人肃然起敬，

原来他是小何小袁车队的领导，

他虽然不能开车，

采购员安顺儿

但他有在冰天雪地里开车的经历。

据说，他曾在凉山一带当兵，

雪比这大，山也比这险峻。

一天，他带领一个车队去伐木，

出发时天气还是好好的，

伐好了木材后，正待要走，

天突然起了变化：

狂风大作，漫天飞雪，

人狂马叫，纷纷的大雪掩盖了山林。

是他领着车队，

安全地到达了军营。

难怪他说出此话，

有带领大家走去的决心！

雪落了他一身，

他就像个雪人。

他一边指挥着，

一边喊着震撼山岳的号令！

是他，给了我们无穷的力量，

是他，给了我们战胜暴风雪的无比信心！

他在前面给我们带路，

一步一个深深的脚印……

当上陡坡时，

小何的车再次出现危险。

为了增加车头的重量，

我们几个人冒险站在车头上……

风,呼呼地刮着,

寒冷刺骨!

雪,漫天飞舞,

睁不开眼睛!

马师傅在前面指挥,

一时喊,向前走,

一时又喊,向后退,

一时喊,向左,

一时又喊,向右,

一时喊,走,

一时又叫停!

风,愈刮愈猛,

雪,愈下愈密集。

路,厚厚的雪,

愈走愈艰辛……

"小何,请注意我的手势!"

马师傅艰难地在雪地里领路。

此时此刻,

开车的两位司机,

此时此刻,

我们几个人,

是生是死,是死是生?

此时此刻,

采购员安顺儿

我们想起了眷亲:

如果我们真的不在了,

就请把我们的尸骨找寻,

无论路途多么遥远,

都要把我们的尸骨运回!

这里多么岑寂,

这里多么寒冷,

还有那虎视眈眈凶猛的野兽,

以及在天空中盘旋饥饿的秃鹰……

假如亡灵在这里,

我们多么不幸!

假如亡灵在这里,

我们多么孤单!

"小伙子们,有救了,前面就是陈家岭!"

这是雪地里马师傅的声音。

陈家岭,

你是我们生命的转折点!

陈家岭,

你是我们的救星!

我曾经有过许许多多的理想,

然而,现在已经化成了泡影!

此时此刻,

我们什么也不想,

只想一件事:

那就是向陈家岭靠近!

"小伙子们,再勇敢些,我们的目标是陈家岭!"

陈家岭,

你在我们这一生中永远抹不掉!

你并非秀美,

也没什么珍稀的飞禽走兽,

你只不过是,

南江到汉中的必经之路!

要说你秀美,

你陈旧不堪,乞丐都不光临!

你地处高山风口,

雀鸟不栖,草木不生!

那么,为什么把你向往?

为什么把你随跟?

因为你那里有平坦的道路,

因为你那里不会再有险境!

因为你那里风雪比这里小,

因为你那里有两辆车和几个人的生命!

马师傅在前面带路,

既像是在走,

又像是在停!

停停走走,

走走停停!

有时在前进,

采购员安顺儿

有时在后退。

进进退退,

退退进进!

停,前轮悬起不着地,

退,随时都有可能掉下悬崖。

"向左,靠右!小心,

方向盘要牢牢把稳!"

马师傅的声音未落,

小何司机的车滑进了泥坑。

"怎么啦?"

小袁在问。

倏地,前面走来了一人,

原来他是给我们报信:

前面翻了车,

车毁人亡。

"往沟里垫石头!"

马师傅在叮咛。

我们就在雪地里寻找石头,

在雪地里寻找石头如大海里捞针。

幸运的是,小何的车爬出来了,

老天保佑,

这真是不幸之中的万幸!

惊险的路愈走愈少,

我们也愈来愈放心。

"陈家岭快到了!"

马师傅告诉我们。

我们向那边望去,

陈家岭离我们很近。

陈家岭,

我们的目的地!

陈家岭,

我们的救星!

陈家岭,

我们的第二次生命!

你现在就在我们的视线之内,

我们怎么不高兴?!

我们噙着眼泪欢呼:

陈家岭万岁!

从三工区到陈家岭,

我们走了整整六个小时。

我们在屋子里拥抱,

举杯欢庆!

欢庆两位年轻的师傅,

他们的技术和勇敢无与伦比!

在祝贺两位年轻司机的同时,

也一道感谢马师傅作为向导的功绩!

当我们在平静的日子里,

总会记起那天的情景!

采购员安顺儿

当我们遇到困难的时候，

应该把那天拿来对比：

困难自然就会被战胜！

                一九八五年十一月十八日夜写于南江县交通旅馆